更好的阅读

[日] 又吉直树 著

詹慕如 译

台海出版社

北京市版权局著作合同登记号：图字 01-2023-0318

NINGEN by Naoki Matayoshi
Copyright © 2020 by Naoki Matayoshi
All rights reserved.
Original Japanese edition published by Mainichi Shimbun Publishing Inc.
This Simplified Chinese edition is published by arrangement with Mainichi Shimbun Publishing Inc.,
Tokyo in care of Tuttle-Mori Agency, Inc., Tokyo.

图书在版编目（CIP）数据

人间 /（日）又吉直树著；詹慕如译. -- 北京：台海出版社，2023.3

ISBN 978-7-5168-3494-7

Ⅰ.①人… Ⅱ.①又…②詹… Ⅲ.①长篇小说－日本－现代 Ⅳ.① I313.45

中国国家版本馆 CIP 数据核字（2023）第 023516 号

人间

著　　者：〔日〕又吉直树	译　　者：詹慕如
出 版 人：蔡　旭	责任编辑：戴　晨

出版发行：台海出版社
地　　址：北京市东城区景山东街 20 号　　邮政编码：100009
电　　话：010-64041652（发行，邮购）
传　　真：010-84045799（总编室）
网　　址：www.taimeng.org.cn/thcbs/default.htm
E－m a i l：thcbs@126.com

经　　销：全国各地新华书店
印　　刷：河北鹏润印刷有限公司
本书如有破损、缺页、装订错误，请与本社联系调换

开　　本：880 毫米 ×1230 毫米　1/32	
字　　数：188 千字	印　　张：10.25
版　　次：2023 年 3 月第 1 版	印　　次：2023 年 3 月第 1 次印刷
书　　号：ISBN 978-7-5168-3494-7	

定　　价：62.00 元

版权所有　翻印必究

1

也不知道什么原因,大家同时高声尖叫,虽然身处其中,但我太在意周围人的眼光,怎么也叫不出口。不过可以隐约感觉到,现在的状况如果不大叫可能会有生命危险,尽管如此,我还是叫不出口,真是不中用。如果说是怀抱着坚持,决心紧抿着唇不叫那也就罢了,但我微张着嘴,旁人看了也会以为我好像在叫,我的声音小到谁也听不见,只在自己耳中回响,没用的东西。在精神不够亢奋的状况下,连旁边的人飞溅的口水都难以忍受。我是不是会就这样死掉?

醒来时的表情不知是带着悲观还是带着笑。醒来时明明感觉很糟，棉被却一丝不乱。一方面因为刚刚一切都是梦而觉得安心，却也开始渐渐忘记细节。生日这天做的梦，总觉得有什么寓意，而内容如此平凡的梦也令我觉得无奈。这梦境单纯到就像想上厕所时会梦见去上厕所一样，老套地对自己的痛苦解析、讪笑。

可能我自从出生的那一瞬间之后，再也不曾打从心底呐喊过。大家是不是也都这样呢？就算不说呐喊，有谁说过跟初生的啼声一样纯净真实的话语吗？我有生以来的三十八年，似乎充满谎言、空无一物。

从床上起来，点上煤气炉火。听着电动磨豆机打碎豆子的声音，心情才稍微平静了一些。因为独居时间长，所以有了泡咖啡的习惯。虽然习惯了步骤，并不代表能泡得好喝。等水煮沸这段时间打开电脑电源，在熟识的编辑寄来的几封电子邮件中，夹杂了一个久违的名字。是多年没联络的朋友寄来的邮件。

以前念美术专门学校时，我曾经跟一群身处类似环境的学生共度过一段时期。说不上充实，但那的确是一段密度很高的时间。这朋友就是在那百无聊赖的时代里与我往来的人之一。我记得对方的长相和名字，可是却想不起以前自己是怎么称呼他的，觉得有点不安。记得这朋友好像放弃画画去当了上班族。而我虽然没能当上漫画家，现在还是在继续画画，不知不觉中也开始写些难登大雅之堂的文章。说真的，我以前真的想当漫画家吗?

邮件主题是:"你的人生就像一堆没人踩过的狗屎(笑)"。

打开邮件前先关了炉火,把热水倒进咖啡粉里。完全无法想象信件会是什么内容。他可能对日常感到厌倦,决定从今天开始一直痛骂我到死为止。比方说"你的人生就像没吐过的呕吐物残迹",或者"你的人生宛如踩过一脚却没发现的手工诗集"。

咖啡香好不容易将我拉回日常。我碎步走向电脑,小心不让杯里晃动的液体泼洒出来。看着"人生就像一堆没人踩过的狗屎(笑)"这些文字,再怎么想都觉得这句话应该是说给我听的。我将光标移到这些荒谬的文字上,打开邮件。

永山先生:

好久不见。前几天在美容院翻看杂志的咖啡特辑,一眼就看出里面的插画是你的作品,觉得很开心。

对了,还记得仲野太一吗?以前他也经常出入你住的地方呢。你可能已经知道了,那个仲野现在可了不得了呢(笑)。

用"Nakano Taiichi 狗屎"这组关键字去搜寻马上就会知道!

虽然同时也有怀念等许多情感,但总之我先笑了一回合。我很好奇你会有什么感想,所以特地跟你说一声。工作请继续加油哦，我会继续支持你的！

森本

光看这封邮件还看不出发生了什么，不过看来以前跟自己身处于同样环境的仲野太一这个男人，好像成了话题主角。

我不太想回忆起仲野这个人。可是仲野的插画事业发展得很顺利，也会在杂志和网络等媒体上发表专栏，平时的生活中就算不想也难免会接触到他的名字。

"你一定成不了大器。"

仲野那句预言一直到现在都还渗透在我身体里。当时我们正在深夜的复合式餐厅里畅谈，我们并没有争执，也不是在胡闹。仲野瞪大着眼睛仿佛在吐气般说道："我知道了，你这个人一定成不了大器。"我不知该怎么反应，没有回话，勉强挤出笑容想告诉自己这没什么大不了，而仲野却继续对我说："因为不管从任何方面来看，我都比你优秀。"真是可笑。

被人这样瞧不起却笑不出来，也无法生气，可能是因为害怕对方那股没来由的天真吧。仲野那诅咒般的预言确实成真了，我终究没能成为儿时憧憬的漫画家。现在有一搭没一搭地写点文章、画个插画，掠夺着东京的表层凑合过活。

啜了一口咖啡，还有点烫。

最早遇见仲野时，我才满十九岁没多久。当时的我不知道如何才能成为漫画家，总之决定先到东京再说。为了有个来东京的好借口，进了一所美术相关的专门学校，在这里认识了一样立志当漫画家的学长。学长知道许多我没听过的漫画，对制作技法和道具也很熟悉。跟学长聊过后，我甚至开始觉得不安，自己是不是真的想当漫画家？

学长的朋友参加了在上野的美术馆举办的新锐艺术家企划展，他邀我一起去看。展间里摆了许多位年轻艺术家的作品，有些很有趣，有些我看不太懂，但总觉得学长趁此机会在审查我的品位，也就不敢当场贸然说出自己的感想。

之后我们去了附近的居酒屋，学长一边喝酒，一边问我看展的感想。我早有预感会这样，所以事先准备好有十足把握能坚定回答的感想。

"整体来说有很多有趣的作品，不过有一幅基督眼中流出血泪的夸张作品，对吧？我觉得那种手法有股既视感，太过刻意，感觉很做作。"

我讲完之后学长说："那是我朋友的作品。"

或许我遣词用字应该再谨慎一点，但就算那是学长朋友的作品，我也无法改变自己的意见。学长对我的感想虽然没有表达共鸣，但也没有反驳，我不知道他脑中在想什么。学长身材瘦高，一头长发束在脑后。第一次见面的人看到他的外貌多半会有点紧张，但聊了之后会知道他其实是个很温和的人，个性一点都不别扭。

但三杯黄汤下肚后，也不知是不是学长个人近来的习惯，我发现他嘴里开始频繁出现"我是流星"这几个字，就像是喊着什么口号一样。比方说，"因为我是流星"，"我明明是流星"等，他好像深信这几个字无所不能，只要搭配字词稍加变化就能百搭，但听的人却什么也感受不到，反而越听越替他难为情。后来我实在听得很腻，故意反讽地说："你这个样子也很像流星呢。"想试试他会不会清醒过来，但学长不知道是真醉了，还是真心陶醉在其中，只是痛快地回了声："没错！"

走出居酒屋，学长说："附近有个可以免费喝酒的地方。"就径自往前走。听说参加刚刚那个企划展的学长朋友还有几个艺大生等美术科系学生就住在附近，距离上野公园走路大约十分钟，那是一栋改建的独栋老屋，看来应该是多人同住的共享住宅。它看起来是好几栋建筑物相连而成，经历过几次增建。听说住在这里的人都管这里叫House。

走进玄关，右手边马上看到一间六坪左右的客厅，五六个年轻男人坐在沙发上喝酒。他们跟我年纪应该差不多，但是看起来却成熟很多。其中带头的人大家叫他饭岛，他面不改色地说了声"请多指教"，对我伸出了手。看着那个人青筋毕露的手臂，我花了一点时间才知道他想跟我握手。我还注意到一个身穿蛇纹衬衫的微胖男人，他一直在沉默地拿着摄影机拍摄。

住在这里的艺大生只有三个人，其他入住的人必须跟房客认识，或者从事跟艺术相关的工作，不过看来大家并没有严格遵守这些规则。这里经常有熟人来随意过夜，也有人没经过管理员同意就擅自把房间让给朋友续租。我从来没看过成群年轻人共同生活的地方，在我眼里这里就好比不良分子聚集的巢穴。

第一次造访 House 的那个晚上，仲野也在。他戴着黑框眼镜，黑白直条纹衬衫的纽扣一直规规矩矩扣到最上面那颗，整个人显得很拘谨。

跟学长在场的朋友们打过招呼后，从大家对话的内容中知道仲野跟我一样大。大概是因为在这里还不满二十岁的只有我跟仲野两个人，面对这群俨然艺术家的男人，我有种不同于自卑的莫名的紧张。

仲野坐在客厅沙发上，没有往后靠，而是一直维持着前倾姿势笑看周围。不知道为什么，我想起那幅基督流出血泪的画。那幅画应该不是仲野画的，不过仲野身上却有着跟那幅画一样的做作。

那天他们似乎也是很早就开喝，当某个人的音量失控之后，其他人也跟着渐渐放大了音量。把我带来这里的学长也无法顺利加入大家的话题，只有一次误判了情势强行插了一句"流星"，偏偏时机不凑巧，听起来像是个轻率的玩笑，瞬间全场气氛一冷，学长脸色铁青僵硬，自此沉默，我只好喝酒装醉，尽量不去看他。就在墙上挂的那幅梵·高《星月夜》复制画好像飘浮起来的时候，住在这里的一个女人回来了。

"哦，圆香，你回来啦！"

仲野兴奋地拉高那刺耳的声音，接过她手上的便利商店袋子，里面装满了酒，饭岛把钱交给她后，她也直接坐上沙发开始喝酒。她看了我一眼，轻轻微笑点头。我很不习惯这种场合，但更不想受人关注，所以故作平静。我感觉有股视线在看着我，一抬头，只见一个剃了光头、双颊凹陷，看起来很不健康的男人眼睛一眨也不眨地盯着我看。我下意识地别过视线，但我知道那家伙还是继续盯着我。我往左、往右看，就是不想跟他对上眼，于是任何对话都进不到我耳中，只有时间缓慢流过。

那天晚上我跟仲野并没有直接交谈。大家理所当然地喝着酒。我没有坐在沙发上，而是直接坐在地板上，呆呆听着学长们聊着绘画和女人。学长们杯子一空，我就帮忙斟满，架子上摆着大量威士忌和烧酒酒瓶，感觉酒永远没有喝完的一天。

一个看起来不太像学生的胡须男，每当唱片曲子结束就会再放上另一张唱片。弗兰克·扎帕（Frank Zappa）或是皇后乐队，连续几张专辑都是胡须印象很强烈的音乐家，也不知道他是不是刻意这么挑选。放了几张唱片后，胡须男回到沙发上时，唱机传来"啼、啼、啼"的声音，可能是唱片受损了，没听到歌曲,时间仿佛停滞了下来。

胡须男正要再次起身时,对话中心的饭岛说了声:"等等。"就好像时间真的暂停了一样,没有人动弹。大家都静静听着那张唱片"啼、啼、啼"的声音。接着饭岛说:"感觉挺不赖的。"大家也表示赞同。特别是仲野,他好像因为当场参与而真心觉得高兴,一直笑着说:"真不赖耶!"那张唱片"啼、啼、啼"的声响带来的畅快感我不是完全不懂,可是在场所有人都有同样感觉,往同样方向陶醉,这实在让我觉得很尴尬。就连刚刚在我眼中还是个成熟人物的饭岛,还有那个充满魅力的女人,现在看来都像是轻轻触碰就会瓦解的简陋玩具。尽管如此,我自己却在笑,之所以能发现这一点,是因为那个双颊凹陷的男人的锐利眼光没有放过我。

拜访House那个晚上之后,我跟学长再也没有联络。他不再来学校,我问了学校里几个常跟他见面的人,没有人知道他住在哪里,甚至几乎没有人知道学长的名字。"流星"这两个字瞬间掠入我脑中。学长或许暗示过,但我还是不愿意承认他是流星。我不打算沉浸在感伤当中,但还是决定一个人再去看一次上野的企划展。我确认过那幅基督流着血泪的画作的作者名,上面写着一个女性的名字"圆香"。

距离在House喝酒那晚过了两星期左右,手机里收到一封陌生人寄来的邮件。"有事想跟你商量,希望你最近能来

House 一趟。"看到邮件内容,我这才想起当时在 House,仲野曾经问过我的邮件账号。

我回了信:"半夜你方便吗?"对方回我:"任何时间都方便。"于是那天夜里我打工结束后去了 House。

虽然是第二次来,但是跟上次来喝酒时对建筑物的印象大不相同。这是一栋东西合璧的现代风格建筑物,不过房屋老旧到让人连敲门都感到踌躇。玄关旁嵌着一块铜板,刻有以"S"开头的一串长长的文字,可是根本看不清楚,之后紧接着"huis"这些字母。大概是 House 的意思吧。

有人踩着地板发出嘎嘎声走来,门打开,探出头来的仲野没有笑,我正觉得后悔,应该也别笑的,但马上就发现其实自己脸上也一丝笑意都没有。客厅里除了饭岛之外,还有前几天来时一直忙着摄影的那个微胖男人田村。田村只对我轻轻点了头,然后将摄影机放在自己大腿上,十分宝贝地摸着。

饭岛问我要喝什么,我要了啤酒。仲野双手交握放在膝上,不知为什么,一脸得意地看看我,再看看饭岛。田村在一旁拍摄,我们其他三人碰杯之后饭岛立刻切入主题。

"这里空出了一间房间,既然要找新房客,当然想找有意思的人。永山,你觉得怎么样?"

"原来是这样啊。"

"上次你来的时候不是有个女孩在吗?我跟她分手了。"

"哦，你们在交往啊？"

听到我这么说，不知为什么饭岛笑了，仲野则是很刻意地放声大笑。

只来过一次我就知道自己跟住在这里的人合不来，但为什么人家一招手我就乖乖来了？看到仲野夸张的笑容我终于知道了答案。这很像明知道袜子很臭，还是忍不住要拿起来闻一闻的那股冲动。

决定搬进 House 的一大理由，当然是因为房租竟然只要三万日元，不过说穿了，我可能也渴望着刺激。只要去了东京就能迎接崭新愉快的日子这种想法，只不过是幻想，眼前真正的现实是自己确确实实被枯燥无趣的日常消磨着。总之，我想给这种日常带来一些变化。

我把行李搬进 House 二楼的房间。打开西边窗户，樱花树嫩叶的香气扑鼻而来。中庭晾着洗好的衣物，不知是谁的白T恤反射着炫目的光线。

跟货运公司的人一起把轻卡车上的行李搬进房间后，在客厅听着管理员说明租屋的注意事项。管理员是个三十多岁的年轻女性，她的音量不大，却有种渗入人身体内部的强大。这栋建筑物本来是管理员父亲的工作室，但是现在夫妇两人移居海外，于是将这独栋房子改建为宿舍，由留在东京的姐妹负责管理。

"移居海外的夫妇"这几个字听起来很没有现实感。

管理员泡给我的茶有股梅子香。"太咸吗？"她问。确实咸，但我说了谎，告诉她很好喝。

"您父亲从事哪一行？"

"他是画家，我母亲也是。"

管理员笑着，理所当然地回答。我一方面觉得不可思议，原来画家这种生物真的存在；另一方面，也不知为什么，心底感到一股沉闷的痛。

"啊，对了。我父母亲买下这里之前，本来是其他地主的别墅，主人的儿子也是画家，后来好像发疯了。那幅旧的梵·高复制画好像就是他儿子留下来的。"

"这样啊。"

听来像是很遥远从前的事，不过这个地方或许真能吸引类似的人吧。

管理员说她和妹妹住在 House 南边的主屋。管理员径自起身，语气开朗地说："请等我一下。"然后用托盘拿来某个东西，是张照片。她把照片放在桌上说："这是我父母亲。"照片上是一对普通的初老男女。管理员窥探着我的表情笑了，照片中的人物实在很不符合刚刚听说的"移居海外画家夫妇"的形象，是对十足活在现实的男女。

"如何？"

"看起来很亲切。"

听到我的回答，管理员把照片拿到自己正前方看着，开心地露出微笑。接着她把照片拿到自己胸前，对着我。

"房租请在月底拿到主屋来。我经常待在这里，见面时交给我也可以。"

管理员轻轻晃了晃照片，大概想营造一种是照片里的夫妻在说话的感觉。

"好。"

我不知该如何反应，总觉得如果轻率露出笑容可能会被骂。

"还有，其实我希望深夜时间不是房客的人可以离开。到深夜不就没有电车搭了吗？这么一来一定会有人睡在客厅，我记得是去年吧，早上进客厅打扫时发现有只熊睡在沙发上。当然后来发现那并不是真的熊，但是那一瞬间我真的以为是只熊，所以跟真的有只熊存在意思是一样的。我心跳差点要停了。可能说得有点夸张了，不过我那时候真的这样觉得。"

管理员一口气没停、连珠炮似的说完这段话，我甚至来不及回应。

"另外还有一件事，从建筑物的结构来看，我想可能不太容易，但请不要跟这里其他房客走得太近，不然你会发疯的。"

说着，管理员露出微笑。当时我还不了解这句话到底是不是管理员特有的玩笑。

"不过今天晚上饭岛已经约了你吧?"

"对,他跟我说了。"

"他好像找了大家聚会,我不会喝酒所以推辞了。其实我能喝啦。这样看来今天晚上应该也会来很多客人,要喝到早上吧?"

"这我就不知道了,会这样吗?"

"就算刚开始打算早早结束,大家一开始喝酒就会失去判断力,时间越拉越长。"

听管理员讲话的方式,我深信她确实是照片里那对老夫妻的孩子。

"你还有什么问题吗?"

"没有。"

其实我应该有很多想问的事,但刚刚满脑子都在注意管理员说话的口气,完全忘记本来想问些什么。比方说,这里住着几个人?"House"是什么意思?等等。当我想起这些问题时,管理员已经收好了她父母亲的照片。

搬完家的第一个晚上,我在饭岛和仲野召集的聚会上第一次见到小惠。她老家在名古屋,目标是当个绘本作家,在她身上几乎感觉不到其他人那种因投身艺术而盲目骄傲的自我意识。我感觉自己差点就要被席卷整个House的些微躁动状态给吞噬进去，多亏了小惠的存在，才终于找到一个容身之处。以参加我欢迎会之名实则来喝酒的人们，无不渴切地听着饭岛说话。

饭岛说："我讨厌随便有人死的作品。"这不知道包不包括电影或文学？"我也不喜欢那种'只要杀人就行了吧'的态度。"仲野表示同感。仲野看起来很崇拜饭岛，也像是因为能待在一个受周围注目的人身边而自我陶醉。

饭岛问了田村的意见，田村说："假如作者企图借由作品里有人想死来轻易赢得感动，那我不喜欢，在现实世界中，尽管有些人确实会很随随便便就想去死。"

"所以我才讨厌。特地去看一个劣化版的现实有什么意义？作品不是就应该展现出对抗的方法吗？永山，你觉得呢？"饭岛问我。

我的意见大概跟田村一样，再说，这种仿佛被言论审查的场合让我很不自在。

"就算把'死'主题从作品中排除，大家都知道人终归一死，所以就算在作品中没死或者没有描写死亡，最后都逃不开死的影响吧。"

"什么意思？"

仲野马上对我提出疑问。

"你是哪里听不懂呢？白痴。"

我听到脑中的自己这么说，但并没有真的说出口。

"也就是说，不管在作品里面的人死了或者没有死，作品本身有趣就是有趣，无趣就是无趣。假如单纯是个人偏好也就罢了，否则光凭类型、种类或者特征来判断好恶，这跟作品的本质并没有关系。"

田村没有直接回答仲野的问题，把话接了过去。

饭岛轻声说："原来如此。"好像在思考着什么。

直到饭岛再次发声之前，谁都没打算说话。

"永山，你讨厌的作品有没有什么特征？"

饭岛缓缓说出这个奇怪的问题，就像要推翻田村的发言一样。

"我也觉得创作是自由的，但比起轻率的死，我更讨厌轻率描写肉欲性爱。"

"哦？为什么？"饭岛问。

"我不是觉得不能写，有些裸体画也很精彩，但是如果太轻易地加入肉欲性爱，感觉就像在讨好谁，我想不出什么适当的比喻。以第一人称写的小说，叙事者应该是以在现实中觉醒的状态，采取符合常理的行动，但是却只在小说中突然变蠢、设定松散，我不懂为什么几乎所有人都对这种不自然不带疑问地全盘接受。假如叙事者情绪动摇或者处于心神丧失状态，那或许有可能平静地讲述这件事，但如果是这样，那一开始就该设定好这样的叙事角色，否则很容易让人混淆。我不喜欢在喝酒席间得意地讨论自己性经验的人，也讨厌把青涩回忆说得太过清晰鲜明的家伙。如果只描述心境，或者从非当事者的他人观点来描述或许可以理解。要不然我觉得这种写法好像只把性行为本身当成一种道具，当成反衬来谈论我也一样不喜欢。我只是不喜欢轻易将性描写视为一种套路，如果把个人的问题化为作品，或者是近乎自残行为的表现，那么鉴赏的一方也必须带着觉悟来接受。"

我一边后悔自己话说得太多，一边想起那幅基督的画。

"就算有人为了讨好而打破规则，一旦成为习惯，感觉迟钝的人就会简单地接受，觉得本来就是这么回事。"田村说。

"但如果是这样，为什么只有性是特别的？除此之外，还有其他日常生活中不会常跟人提起的话题吧？"

听饭岛这么说，我脑中瞬间一阵混乱。

"性比较容易激发感动，引人动摇，所以经常被拿出来用吧。"

田村回答了饭岛的问题。

"永山，你可能下意识间对性有自卑情结吧？"

饭岛接了这句话，仲野夸张地点着头。

"这种事不用讲出来吧。"好像有人这么说。

时间慢慢流逝，每当有人上厕所或者去冰箱拿酒，座位就会稍有改变，只有我即使去上厕所回来，还是规规矩矩坐在跟之前一样的位子上。小惠也跟我一样，一直坐在同样的座位，不过她上厕所时，一直无聊地坐在我身边的某个人移动到小惠的座位，回来的她只好坐到我身边来。

"会喝到几点啊？"

小惠问，我回答道："抱歉，我也才刚搬来。"

她笑着说："你说得没错。"

热闹的房间里只有小惠的声音好像从立体音响里传出来一样，轮廓特别清晰。

"我们一样大，说话就别这么客套了。"

"咦，你怎么知道我年纪？"

小惠好奇地看着我。

"因为我一直在听你们的对话。虽然是我的欢迎会，可是大家一直在问你问题，不是吗？"

连我自己都觉得说这些话会让人不太舒服，但这方面小惠似乎不太在意，只是惊讶于和我同龄这件事。

我找不到接下来的话题，就安静下来，于是小惠先开了新的话题。

"你跟管理员绫子小姐聊过吗？"

"嗯，你看过屋主夫妻的照片吗？"

"看过。只要有新房客来，绫子小姐好像一定会给人看那张照片。"

"故事听起来别有风情，不过他们看起来就像在开店前的小钢珠店门前排队的夫妇呢。"

"没错。听说绫子小姐也很喜欢看到别人看了照片后不知如何反应的样子。"

再也没有人播放中断的唱片，好几个人都醉倒睡着了，喝醉的仲野重复说了好几次在他老家有人把轻型摩托丢到海里的那个无趣故事。只有饭岛继续静静喝酒，也不知道他眼神看向哪里。眼前的状态就算回房应该也没有人会怪罪我，但我很开心可以跟小惠聊天。当小惠开始收拾杯子时，我忽然惊觉这样的时间并不会一直持续，同时这时间也并不属于我，顿时觉得很沉重。

我的脑子知道要输入"Nakano Taiichi"这个名字到电脑里，但是却误打成"English"。可能对他模仿别人，随便用英文标示名字这种做法有所抗拒，也可能是我在生理上抗拒仲野这个人的存在。明明有截稿日在即的稿件在等着我，脑中却有挥不掉的杂念。

就算仲野获得外界好评，我一点都无所谓。同年代创作者受到支持，我确实会在意，对有天分的人当然也会忌妒。可是唯独对仲野，我一丁点儿都没有这类情绪。

偶尔在杂志一角看到仲野以英文标示的名字，会有种跟怀念无关的情绪，就像是看到臭的东西还是会想闻闻看的恼人习性一样，依然会翻开读读看。

插画很糟，文章读了之后马上觉得后悔。才能匮乏到几乎让人同情，思路要命地浅薄，欠缺逻辑，搞错主题的比较对象，唯一擅长的只有比喻手法，但内容却毫无效果，文章中忽然跑出陌生的外来语，却跟主题一点关系都没有。

应该是想用上刚学会的字吧。那不自然的谦虚读了也令人难以下咽。说到底，一个有才气的人物所散发的谦逊会有缓解周围紧张的效果，但是一个浑身上下只有骄傲、恶劣和愚蠢的人，他的谦逊根本没有意义。就好比嘴上说着"一点小意思不成敬意"，却递给人一坨烂泥，然后还一脸得意地说"这可是挺罕见的泥巴呢"。

整体来说，他只是披着反骨外衣，其实还是在替权威和主流抬轿。他并没有发现任何新价值，只是模仿着常有的偏激人士，得意地指出自己如何悲观地看待这个世界。

我对仲野的印象跟以前没什么两样。这种男人竟然能以插画家和专栏作家身份维生，让我很失望。

仲野有什么成就，我一点也不关心，只不过每当看到他的名字，就得面对我至今还没消化完的记忆，让我感到不安。

住在 House 的人和经常出入这里的人几乎都来自外地，

大家的共同点是希望通过创作成名。但待在一个充满期待和活力的环境里会让人失去平衡感。身处于老家寝室睡前那种宇宙般的空间中，能够随意地自由驰骋想象，看到某些东西时也能够判断那对自己来说是不是特别的存在，但是当资讯急速增加，又接触到其他人的感觉和评价时，就会出现奇怪的混乱。就连以前深信只有自己的感觉才对的日子，都显得可疑，开始担心说不定自己什么也不懂。如果有人称赞路边的石头，就忍不住觉得那颗石头好像真的不错，在人前讲话的声音渐渐变小，连以前确实存在的唯一寄托、那种类似灵感的东西好像都要失去了。

饭岛给了我一张展览的宣传单，我决定自己去看。听说饭岛也有作品参展。会场距离根津要走好一阵子，听说这栋建筑物原本是间理发店，现在招牌老旧、外墙颜色也斑驳剥落，目前主要当作艺廊使用。内部墙面涂成红色，墙边摆着好几张老旧不成套的沙发。面对马路的墙壁嵌着整片玻璃，从外面也可以清楚地看到屋内。五六个男女躺在沙发里，面露懒怠过头的表情，吞吐着水烟。不知道他们是观众，还是表演者，但饭岛也在其中，我想应该两者都有吧。听说这就叫行为艺术，还有年轻人从外面用相机拍下这幕光景。

两个走过艺廊前身穿工作服、晒得黝黑的配管工人从外面看着，低声嘟囔道："这些人在干吗？"这句话莫名地钻进我心里，让我有种近似羞耻的感觉。那一瞬间我有点想掉头回家，不过发现了我的饭岛扬起一只手，我不得不进去。不管是对饭岛，或者对那身穿工作服的二人组，我心里都有一点愧疚。

打开门，闻到一股水烟的甘甜香味。我坐在一处空位，身体沉入材质远比想象更加柔软的沙发里。身边的男人静静地将水烟的吸嘴朝向我。我以自己没抽过为由拒绝了，但这么一来，这个空间可能就失去了意义。设置在房中的扩音器释放的声音并不是旋律，而是断断续续独立存在的爆裂声。

起初我没听出那是什么声音，但隐约有种不好的预感。我觉得这应该是种嘲讽，没想到那真的是放屁的声音，几乎未经编辑的各式各样的屁声在空间中回响。连续几个轻快简短的声音，在一段空白之后是两秒左右略带混浊的浑厚声，再来是典型的爆裂声，还有撕裂纸张般的声音。正当我以为终于要结束了时，在漫长沉默之后出现一种只有敏感的人才能感觉到的、穿透空气般的屁声。我看看饭岛，他正抽着水烟闭目倾听。坐在他对面的女人正对身边的男人附耳低语。

"这些人在干吗？"

穿着工作服的男人们那句话自然地在我脑中回放。现在我也成了那风景的一部分。不能抽水烟算是自己微弱的抵抗，我没有往后靠，双手交握在膝前。我觉得他们根本没把创作当一回事，而最让我生气的就是没有马上站起来走人的自己。这不是我想做的事，我并不打算一味否定创新或激进，我甚至自觉到自己很容易被自由的构思和刺激性的行为所吸引，但是这很明显并不是一回事。

一想到我大老远跑到这里来听放屁的声音，就觉得这已经不只是羞耻，甚至让我作呕。在我脑中想着这些事时，放屁声依然不断。音量提高，宛如终曲的一连串爆裂声几乎让人无法正常对话。我试图停止思考，但还是一直很在意外面的人究竟听不听得到这些声音。

无意识间放的屁，跟有意识被采集而放出的屁，哪一种罪孽比较深重呢？

我对这陈腐设计的异样空间感到困惑。这时饭岛大概是看不下去了，他插进来坐在我身边。

"怎么样？"

我说不出话来。

"要不要抽抽水烟？"

"没关系。"

"我想要打造一个真空空间。"

"什么意思？"

饭岛吸了口水烟。

"要让自己进入'无'的境界并不容易。就算是画画，即使有一瞬间能忘记一切，其实也不是真的遗忘，只是被朝向作品的其他能量所控制，并不是真正进入'无'的境界。我希望能让自己真正进入'无'的境界，不管思考或者身体。"

"确实，这里什么都没有，就算想寻找意义，好像也找不到什么真理。"

"是吧？"

"但是却留下很多羞耻跟厌恶。"

"为什么？"

一个原本充满理想或期待，但是却消失的空间，并不是"无"，而是一种"失去"的状态，所以不可能成为真空。就连到达失去的过程，都得在自己的内部消灭。要在对话当中说明这些实在太难了。

"因为放屁声吧。"

饭岛听了微微笑了笑。

"其实只要去思考为什么自己听到放屁声会觉得羞耻，为什么会对屁感到生气就行了。屁没有实体，只是一种感觉，因为屁就像是鬼魂。"

说完后，饭岛站起来，敲敲双手交叉在膝上的僵硬的我的后背，又回到原本的座位上。

在饭岛说话期间，一样有各式各样的屁声继续在空间中流动。

在打造真空状态这个名义下，饭岛有没有认真地面对这些屁?

对我来说,感觉并非什么也不是。无论是自己或者他人,都很难简单掌握实体,但却有可能从感觉中去想象。

穿着心爱的T恤来到这个地方的自己,让我觉得十分难为情。

小惠想当绘本作家。她从小就会对着月亮报告每天发生的事。她说,想把这种意象画成作品。

"发生在我们世界里的事,或者日常生活中的事件,直接说出来别人也很难了解吧。"

小惠在客厅桌上摊开一张白纸,一边拿铅笔画着东西,一边说。

"让谁了解?"我问。

"月亮吗?"她反问我。

"你问我,我也不知道。"

"我不是指月亮之中或者有人住在月亮上那种少女的幻想。"

小惠的声音里没有一丝犹豫。

躺在客厅地板上静静听我们说话的仲野插入了对话。

"小惠应该是想说,你并不是单纯追求童话感,而是把月亮当成映照自己日常的镜子,试图以故事的形式来撷取日常中那些无自觉的感觉，而不光是表层说明式的现象，对吧？"

仲野依然跟平时一样说话语速很快，但是不知从什么时候开始，他丢掉那种吊儿郎当的味道，刻意用空虚阴沉的表情来说话。仲野变化的原因大都来自他正在阅读的杂志或小说。

有一次，仲野一如往常在客厅热切地聊起政治。就在仲野起身上厕所时，我看了一眼他正在读的书，果然，是本谈政治的书，夹着书签的那页上写的正是他刚刚才说过的话，我忍不住扑哧一笑。只撷取自己接触事物的表面这种坏习惯，就像高中生戴上去毕业旅行时买的太阳眼镜使坏一样，令人不忍卒睹，但又无法像看待高中生一样觉得他可爱。

"我觉得不能是镜子。并不是因为看到镜子而亢奋，一定得是月亮才行。把跟月亮的对话视为可笑的童话很简单，可是借由这种行为道出的故事，的确是小惠跟月亮携手创造的产物。"

换成其他素材时，也一定会产生其他故事。

就算对小惠来说月亮只是故事的线索，根据月亮这个发射台的角度，弹射出的想象方向一定会有所不同。

"对对对，饭岛哥曾经也说过类似的话，他说创作时要让其他东西进入自己。"仲野说道。

你又不是饭岛。我很想这样反驳他，不过小惠却很认同似的说："原来是这样啊。"

"你最近在画什么？"

她听了仲野的问题，翻开自己的创作笔记。

"嗯，我在画一个女孩，她喜欢上在梦里遇见的男孩，但女孩不知道怎么样才能见到男孩，想了很久，决定写封信挂在红气球上放掉，信上写着：'你身体还好吗？我喜欢你，请跟我联络。'后来女孩死了。因为战争原因，女孩的国家所有人都死了，一个不剩。只有红色气球离开了那个国家，飘到遥远的另一个国家。气球飘到遥远国度时，是战争结束的早晨，红色气球和那封信被当作战争结束的象征，被仔细地保管。三千年后，那个时代的王子体弱多病，不能外出游玩，只能在宫殿内探险。他发现了红色气球，而那个三千年前出现在女孩梦里的男孩，跟王子一模一样。王子看了那封信，写着'你身体还好吗？我喜欢你，请跟我联络'的那封信。几年后，王子成了国王，他往以前女孩国家所在地建立的新国家丢下炸弹，发动战争，最后世界毁灭。现在笔记写到这里。"

说完后，小惠看看我和仲野的表情。

"小惠，其实你朋友出乎意料地少吧？"仲野说道。

小惠回答："为什么说出乎意料？"仲野没发现她语气里包含的怒意。

"王子为什么要在喜欢他的人曾经住过的地方丢炸弹呢？"听到小惠这么说，仲野回道："原来你自己也不知道啊。"自顾自笑了起来。

"因为见不到女孩，除了这么做之外，他也不知道还能怎么办吧。"

我说完后，他们两人都安静了下来。

House 的房客们除了窝在房里创作的时间，几乎都在客厅，讨论创作和日常生活发生的种种。特别是饭岛，他不只喜欢讨论，还总是喜欢特意引导话题。

我跟仲野基本上合不来，经常有冲突，不过单纯因为年纪相仿这种无谓的原因，在旁人眼中我们似乎是朋友。我从来没有被仲野的创作或思考所吸引，仲野好像也很喜欢看我被他辩倒的样子。

饭岛往往是众人论辩的中心人物。我们就像扮演着帮助饭岛的辅助角色，让他的疑问、烦恼或者正在解决的问题更加成熟、进化。

饭岛看来不只是希望大家认同自己的发言，当他听着费尽心思想跟他有共鸣的仲野说话时，甚至还显得有点无聊。尽管如此，只要有人提出意见，他就会仔细补充，替对方说出他们的想法，也不忘连接到下一个话题，满足其他参与者。比起他本身的才能，或许是这种度量更能吸引人吧，但是采取利他行动时，饭岛的表情似乎有些空洞。另一方面，当讨论越来越热烈时，他原本轮廓深刻的脸部阴影会更加明显，他会瞪亮那对大眼睛，就像把薪柴丢进火堆里一样再抛出新的问题。这种时候仿佛整个屋子都是饭岛的大脑，而我们只是其中一部分。

"为什么会有这种罪恶感呢？"

饭岛这么说时，没人能马上反应。

好不容易仲野才反问："你是指我们对这种生活的感觉吗？"

"嗯。明明没有做什么坏事……"

饭岛的话好像飘浮在半空。

之后，"罪"这个字再也离不开脑海。我除了喜欢画画之外，并没有什么明确的目标。自己也不知道到底是想当漫画家或者想画插画，只是隐约有股欲望，希望自己画的东西能够受到认同。

我心里确实有对尚未社会化的不安，如果说这是"罪恶感"，好像也不是不能接受。假如这种不安来自罪恶感，那罪状是什么呢？是脱离社会规范吗？不符合别人所规划的"社会人士人生"吗？还是跟我们对同年代优秀的运动选手、音乐家的憧憬或者忌妒有关？是单纯因为自己没能像他们一样有优异成果的现状感到不满吗？如果是这样，我们的罪恶感似乎是源于自己身为凡人，但我并不想将这几个字说出口。

我记得，提议办一场以House房客为主的作品展的应该是饭岛。仲野很快就在上野附近的艺廊找到一个能用低于行情的廉价租用的地点。在这方面还有在便利商店里会马上拿起购物篮这点，算是仲野仅有的优点。整体展览结构由饭岛负责，其他人只需要负责制作自己的作品。听说以前也曾经办过House房客的作品展。

这件事定案后，我单独待在房间的时间变长，整个House也弥漫起一股紧张气氛。饭岛画了一幅题为《原罪》的油画，是一幅运用了古典手法的巨大画作。田村把在House拍摄的影像投影在艺廊白墙上，画面上以秒为单位迅速显示拍摄影像当下的时刻。只是极其平凡的日常风景，不过题为《蛇足》的这段影像莫名地令人感受到一股危险气息。小惠的作品是一个绘本，少女将当天发生的事情向沉默的月亮报告。在故事后半段，少女的独白暗示世界的终结，最后一页少女对着没有月亮的天空说："你在听吗？"然后结束了故事。我用"凡人A的罪状在于相信自己的才能"这个标题，把一系列画作贴在有点重量的背板上，然后吊挂叠放，必须逐张翻开才能全部看到，目的是希望每一张画都让人感觉到有负担。仲野依样描绘多张知名角色然后裁切下来，像拼贴般在同一张纸上贴成男性生殖器的形状，自己觉得很快乐。

每个人的创作都是独立作品，但很明显整体都受到饭岛作品《原罪》这个标题影响，特别是"罪"这个意识的影响。我自己想出的"凡人A"这几个字，也是从跟饭岛的对话中衍生、构思出来的，小惠对月亮的独白是种直接的忏悔，田村结合了时间与影像的作品可能是种企图从"现在"让"原罪"浮现的尝试。在这当中，只有仲野创作着癫狂的作品。这种行为就是一种罪孽，但我不认为这会对人深刻探索罪恶感带来任何启发。

作品展来了不少人。虽然大都是各自的亲友，我还是很好奇观众对哪幅作品会有反应。艺廊营业时间内饭岛和仲野一直待着，我也翘了学校的课跑去。开幕第一天，我们办了欢迎酒会，其实也只是 House 的老面孔换个地方喝酒而已。

田村翻开了放在艺廊入口代替签名簿的大学笔记本。

"好厉害哦，特地用毛笔写啊，还写得这么好。"

"你念出来看看。"饭岛说。

"请多培养些灵活的感性。"

田村念完后大家都笑了。

"这死老头。"饭岛说完后大家又笑了。

小惠从旁边看了一眼田村念完的笔记，惊讶地说："可是这个人住在千代田区啊。"

"这没什么关系吧。"

仲野这么说完后，小惠说："住在千代田区，表示是个蛮了不起的人吧？"

田村依序念着笔记。

"绘本很有趣，请继续画下去。"

仲野"哦"了一声,看向小惠。

"饭岛,好久不见了,你剪头发了吗?"

"这种人还挺多的呢。"

说着,饭岛自嘲地笑了。

田村又继续念了几则笔记上的感想,但其中没有写给我的。

"哦,有一则写给永山的感想呢。我看看,《凡人A》从许多层面来看都很沉重。"

大家都笑了,笑得很开心。

我坐在上野公园池边栅栏上,塞着随身听的耳机眺望水面。后方长凳传来饭岛和仲野的声音,其中混着小惠的笑声。

他们三人喝着啤酒,热烈讨论起"何谓自由"的话题。曲子的空当传来的对话让我很好奇,我背向他们,尽可能将随身听的音量降低。仲野带有鼻音的声音让我听了觉得很烦,小惠的笑声也有点讨厌。

"永山,这里还有啤酒哦。"饭岛说。

也不知道为什么,我假装没听到。我不知道自己处于何种状态。明明听到了不规则的轻快脚步声,连脚步声都能听见,却装作什么都听不到的自己也实在很蠢。

有人拍了拍我的肩,转过头去,看到是小惠。大概是来替饭岛传话的吧。

"喂。"

她叫了我，我等了一会儿，顺手拿下右边耳机。小惠手里竟拿着一个绿色的彩球。

"用这个丢蚂蚁会怎么样？"

池面倒映着街灯的光。

"会死吧？"

"这里有蚂蚁吗？"

她轻声说着，将脸靠近在路灯照射下微微发亮的地面。我莫名地放下心。拿掉左边耳机，听到车辆驶过的声音，还有树叶摇动的声音。饭岛和仲野继续在说话。

"找到了！"小惠说。她又说了声："你看好喽。"

小惠先将身体往后仰，然后朝着地面垂直丢下球。球没有打到蚂蚁身上，轻轻弹开来。小惠捡起球，再次从与胸同高的位置丢下。"砰"的一声，小惠抓住回弹的球。

我松了一口气。

"哦，动作有点迟钝，但还是会动呢。"

仔细看看地面，断脚的蚂蚁正慢慢试图往前爬。小惠蹲下来，专心观察着蚂蚁。

"很可怜耶。"

"嗯，好可怜啊。"说完这句话的小惠继续盯着蚂蚁。

我跟小惠还有仲野三个人去吃拉面。小惠对我说："叉烧给我？"我笑着回答："不要。"这是我人生中很重要的瞬间。

从小我就经常被拿来跟人比较，历经无数次惨败。我跟朋友两个人在小学中庭的秋千上玩，那个朋友书念得好又擅长运动，是个很受女孩和老师喜欢的爽朗少年，大家都亲昵地叫他名字"阿大"。至于我，大家都以姓来称呼。每当别人叫我时，我就会意识到这个差别。我经常在中庭看着一个女孩，她有着猫一般的眼睛，长我一学年。为了看那女孩，我经常来荡秋千。

上小学前，更小的时候，我曾在附近的儿童公园跟那女孩说过一次话。女孩对我说："这里是爷爷的公园，你不要进来。"我们距离很近。坐在长凳上的老人没说话也没笑，静静看着我们交谈。女孩的眼睛让我印象深刻。那天的事女孩已经不记得了，我之所以会记得，是因为频繁地回想着那一天。我荡着秋千，可以听见风的声音。女孩走近秋千，我没再用力荡，放慢了速度。女孩看着我，我单脚抵着地，停下秋千。

"一起玩吧。"女孩说。当年那个女孩竟然来跟我说话，这让我兴奋不已。

"玩什么？"阿大问。

"公主扮家家酒。"女孩说。

"怎么玩？"我问。

女孩说："阿大是国王，永山是乞丐。阿大是国王，永山是乞丐。"她打节拍般唱了起来。

一阵凉风吹过空荡荡的内脏。我并不是想哭，而是觉得自己顿悟了某些事实。比如，这个世界一点也不公平；比如，自己不见得永远都能得到想要的角色。当时的我，脸上是什么表情呢？

我没生气，也没闹别扭，嘴上念叨着"麻烦死了"，卖力演着乞丐。身体里还是一样，空荡荡的，但女孩笑了，这就是唯一的救赎。那女孩的名字也叫小惠。几番攻防之后，小惠抢走了我的叉烧。对着她抱怨时，我想自己脸上应该是笑着的。

因为一份登记制的打工工作，我来到横滨的工作现场。工作内容是拆除组合屋，时间很短。休息时负责指挥现场的一名壮汉指向塞满螺丝螺帽的一斗罐说："谁能把这个拿起来，我就给他一千日元。"明知道一定不可能，但为了避免麻烦，想想还是做做样子、假装挑战好了。我弯下腰，双手抓住一斗罐，男人说："喂！不要一用力就放气哦。"我放松了力气。他可能是因为想说这句话，才要大家来拿一斗罐的吧，不过看他皱起眉、表情很认真的样子，说不定真的在替我担心、怕我丢脸呢。

工作结束后，本来要搭其他工人的车到新宿，不过眼看天色还没黑，我决定自己走到红砖仓库。看到一间个人经营的杂货店，货架上摆着几颗手工打造的雪景球。我想起小惠房间也放了很多颗雪景球，买回去她会开心吗？

木制底座上刻着小小的一排字："Our Town"。上面半球形空间里的街道虽然说不上精巧，却也极其纤细。建筑物的灯光里带着暖意。我用双手捧起，堆积在路面上的雪晃动闪亮。除了让人生怕弄坏的怜爱之外，也勾起我心里的一股不安。

我把雪景球送给小惠，她比我想象中还开心。小惠盯着透明半球看，开心地轻声说："好可爱哦。"每当她把雪景球往各种不同方向倾斜，那银色雪花飞舞的小小世界就会产生变化。

"雪景球如果放在窗边，不同时间光线照射角度也不一样，很有意思呢。"

"照到太阳，液体不会变色吗？"

她只"嗯"地敷衍我一声，又把视线拉回雪景球上。

年底，小惠约我吃饭，说是要答谢我送她雪景球。在那之前我们没有两个人一起吃过饭，走进相约的餐厅之前，我一直静不下心。店是小惠预约的，很热闹的酒馆。坐在座位上的她发现了我，笑着挥挥手。

"很快嘛。"我告诉她其实来这里之前我走错地方，进了隔壁餐厅，说了预约名字之后店员竟然也带我入座，甚至还送来水。小惠笑着说："永山，你声音太小，我猜对方八成没听到你在说什么。"她脱掉深蓝大衣挂在椅子上，里面穿的是紫色天鹅绒连衣裙，看起来比平时成熟许多。

点了酒，干杯之后，小惠开始点菜。

"我看你刚刚好像对焗饭蛮有兴趣的，要加点吗？"

"没关系。我喜欢焗饭，但不知道有多大份。"

"这样说的话，每一道菜都不知道分量啊。"说着，小惠笑了。

"焗饭感觉分量很大啊。"

"不知道为什么你偏偏这么提防焗饭。"

因为觉得点了大分量，如果马上就饱了很可惜。

"对了，不觉得焗饭很像雪景球吗？"

"一点也不像吧。"

小惠喜欢上雪景球，是因为祖母曾经把雪景球当伴手礼送给她。通过小惠，我也开始觉得雪景球是种特别的东西。

离开餐厅，我们一起走在上野街头。

"为什么想画绘本？"

"现在是要采访我吗？"

"我的问法很奇怪吗？"

"奇怪也无所谓啦。总觉得我可能不像你，有明确想做的事吧。小时候看绘本都不太能接受书里的结局，为什么不这样呢？我妈和奶奶就笑着说，看样子你将来会当个绘本作家呢。我只是单纯觉得，哦，如果有这种工作的话，那试试看也不错。"

能坦白这么说，表示她很诚实。

我其实也跟小惠差不多,并不是因为收到什么上天的明确启示才决定当漫画家。只是除了画画之外,没有能推动自己的力量的东西,于是不知从什么时候开始,模模糊糊觉得想试着画漫画。唯一可以确定的是,比起想成为一号人物的期待,想表现出某种东西的欲望永远跑得更前面。

"等一下。"小惠在自动贩卖机买了茶,问我要不要喝什么。

"咖啡。"我回答之后把零钱递给她。

"你上次的作品很有趣呢。"

小惠两手抱着茶这么说着。

"哦。"

听别人提起我的作品忽然有点尴尬。我把双手插进军装外套的口袋,发现里面都是线头和灰尘。

"那个标题很有意思呢。"

"哦,'凡人A的罪状在于相信自己的才能'……"我刻意笨拙地说着标题。

"这句话是对饭岛说的吗?"小惠笑了。

"啊?为什么这么问?"

"该不会是指我吧?"

说到"我"这个字时,她已经没有笑意。

"不是啊,是跟饭岛说话时自己心里出现的感觉,其实说的是我自己。"

"这样啊。原来你也会怀疑自己的才能,那我就放心了。"

"什么意思,我看起来像个奇怪的人吗?"

"我觉得你是 House 里唯一像艺术家的人。"

"别再说了,好丢脸!"

"哟!艺术家!"

"真正的艺术家身边不会有人这样起哄吧。"

"除了你以外,其他人都只是空有形式!"

小惠遗憾地说。

"我也是啊。"

语气虽然轻松,但她依然没有笑意。不过我好像可以了解她的感觉。

"没有这回事啦。"

我努力想接话,却接不下去。我没有看轻她的意思,但一直聊才能的话题我其实也受不了。

"月亮真好。"

总觉得该说些什么,想了想,想出了这句话。

"天气阴,看不见月亮啊。你这个人就是这样,说话跟作品一样,没那么容易懂。"

虽然看不见月亮,但是被云覆盖的天空里只有一处是亮的。

"我只是笨拙而已。"

"你那些画的背板都很重,看完后肩膀跟手臂会很痛,从艺廊离开的人都在抱怨这件事。"

"所以说我不行啊。"

听到其他人的评价会觉得很不安,但又马上想要反驳。

觉得麻烦就犯不着来看。没能力鉴赏的小孩大可等有能力之后再看,或者借助旁人的力量。所谓让鉴赏者完全没有压力,作品公平对每个人开放的状态,其实都是骗人的。乍看之下这或许平等,假如无法抗拒,得公平对待每个鉴赏者的意见,那么就得将鉴赏者接触作品过程中的身体强度和思考可视化。因为人往往很快就会忘记,鉴赏作品这件事就等于自己与作品之间的关系。

"永山,你觉得呢,作品展里哪个最有趣?"

"田村的吧。"

回答之后我就后悔了,为什么不先说对小惠作品的感想。

"为什么?"

"田村的影像虽然没有给出明确的答案,但是时间以秒为单位流动,给人一股不安的感觉,似乎即将要发生什么。就好像呈现所有人都逝去了之后的状态。"

"啊,好像有点懂。他跟你最诡异了,不管是人或者作品都是。如果不是这种能跳脱常规的人,要创作就很不容易。"

"你是指我们没有一般常识?"

"对。"

"这样不好吧。"

"一个有常识又有趣的人，只是个普通的优秀精英吧。永山，你有一种洁癖，希望别人能这样看待你，但你是办不到的。"

"所以说我很糟啊。"

"但饭岛就办到了。"

"那不是很好吗？"

"所以才不行啊。"

她有点恼火地这么说，看起来甚至让我觉得有点问题。

"什么意思？"

"我也不知道。"

"不都是你自己说的吗？"

我把积在口袋里的脏棉絮用指尖揉成团丢在空中。棉絮没有随风飞走，就这样落在地面。

"口袋都会有这个呢。"小惠说道，只喝了一口茶，又开始往前走。

"我觉得饭岛是个聪明人，他完全了解我刚刚说的道理，企图把自己放在那个框架中。你看他这个人无论说话还是作品，都很容易理解。你应该是我认识的人里最不聪明的一个。"

"那还真是糟糕。"我说。

"这样好。"她回道。

我跟路边一个完全静止、穿着全身紧身衣的默剧演员四目相对。在经过他之前，我和小惠两人一句话也没说。

"你想喝一杯吗？不行的话，我就自己去。"

听我这么说，她故意夸张地说："怎么说这么见外的话呢？"

我说了第二家店由我请客，来到距离上野车站前有些距离的复合式大楼二楼里一间酒吧。店里已经有几组客人，不过吧台区还有座位。唱片的乐声传来，我问小惠是保罗·麦卡特尼吗？她只简单回答了声："对。"我脑中还在反刍着刚刚的对话。一落座，之前的时间、之前的存在，一切仿佛都显得恰到好处。

我点了啤酒，她说"我也一样"。接着我们光顾着喝啤酒。店里轮番播放着知名的圣诞歌。

时间的流逝越来越快。正在喝第三杯时，我心想，是不是要主动说该回去了，但又舍不得打断这样的时间，迟迟说不出口，这时小惠说："如果放了约翰·列侬那首曲子，我们就回去吧。"我问，如果没有放那首歌呢？小惠回答："那就一直喝下去。"

说来也是理所当然，每当发现有人离我很近，自己和他人之间就一定会出现距离。与其说我想更接近她，不如说我有个奇怪的念头，希望自己能变成她。

我经常跟住在 House 二楼最后那间房间的瘦削男人聊天，就是我第一次到 House 时直盯着我看的那个男人。谈话中我知道他跟我同龄，但并不知道对方真正的名字。他房门上贴着一张写着"奥"的纸，大概就是他的名字吧。跟一个连名字都不知道的人说话，感觉很不可思议，不过其他房客和经常出入的人，我知道名字的也只有一半左右，事到如今也问不出口。每次在走廊见到奥，就会自然而然请他进房间。我跟小惠的事也习惯只跟奥说。

"如果把雪景球先翻过去再翻回来，看起来就像在下雪对吧？"奥说。

风从敞开的窗吹进来，吹动了长度有点不够的窗帘。

"嗯。"

"不是啦，你有没有把雪景球拿着转动过？"

奥摸着他没有修整的胡须说着。

"没有。"

"看起来不像下雪呢。"

"哦，那像什么？"

"像漩涡。"

"但是里面应该填满了液体吧？"

"可能每颗都不一样吧。"

奥露出深思的表情，继续往下说。

"如果我说像'世界末日'，听起来可能很老套，总之，就是看了会让人心慌的样子。"

"只要自己不跟着转不就好了？"

看我笑了，奥紧闭着唇，看着我的脸。

"你一定会照着做，因为听了我这么说。"

我觉得他的脸色有点铁青。

"才不会。"

我这么说完，他又笑了。

"你一定会。因为你不希望出现那种诡异的世界，所以你会想亲自确认并不是这么回事。"

"好像有点懂。"

"我想你会带着后悔的心情看着那种带有危险气息的光景。即使发现自己正在这么做，也逃不开。"

说完后，他用伸长的脚后跟敲了一下地板，发出"咚"的一声。

"哪有这么夸张。你现在是在模仿恶魔吗？"

"你才是恶魔。"

"别一脸话里有话的样子。"

我说完后，奥静静地笑了。

如同田村事前告诉我的，他跟出版社编辑正并肩坐在居酒屋的包厢里。田村放在桌上的摄影机亮着红色指示灯，我想应该正在拍摄。不知从什么时候开始，田村的拍摄也成为一种日常。

我们三个人都点了啤酒，编辑单刀直入地对我说："我想为永山先生的作品出书。"这名编辑好像来看过 House 那场作品展。

"透过笔下人物悲惨的宿命，似乎隐约可以看见创作者自己的生活暗影，我觉得非常有趣。"编辑翻着笔记这么说。

具体来说，他希望我替原本的单张画作配上文字，然后整理出一个足以成书的系列。这跟我想画的漫画不同，但原先也没指望对方会愿意帮我出画集，所以我有点兴趣想试试。

"我猜想你的个性可能不希望自己的作品被随意改动，不过我这边有几个提案。"编辑这么说。

田村玩着他的摄影机，没有说话。

不知道是什么原因，很多人都会觉得我难相处。小时候还好，大家会开我玩笑。渐渐地，周围人好像开始小心翼翼地对待我。

"好。"我慢了几拍才回答，田村嘴角露出一点笑意。

编辑翻开自己的笔记本，低声说："凡人 A 的罪状在于相信自己的才能。

"这么说或许有点冒犯，但这种青涩和别扭一点都没有现代感，也不是传统，简单地说就是有点落伍，你别生气啊。"

"好。"

"我觉得这应该很好笑。"编辑笑了，似乎也想引我发笑。

我还不懂他的意思，但也跟着笑了。

"有没有人说过，你很像昭和时代的穷苦学生？"

"哦，有一段时期吧，但后来大家也叫腻了。"

"你是不是经常在思考跟这个作品主角一样的事？"

"应该吧。"

但我没有刻意要想，只是会自然陷入那种思考当中。

编辑继续说。

"当我看到你感受到的那种郁闷时，我笑了。我一直在想，到底哪里好笑，我猜可能是因为你没有替这个具备内省精神的主角预备出口，所以这种悲剧性引人发笑吧。那幅画刻意贴在很重的背板上，还装了框，对吗？这种呈现方式并没有加强作品的分量，反而让人觉得这是一个属于不同世界的故事，一个被封存在这沉重画框世界里的故事。这幅作品违背了你的意图，与现实隔绝，那么这些沉重到底由谁承担？并不是鉴赏作品的人，而是特地选择这种手法的作者自己。这时我才感觉到作品中的人物跟作者的关联，所以我拜托田村，说想跟你见面聊一聊。"

编辑身子往前倾，一口气说完了这些。或许比起我的作品，他笑的其实是包含作品在内我的所有状况吧。

"简单地说，我建议在画作上添加类似'凡人 A'这种吸睛但又叫人无可奈何的文字，让作品整体看起来像讽刺画，这样应该可以表达出趣味性。怎么样？要是觉得不喜欢就直说。"

我知道他想说什么。演就是了。只要让大家觉得我所处的状况好笑就成了。

"也可以写成故事的形式吗？"

我没有什么太深的想法，可能只是在抗拒自己一下子全盘接受提议。

"你是指不是单张独立的系列画作？"

"对。"

编辑沉默了一会儿，看起来好像已经决定好接下来要说什么。

"我觉得这样可能会一口气拉高难度。"

"我知道。"

编辑皱起眉盯着玻璃杯，好像还有话想说。

"那就试试看吧。对我来说只要有趣就行了。只要你能客观看待自己，讽刺画可以成立就行。"

"我试试看。"

田村拿起摄影机，拍下我回答时的表情。

生日这天我没有任何计划，天还很早，我就在附近烤串店的吧台喝起啤酒。虽然表现出没家累的中年人本当如此的样子，但每年还是会规规矩矩记得自己生日，说来也实在可笑。小时候家人曾经替我庆祝过生日。记得有一次（在庆生会上）玩接龙，我为了要赢，一定会努力找发音是"Ru"结尾的词，让坐在我旁边的父亲接下去，结果他破口大骂："我们可是为了你才玩的！"而现在的我，年纪已经超过了当时的父亲年龄。

打开手机，几个朋友传了LINE过来。

"大王，生日快乐！"

这是偶尔会单独见面的朋友。我也想过要联络对方，但生日这天可能会让对方刻意费心，我又不想让人家误会我有什么特别企图，想想觉得麻烦，也就没有联络。啤酒灌入喉咙深处，想起一两幕在House的旧时回忆，一个人沉浸在回忆里其实也不错。

整个脑袋晕乎乎转个不停，我还在犹豫该不该喝酒。就算坐在桌前，也一点灵感都没有。到附近散步、听音乐，随意翻看杂志，为了不让胸口萌生的那些渺小创作嫩芽般的感觉远离、消失，我努力想灌溉栽培，可是这份意愿却持续不久。我始终抛不下"这种点子谁都想得出来"的怀疑，陷入不安。

跟编辑见面的那天晚上，我把编辑的话和提议告诉了小惠，她像是自己的事一样开心。又过了几天。该创作什么？为什么要创作？我开始连这些答案都不知道。

我画了几张图，但是找不到适合放上去的文字，甚至只想得到一些类似台词的轻佻字句。若要以搭配文字为前提来画，又完全画不出来。图文无法互补，这样怎么可能写出故事？我心里没有任何故事，有的只是不断变形的情感，而这些情感始终无法凝结成具象，最后我只是被更大的不安吞噬得一点不剩。

认识小惠之后，我第一次跟她吵架。她只是问了我创作进度，我却像发了疯似的对她大吼。明明没有天分，却表现得像个忧郁的艺术家，事后觉得自己这样子真是不堪。隔天重看了自己画在笔记本一角的阴影极浓的描写，几乎想吐。要是这种图，我立刻可以题上"无病呻吟"这几个字。

小惠只是单纯很期待，但她的期待让我感到很沉重。想要推开这份沉重时所产生的感情，甚至接近憎恨。假如她一开始就嘲笑我也就罢了，但事到如今我已经不能让她笑了。

我试图说服自己，"擅自决定开始的事就不能擅自决定结束"只是我先入为主的想法，但桌上空白的纸张强迫我认知到这才是现实。脑子晕乎乎的，我又开始犹豫，该不该继续这样喝酒。

我窝在房间的棉被里，看着电线在窗户吹进来的风下摇摆晃动。奥坐在椅子上，翻看我房间里的漫画。

"说不定根本没有人是天生就有才能吧。"

"什么意思？"

奥的视线没离开看到一半的漫画。

"人类或许只会分成欺骗自己、觉得自己不同凡响的人，跟除此之外的人吧。老实说，只是在赌这一半的可能性吧。"

"发现这种道理好吗？"

奥的脚跟敲响了地板。

"我有时候假装自己很自律，整个晚上都在画画，其实画到一半就开始重看《幽游白书》全集，不知不觉就天亮了，或者觉得下面痒了就自己弄一下解决，然后就这样睡着，只是因为熬夜到天亮有种成就感。"

"很像高中准备考试时那种感觉吧。"

"对对对，其实现在跟那时候几乎没什么不同，冲劲跟实际行动完全搭不上，这种运用时间的方法根本不可能让考试成绩突飞猛进，自己早就知道会有什么后果。"

"大家不都是这样吗？"

"不，有才能的人不会睡觉，有才能的人会好好工作。"

"但是听说爱因斯坦一天要睡十个小时。"

"如果是真的，我觉得好心安啊。这表示我还有一点可能对吧？不过至少约翰·列侬就不会烦恼这种事吧？"

"我觉得会吧。"

"他的烦恼不是在个人层面，应该是这整个世界。"

"啊？但个人的事就是这个世界的事啊。"

"老天爷为什么不先设定好让每个人只能做适合自己才能的梦呢？要不然也给我们强韧一点的精神，让我们即使被当成垃圾看待也不会受伤。你不觉得吗？"

"嗯。"奥的声音有点嘶哑。

"快天亮了耶。"他轻声说。

窗外还一片黑，不过跟刚刚比起来天空更接近蓝色。

"天最好不要亮。真希望就这样不要醒来。这种感觉是不是很老套？"

"什么状态叫不老套？"

"充分拥有自己的个性。"

"什么意思？追求那种境界才叫作老套吧？"

"所谓老套，是那种总爱把'失败是一种名为经验的成功'这类句子挂在嘴上的人。也有人真的失败之后就一蹶不振，不是吗？"

"或许吧。"奥翻着书页，偶尔发出小声轻笑。

我在旧书店书架前，翻着成为漫画家的入门书。我把建议去当专家助手的书放回架上，拿起下一本。我在翻开的书页里拼命寻找文字，想获得一些启示，不过看到一半才知道，这是本介绍如何成为会计师的漫画，自己默默碎念了一句："不是这个啦！"身上满是酒臭。这时我才想起，现在身上没什么钱，因为今天早上刚吃了拉面。一个身穿西装的上班族走过我背后，咋了一声，我也试着发出点声音回应对方，但声音比我自己想象得还要大。店后方的老板看着我,我又拿起另一本书。对了,重要的是故事啊,我出声嘟囔着。这是为了让店主放心而发出的声音。离开书店,阳光很刺眼。从昨天开始我就没睡,编辑指定的截稿日已经过了。

昨天晚上我跟小惠有过一番争执。"你到底在逃避什么?"她这句直接的话让我听了很烦。创作行为本身就是一种谎言,我的方法是去证明这个已经存在的东西。我用各种漏洞百出的艺术论逃开小惠的问题。她问我:"为什么又喝醉了?"我试图笑着敷衍过去,但是这种问答重复了几次之后我忍不住对她大吼。她离开房间时哭着说:"你现在难得有一个能因为创作而受苦的机会啊。"这句话最刺痛我的心。小惠为什么要哭呢?总之,我好困。

睁开眼睛时觉得头很沉。望着放在窗户旁边的雪景球,我试着回想自己是怎么到小惠房间来睡的。我在棉被里动了动,小惠扑向我,床铺应声嘎吱作响,她看着我的脸:"醒了?"

我点点头,她从房间小冰箱里拿出两块海绵蛋糕放在桌上,在我的玻璃杯里倒了可乐,给自己的杯里倒了茉莉花茶。我发现她心情出奇地好。

"这是干什么?"我闷声问。

"庆祝你完成分镜稿啊。"小惠笑着说。我好像已经很久没有看过小惠的笑脸。

"什么意思?"

"你不记得了?"

她在说什么我一点头绪都没有。小惠雀跃的声音让我有点烦躁,但我又希望她能够继续保持这个样子——心里很矛盾。

"昨天晚上你喝醉了,但突然说想到了故事,所以我急忙帮你写了下来。"

到底发生了什么事?

"我说了什么?"听我这么问,小惠站起来,从工作桌的抽屉拿出笔记本翻开递到我面前。

上面有整齐的字迹写着故事梗概,还有台词,我却一点印象都没有。

但看了笔记之后,我很确定这确实是自己想出来的。上面整理了过去隐约存在我脑中,但却从来没有形成具体意象的几个点,还连接得极漂亮。不过看起来还称不上作品,因为人物台词还有些漏洞,这些漏洞也都因为主角的个性得以顺利补缺。知道这确实出自自己之手后,我忍不住弯起了嘴角。

我急忙吃完蛋糕回房,花了两天时间不眠不休地画好剩下的图,一点都不觉得疲惫。故事与图画交映,有时又能从中诞生新台词。

我寄了封电子邮件给编辑,先为了作品样本迟交致歉,同时向他报告已经完成，发完信后我还是亢奋得睡不着。小惠也还没睡，我邀她一起去散步。

我还清楚地记得小惠在走廊上压低声音说话时的声音，还有没开玄关灯直接穿鞋的感触。我们两人笑着跑在上野公园里。

《凡人A》出版后，经过杂志等媒体的介绍，瞬间成为热门话题，尽管数量不算多，好歹也再版了。过度的自我厌恶和露骨地从自我本位看待世界的风格，获得一部分读者的支持，不过听到的反馈多半是类似"青涩"的揶揄。或许正如编辑打的算盘，这种青涩正能引人发笑，但我自己并没有因此满足。

我本来以为，只要作品能问世，那股隐约的不安就会烟消云散，其实不然。作品跟我自己一样，在跟他人接触后受到审查，确立价值。

我告诉奥我决定要出版书了，他很罕见地表现出开心，不过他也针对之后可能发生的状况给了我建议。

"可能会有人忌妒你，但不用太在意。那些人只是不想面对自己以外的人受到好评的事实而已，你甚至不需要同情他们。我也会忌妒你啊，也会忍不住去想，说不定我也能有一番成就。但实际上我什么都没做。结果就是这样，所以事后再说什么都没有意义。"

"也有点运气成分啦。"

我说完后，奥叹了一口气。

"不需要这种谦虚。你知道过去有几万个自称创作者的人，都拿着'运气'当借口就此沉沦吗？因为要把责任推给自己以外的事物很简单。我并不认为社会风评代表一切。如果有人出于自己的真实感受想称赞某个人，那大可去称赞，但难道有人会想付钱给一个无法为自己的人生或痛苦负责任的天真鬼吗？"

奥沉着地说，语气很平静。

"忌妒你的时候，我会回顾自己的时间。发现自己像个傻子一样地吃饭、睡觉，然后觉得丢脸死了。你干脆叫我吧。"

说着他自己也笑了。

"还有，你不觉得那些人的眼界很狭窄吗？与其忌妒你，还不如去杀掉那些不需要加入竞争游戏的有钱人。为什么只对跟自己起点相当、顺利爬上去的人有这种过度反应呢？嘴脸真难看。"

我不敢相信有人会忌妒这么不中用的我，本来以为是玩笑话，不过实际上真的有一大堆这种人。他们的批判不会危害到我什么，但是有这种人的存在，以及他们那无处宣泄的话，确实让我受到一些影响，这时我就会想起奥说的话。

只有跟小惠一起共度的时间安稳地流逝。

感冒发烧时,小惠会炒蔬菜给我吃。我告诉她味噌的调味很好吃,小惠便打着拍子唱了起来:"加点味,噌;加点味,噌。"我不知道是哪来的旋律。睡了一晚,烧没退。我心想反正也好不了,不如出去散步,邀了小惠一起。

沿着隅田川边的小路,一只猫靠近脚边,小惠忘了我的存在,用跟猫一样的速度在河边走着。猫停下来嗅起草的味道,她会静静等待猫再次开始走。我站在稍远处,偶尔拉开口罩狂咳一阵,但她都没注意到,一直追着猫直到太阳下山。可能她自己也意识到了吧,她对动物特别感兴趣,跟喜爱不太一样的兴趣。

有一次,我们在上野站前的定食店吃完饭,离开餐厅时,正好下着大雨。我们决定先去喝个咖啡,我告诉她:"想去没去过的店。"小惠回道:"我知道一个地方。"然后她径自往前走。我们都撑着伞,但斜打过来的雨滴还是毫不留情地弄湿了身体。她双手拿伞,握得很低,希望尽量减少弄湿的面积。我们好像是往根津方向走着,但走了很久都没找到那家店。因为走得太久,鞋里都湿了,走到一半我忍不住笑了。

"我们到底要去哪里?"我说完后,小惠从伞下抬起头,小声地说:"啊?"那表情和声音出奇地稚气,让我倒吸了一口气。

我心里觉得,都走到这里了,还不如回家吧,但我没说出口。小惠在住宅区里突然停下脚步，指着一台放在老房子前的洗衣机。

"那台洗衣机上本来有一只猫在睡觉，皮肤都变成粉红色了，很可怜。今天好像不在呢？"

那是条狭窄的小路，有车来了，我让小惠走到我身后。雨水跳跃的路面上，小惠左右张望，像是在找猫。我催她往前走，小惠再次迈开步伐。看着她一下子高、一下子低的鞋后跟，不知为什么我竟有点想哭。

"就是这里。"她走进店里。确实是间我没来过的老咖啡馆。

长裤裤脚都湿透了，脚很冷。

"不冷吗？"

"不会，没事。"

我点了咖啡，小惠点了红茶。我从背包里取出在美术馆买的专辑拿到她面前，她翻看的同时嘴里轻声说。

"什么？"

"啊？我没说话啊。"

"有啦，你有说话。"

"我真的没有说。"

"你说很充……什么的。"

"哦，很充实啊。"

"对对对。"

"我确实说了。"

"之后呢?"

"之后我就什么也没说了。"

小惠的视线再次回到专辑上。

有时候我会觉得小惠距离我很遥远。我不知道这是因为她的变化,还是我自己的问题,总觉得她有时离我很近,有时又很远。

小惠抬起头。好像注意到一只在桌上移动的小虫。她合上翻开的专辑,脸几乎没有动,只有视线在移动。她单手慢慢抓住白色擦手巾,放在桌上的小虫身上。摊开的擦手巾一落下,她就用手指抓起,小声地说:"啊,好像快死掉了。"

桌上的小虫抖着脚。

"小时候我暑假都待在冲绳的奶奶家。"

"永山,你的老家不是大阪吗?"

"我爸是冲绳人。"

"我第一次听说。"

"忘记是蚊子还是苍蝇了,我有一次要杀掉虫子时,奶奶叫我不要杀。"

"为什么?"

"她说那是爷爷变成虫来见我的。"

"爷爷变成虫?"

"爷爷在我一岁的时候过世了，奶奶说虫子里有他的灵魂。"

"哦。"

"隔天家里出现两只虫，我开始觉得奇怪，爷爷的灵魂是怎么分配到这些虫子身上的。"

"刚刚那只虫，不知道里面有谁的灵魂。"小惠说。

奥是少数替我出书感到开心的人，但是他对于大家看待我作品的角度有些疑问。

"你的书经常被归类成次文化或者地下文化这些属性来介绍对吧？我不是说这样不好，但那些人为什么一副'这就是真相'的口吻呢？"

奥躺在我房间的床上说道。

"不过其实我也一样，应该没有人希望自己的作品被叫作'次文化'吧？比方说'反文化'这个词语，可能会跟作品的意义自然而然有所重叠，不太需要自己去分类吧？创作者只是做喜欢的事，是别人擅自要去分类的，对吧？"

"那也不一定啊，也会有人故意把自己放进这些属性里。你不觉得所谓'次文化'就很像硬派或者自称物以类聚的人聚集在一起自卫的不良集团？其实就是一种不会输的战争吧？"

我反射性地笑了，但还是有点不以为然。

"应该也是有人输啦，我觉得他们也很辛苦的。"

不知为什么，奥对创作者的态度很敏感。

"那多半是不会打着'次文化'的旗帜在奋战的人吧？"

"有些人明明没有这样自称，却被别人套上这些分类，往往是他们本人得承受关于这种称呼的批判，而不是那些大放厥词的人。想想真是蠢透了。"

我的话自然而然变得尖锐。

"既然如此，还不如做些让人更难理解，或者叫人害怕的作品。"

"像是嗑药嗑到嗨之后感觉不到疼痛的无敌僵尸状态吧？这不是也挺不堪的吗？"

"也对，而且走到这一步就无路可退了。希望创作时能轻松愉快，这种想法本身就很奇怪。对于以文字为依归的创作者来说，'次文化'这种领域就像是一个舒适的主场，所以离开主场闯进主流文化圈去挑战，试图改变其价值观才是他们的正义，这可以说是个永远的两难悖论。我不觉得有人没发现这一点，所以更看不下去那些视而不见的人。所谓'次文化'或主流文化，到头来都只被当成借口来用吧。"奥这么说。

我自己又如何呢？或许我哪边都不是，这些讨论可能一点意义都没有。至少面对作品时，可以有忘记这些道理的瞬间，去追求尽量在这种时间里待得更久，或许更接近本质吧。就像奥所说的，立场这种东西，是只有在自己状况不好时才需要的救生圈吧。

"假如自己的作品展里挤满了只对主流文化感兴趣的观众，当然或许可能成为一种'次文化'，但这时应该会一开始就大声疾呼：'这不是各位讨厌的东西哦！'企图聚集认同者对吧？其实这应该是种最舒适太平的环境吧？观众的总数越大，批判声浪当然就会越大，历史也已经证明了人类不可能创作出让所有人都支持的作品或系统，不是吗？用宗教来比喻或许太夸张了些。所有人一致叫好，那跟单纯发生在家人或者伙伴间的讨论没什么两样。身边的人接受度极高的东西，换个方向想，就等于对这个世界没有抛出任何疑问。假如以此满足，我觉得是件很丢脸的事。"奥继续说。

听到这里我才第一次觉得，奥说的或许是他自己。

"假如对某个人来说是最高杰作，也不需要觉得丢脸吧？"

"是吗？"

"对啊。只因为无法得到万人接受就因此绝望，这不是太蠢了吗？"

"或许吧。"

奥终于表示同意。

书出版后，很快过了半年，我接受杂志采访，也跟读过这本书的艺人对谈。这个人我本来就不讨厌，不过他身边有专人负责打理服装和妆发，准备时间很长，让我等了很久。结束了比等待时间还稍短的对谈后，我带着满心困惑离开，但是看完最后整理出来的文章心想，大概也就这么回事吧。

除了单件的插画或漫画委托之外，我也慢慢收到些散文类的邀稿。在周围的人眼中，或许我过得很充实。

《凡人A》的责编约了我在涩谷喝酒，顺便讨论下次的作品。我们有一搭没一搭地聊着，当我醉到无法准确估测桌上玻璃杯跟自己的距离时，编辑问我："《凡人A》是你想的吧？"

"是啊。"我随意一答，但总觉得编辑这句话好像单独被撷取了下来，虚无地飘在半空中。

"为什么这么问？"

"没有啦，就确认一下。"

说着，编辑往自己玻璃杯里倒了啤酒。

隔天早上醒来之后，编辑那句微妙的问话依然留在我脑中。我记不清当时的详细对话脉络，但应该是编辑脱口而出的一句话。我们并没有具体讨论到下一本书，所以他可能是为了确认这一点才特地约了我出去？究竟是出于什么意图呢？

是不是看了我最近频繁发布的作品跟言论，察觉到有些背离《凡人A》的地方？既然如此，是不是表示新作品的本质跟方向并不符合编辑的期待？但说到底，我又为什么要在意编辑的想法呢?话说回来,只因为我个人想法就判断一个无关利害、在观测我能力的人观点有效或无效,这或许更奇怪吧。那可能只是有口无心的一句话。最重要的是,自己的软弱让我无法勇于抵抗这句话。

仲野这个人的主张和存在定位在不同时期都不一样,就像只变色龙。并不是指他像个优秀音乐家一样不畏变化、持续挑战这种具建设性的意义,也不是说他身为一个创作者受到许多影响后能对其产生反应融入创作中。这里说的变色龙,类似只因为在选举中比较有利就不断转换风向改变政策,还大方表现得一副自己本是如此,一点都不觉得羞耻的实利主义者。换个角度看,或许仲野骨子里始终如一,并没有改变。

也是在这个时期,仲野一改之前对我释放的攻击性紧张。我的作品问世后,他语气里明显包含对我的敌意,似乎又回到我们刚认识时那种游刃有余的轻蔑。

仲野那异样的从容让我觉得奇怪,同时我也开始怀疑理应跟他没有交集的编辑,编辑的那句话和仲野的态度之间,是不是有什么关联。可能是仲野灌输给了周围什么奇怪的论调。

连 House 客厅都能听到拍棉被的声音,管理员绫子小姐几乎天天都会晒棉被。我不知道其他人怎么样,但自从我来到 House 之后还没晒过自己的棉被,每次听到这个声音就感到不安。这种不安再加上编辑的话和仲野的态度。当我试着逼自己忘掉这些时，又会想起快接近的截稿日。不知道该从哪件事开始想好。"砰、砰、砰"，听着拍打棉被的声音我就一阵困倦，什么也无法思考。不如睡吧的念头与该回房间去这两种意识互相冲突之间，我察觉有人接近，微微睁开眼，看到一个身穿制服的女高中生穿过客厅，不知去了哪里。那是谁？想着想着，听见某间房门关上的声音，我又睡着了。

"永山先生？"

睁开眼睛，眼前是管理员绫子小姐。

"在这里睡觉会感冒的。"

"啊，不好意思。"

说着，我撑起上半身，但脑子里还一片茫然。

"果然是永山先生。"

"什么意思？"

"我妹妹说有只脏猴子在客厅睡觉，我说怎么可能呢，应该是永山先生吧。"

原来刚刚的女高中生是管理员的妹妹啊。我只在交房租时见过一次面，本来以为她年纪应该更大一点。

"我心想万一真有猴子怎么办，拿了外国的杀虫剂过来。最近的虫子用国产杀虫剂好像杀不死呢。"

"不至于这样吧。"

"就是说啊。这杀虫剂是哪一国的呢？应该是美国吧？"

绫子小姐把杀虫剂标签朝向我。标签上都是英文。

"比起这个,问题在于我妹妹来这里。我告诉她不能过来啦。如果看到她请不用客气,尽管提醒她。我也跟你说过吧?跟其他房客走得太近会发疯的。"

绫子小姐说这些话时脸上并没有笑意。

店外天色还很亮,只有厨房开着灯的店里却很阴暗,从敞开的入口可以清楚看见来来往往的自行车和购物的客人们。从外面看来可能连这里有没有在营业都无法判断。

通过门照进来的光线在地上切出一块四方形。视线从那道光移回到店后方,视野顿时一黑,让人一阵晕眩。眨了眨眼,眼睛习惯店里的昏暗之前,视野中混着红色。店外传来拍棉被的声音。天气很好。脑子里浮出这个平凡无奇的念头,仲野的事好像也变得无关紧要了。

因为喝了酒才这么想吗?我气自己直到现在还摆脱不开那种记忆。这种老掉牙的痛苦对这个世界来说根本不足为道。几年前,我曾经很想对人倾诉那个时代的往事,用一种连自己都觉得难为情的凝重态度诉说着。原本认真听着我说话的金发女人听到一半终于忍不住开始大笑。

我问她怎么了,她说:"太好笑了!抱歉,戳中我的笑点了。"金发女人继续笑。

她的反应让我很意外，我嘶声对她说："你这个人的感受性也太奇怪了吧。"等着那金发女人冷静下来，但她还是笑个不停，我忽然恼火了起来，凭什么我要配合这种人的感受，我想把那金发女人惹怒到跟我一样的程度，问她："我看你的金色阴毛根部应该是黑的吧？"

结果她比我想象得更生气："啊？！"她对我大吼："你这家伙，听你说这些无聊得要命，我是好心才笑两声给你听，懂不懂！反正时间到了我就可以走人！"

刚好，她设定的闹钟响了，金发女人就这样拿着东西出去。

一想到那可能是世间一般人会有的感觉，我就开始害怕在人前提起自己的过去。

我也觉得或许轻轻松松说些玩笑话、马虎度日，这样比较适合我原本的性格。立志走上艺术之路后，是不是就会自然而然摆出俨然哲学家的忧郁神情？会不会有一个瞬间我会躺在棉被里放心说着"原来一切都是梦，太好了，真是太好了"那个让我安心的归属究竟在哪里？脑子里开始想这些年轻人才会烦恼的事，是不是因为今天过生日的关系？还是因为一直听到外面拍打棉被的声音？那个金发女人听了我这些自问，可能又会捧腹大笑吧。

我开始无心创作，心情越发沉重。我想跟小惠待在一起，但她常常不在房间。发短信给她也没回,可是她的鞋子确实摆在House玄关。我满心焦躁地敲了她的房门,也没有回音。小惠那天晚上人到底在哪里?

隔天早上,我心里对她的芥蒂还没有消失,清楚地留在意识中。

我跟田村在House里聊着。客厅让人冷到骨子里,可以听见走路时清晰的脚步声和衣物摩擦声。田村点起暖炉,灯油味扩散在整个房间,我开始担心会不会爆炸。

"你有没有听说什么关于我的风声?"

无论是好事还是坏事,我只想快点弄个清楚。

"嗯,我也不知道是真的还是假的,确实有听到一些风声。"

看来田村大概知道我想问什么。

"什么风声?"

"听说你《凡人A》的核心部分,其实是饭岛想出来的。"

田村双手交握放在桌上。

"啊?什么意思?"

田村放在桌上的手臂上没有长毛,看起来不太像他本人的手臂。

"不是啦,我也没听饭岛直接说过,不知道能讲到什么程度,只听过仲野到处去说这件事。"

仲野的目的是什么?他是不是真心相信幸福的总数早已确

定，自己挤进去就得将别人踢出来？或者他的想法更单纯，只是出于憎恨？

"如果你能主张是自己想的，那就不用特别在意这件事吧？"

"但还是很火大啊。"

"准备作品展的时候，饭岛在这里说的话，不知不觉变成了每个人的作品题材，我自己也一样，但是大家都知道那是作品展整体的主题，而且也不一定得用饭岛所想的主题当作题材。"

田村慢慢往下说。

"除此之外，你还有想到什么可能吗？"

"没有。"

假如只是仲野一个人发疯，理应无须在意，但我心里的不安迟迟挥散不去。

当我说要直接去找仲野问个清楚时，奥问我："要不要跟你一起去？"我颤着声告诉他来龙去脉，觉得自己实在很没用。奥大概是想缓解这凝重的气氛吧，视线一直盯着正在实况转播足球赛的小小的电视画面。

"演变成暴力式的争辩也无济于事。"

不知道是哪支队伍得了分，观众的热烈声援从喇叭传了出来。尖声报道实况的转播记者好像十分亢奋。

"我是打算好好讲道理,应该说保持冷静地跟他谈。"

"你现在压力这么大的状况,可能正中对方下怀吧。"

"我本来就不喜欢发火。"

"就是啊,嗯?"

奥弯下腰,将脸靠近反复播放得分画面的荧幕。

"喂,你真的什么都不知道吗?"

奥没有回答我这个问题,他专注地盯着慢动作的射门镜头,小声地说:"这应该没进吧。"

"足球是谁想出来的运动呢?"

不知道奥这句话跟我刚刚的问题有没有关系。

"小时候不管跟谁一起玩,如果不是自己想出来的游戏就会觉得很没兴致。反正都不是自己想的,就算玩得好,也要归功于想出这个游戏的人,所以输赢都没什么意思。"

奥的脸还是朝向电视画面。

"就这一点来说,足球还真不错。足球的起源有很多说法。例如,这项运动从两村相争开始发展,或者以前踢的其实是骷髅头,等等。总之,似乎不是某个天才一个人想出来的。规则大概是后人有需要时逐步加上去的,但那也称不上发明。足球选手的表现属于个人。马拉多纳(Diego Armando Maradona)几乎是个奇迹,克鲁伊夫(Johan Cruijff)的个人技巧也非比寻常，有人说他是开创组织性足球潮流的人物。不过即使那确实是克鲁伊夫奠定下来的战术，也得先有想出这套战术的教练，然后由克鲁伊夫在球场上展现出来。想到这些就会觉得很空虚，自己想做的事真的属于自己吗？或许自己只是在别人想出来的架构中行动，甚至其实根本不被需要。说不定就连这股冲动都是受到别人的诱导。"

"那你想做的事情是什么？"

"搞笑艺人。"

奥平静地回答我。

我从来没仔细问过奥想做什么、之前过着什么样的生活，但听他说想当搞笑艺人，我也并不觉得奇怪。这栋建筑里住着各式各样超越我想象的人。

"搞笑艺人也有很多种吧。你想当哪一种？"

"我想当相声师，所以跟中学同学一起来东京。"

他之前从来没提过这件事。

"这样啊。你老家在哪里？"

"大阪，我没说过吗？"

"没有。"

"所以我每次听你说话，都很容易被你的关西腔拉走。"

"但你是大阪人却说一口标准日语，挺少见的呢。"

"我是刻意这样做的。不想让别人对来自关西立志当搞笑艺人的人有刻板印象。"

"这跟刚刚的话题有关系吗？"

"嗯。因为那样会让我觉得好像在模仿别人，很丢脸。我从小想当搞笑艺人，是因为这可以打破包覆着我的那层膜，我只知道这种打破的方法。那层膜，要是放着不管，会渐渐变厚、让人难以呼吸不是吗？我发现搞笑也可以由内而外，自己去打破。柳田国男在书里写过，'笑'（Warau）这个字的语源很可能来自'破'（Waru），我看了很开心，总觉得这种说法替我解释了心里的感觉。为了打破那层膜，需要笑，要持续这么做的话，打破方式的强度和精彩程度就会变得很重要。啊，你现在是不是觉得这家伙脑子有问题？"

我忘不了奥说这句话时那个瞬间的眼神。

"你脑子一直都有问题吧？"

奥听我这么说完，微笑地低下头。

"我一直觉得必须自己去打破。如果安静不动，那层膜就会自然重叠，让人逐渐看不见周围，身边的声音也会变小，让人不安。可是靠自己的力量去撕开那层膜的快乐，是任何东西都无法取代的。所以我高中时就不再看电视上的搞笑表演。剥夺自己最喜欢的事真的很痛苦，但也多亏了这样，那层膜形成的速度变得特别快。可见'搞笑艺人'这行当给了我多大的帮助。我决定从今以后要自己去打破那层膜。但如果连打破的方法都在不知不觉中模仿了别人，还有比这更残酷的事吗？"

我坐在上野公园的长凳上等着仲野。如同我跟奥说好的，我打算冷静地跟他谈，可是当我看到他戴着运动外套的帽子走过来时那张蠢面孔的瞬间，完全忘了一开始想对他说的话，一回神，我用极不像自己的声音对他说："小心我宰了你。"

"啊？"

面对这种家伙没必要冷静。

"一天到晚在外面说那些捕风捉影的事。"

"我现在是被小混混叫到体育馆后面修理吗？"

看着我的仲野那张脸，膨胀到好像几秒钟后就要破裂的青蛙一样。

"你的比喻还是一样无聊，状况我都已经知道了，何必故意用那种自我满足的方式来打比方？我不想浪费时间，你快回答我的问题。"

仲野在我眼里就像是青蛙或者章鱼，总之是种不可能与之沟通的生物。

"明明是你把我叫出来，现在这种单方面命令的口气是什么意思？"

"啊？"

"啊什么啊。你怎么突然变蠢了？"

"谁叫你随便在外面造谣。"

我不自觉咬紧了牙关说话。

"什么意思？你给我解释清楚。"

"你要忌妒我是你的事，但是不要到处说谎还把我牵扯进去。"

"看，又来了！"

说着，仲野指着我。

"不要用手指着人！"

"你到底想说什么，为何不一开始就讲清楚？啰唆的家伙。本大爷会好好解释到连你都能听懂的啦。"

"你是不是到处跟别人说我写的东西是饭岛的点子？这也太离谱了吧？"

"你是说《凡人A》吗？那本来就完完全全是饭岛哥的想法。"

"什么？"

"你是真的不知道吗？那我就告诉你吧。有一段时期你不是在烦恼能不能顺利出版吗？自以为进入好像艺术家的状态，那阵子大家都受够你了。我说你这个人啊，也不看清楚自己，明明没什么天分，还自顾自沉浸在感伤里，觉得压力大，整天烦躁不安，不知道给身边的人添了多少麻烦。大家都觉得你真是烦透了。"

"那又怎么样？"我话一说完，仲野就在长凳上坐下，叹了口气。

我跟他相隔一段距离，也在长凳上坐下。

"从那时候起一直到最后，你还是什么都没写出来吧？"

仲野点起一根烟，悠悠说着，仿佛正在寻找最能踩痛我的落点。

"然后你开始喝酒逃避，完全放弃，不是吗？老是依赖小惠，一天到晚给她惹事。我说你这人也太没用了。"

"什么？"

仲野这家伙，就凭他也敢随随便便这么亲昵地叫小惠。

"你从刚刚开始就只会说'啊？''什么？'，对于给你提供信息的人，凭什么这种态度？算了，反正我本来就知道你是这种人。"

"你到底要不要回答问题？"

话题不能再继续被仲野牵着走。

"同样的话你要说几次啊？我现在还没讲到你，所以还轮不到你出场啦。你听好了，已经放弃、逃走的你为什么能完成作品？不觉得奇怪吗？难道你自己什么都没发现？看你出书之后那整个人得意忘形的样子，我都觉得丢脸。"

"你说什么……"

我的声音忍不住变了调。仲野看到我的表情笑了出来。

"你可千万不要哭出来啊,我今天没带手帕。你自己想想吧,简直太悲哀了。你一直看不起我跟饭岛哥对吧。总是自以为清高孤傲,觉得自己满身伤痕,跟悠悠哉哉过日子的我们不一样,对吧?看到你这种占尽好处的家伙就想吐。有很多人处境比你还辛苦,但还是能不给别人添麻烦,过着有协调性的社会生活。你到底在耍什么天真?要是说你有什么过人天分也就罢了,但你这个人就是空有性格。自己状况不好的时候连不顺利都能拿来当武器博取同情,我看你就跟借口肚子痛逃学那种人一样。而且你可是多亏了自己看不起的人,天分才被外界认可。你不是最讨厌这种事吗?我看你其实很高兴吧?"

我不知道该回他什么。

仲野脸上露出假笑,望着我受伤的样子。

"你倒是为过去对我们的态度道歉啊!"

不能再被这家伙牵着鼻子走了。

"我凭什么跟你道歉?我警告你,不确定的事不要随便乱说。"

我说完后,仲野夸张地笑了起来。

"你这个人怎么回事?有没有在听人说话啊?我当然是有把握才会说。我是很想全部告诉你啦,但毕竟我不是当事人,也没有立场说。详细情形我不清楚。不过《凡人A》的故事是饭岛哥想出来的,这是客观的事实,从探讨创作者定位这层意义上来看,今后我也想更积极地讨论这件事。你不会有意见吧?反正终究会被你知道,说了也无所谓。总之,你最好好好跟小惠聊聊。"

我竟然连回话都办不到,软弱得太不堪。

"偶尔会有小惠这种下意识把自己逼入严酷处境的人。但就算这样,一个男人寄生在她身上,我实在不以为然。"

仲野畅快淋漓地说个不停。

"欸,不过你刚刚还真可怕。跟个小混混似的,应该是有备而来吧?一见面就说'小心我宰了你'也太吓人了。那我先走喽。"

说完仲野站起来,双手插在口袋里离开。

不忍池的池面水光潋滟。好像之前也看过同样的风景,是跟小惠一起来的那次。为了稳住自己的情绪,我试着想些其他的事,但最后都会绕回同样的地方。我的生活圈子很小,一切都会绕回现在面临的问题上。

一对男女谈笑着走过我眼前。旁边长凳上有个一边瞪着池水,一边喝罐装水果酒的男人。

该问谁好?说不定除了我以外所有人都已经知道了。我知道除了直接问小惠没有其他选项,但这实在太痛苦,我想要尽量往后拖延。

广播开始播放东京要下大雪的气象预报。下午五点多时,从我房间窗户看到开始飘雪，那时我终于联络上小惠。我不清楚她人在哪里，但她说晚上会回 House，我们约好到时聊。只是邮件上几则短短文字的往来，却已经可以从冰冷字面上预见两人的关系将就此瓦解，再也不可能修复。

大雪来临之前，几乎所有人都回到 House。House 人少的时候建筑物整体感觉很轻。通风虽好但感觉不太牢靠，危危险险，仿佛平常的生活连同这栋旧建筑都会两三下被吹跑。人多的时候，整栋建筑物蕴藏着热气，也可以感觉到密度。那股重量又会让我开始感到不安。

待在房间里觉得有点喘不过气，我毫无意义地去了好几趟厕所和客厅。房客们好像都待在各自的房间里。不管去哪里，我都沉不住气，最后还是回房间倒在棉被上。经过饭岛房门前时，我好像听到男女做爱的声音，忍不住停下脚步，但马上又告诉自己那只是一般的对话声。不过似乎又听到有女人的哭声，听得不是很清楚。可能是电视的声音传到外面来。饭岛房间传出女人声音也不是第一次了，或许是我自己的心理作用。

仲野说的那些事，为什么我不能直接问饭岛呢？是因为害怕没机会跟小惠说话吗？都到了这个地步，如果我还因为能见到小惠而感到高兴，那也实在太蠢了。其他房间很快就传出明显的电视声或者音乐。看样子大家都回来了。不过话说回来，小惠人到底在哪里呢？

小惠半夜发了邮件过来。我从被窝里撑起上半身，窗外正猛烈地下着雪，树梢和屋顶都积上一层白。一离开棉被就觉得冷，我披上挂在椅子上的开襟衫，但想到这是跟小惠一起在二手衣店买的，又脱了下来。

我敲了敲小惠的房门，她应了声"来了"，打开门。

"不好意思弄到这么晚。"

小惠的声音有点沙哑。

"雪好大，你还好吧？"

"嗯。"

小惠看着窗外，心不在焉地回话。平时都只开着间接照明的昏暗房间，吊挂在天花板中央的电灯现在投射下明亮的灯光，光是这样，就觉得这里像个陌生房间。不知什么时候，挂在墙上的地下丝绒乐团香蕉T恤显得特别醒目。我觉得浑身不自在，好像终演后坐在观众席灯亮起的剧场里一样，很想假装没事去关掉灯。

我坐在跟平时不一样的地方，她隔着一张小桌坐在我对面。这距离感跟以前很不同。小惠的脸比平时白，嘴唇看起来比平时红。可能是刚刚急忙打理过。

"我有很多事想问你。"

"我很抱歉。"

小惠低着头这么说。

"我希望你告诉我发生了什么事。"

整栋建筑传出被风吹动的声音。

"对不起。"

"嗯,你慢慢说。"

"对不起。"

"嗯,光对不起我是听不懂的。"

"嗯。"

"好了,你就快说吧。"

"你这样很吓人。"

"什么叫我很吓人?"

我知道她现在的状态根本无法好好说话,但还是控制不住我的脾气。

"你知道《凡人A》那件事吧?大家都说想出那个故事的不是我,怎么可能呢?那是我想出来的吧?"

她为什么什么也不说?

"你如果不跟大家说清楚,他们会误会的,我现在就叫大家去客厅,你跟大家说清楚。"

小惠还是低着头,开始抽泣。可能是假哭吧。

"我问你,那个构想是我的吧?"

没等她回答,我刻意大声吐出一口气。

这时最让我痛苦。

"可能……不是。"

小惠开了口。

"什么意思?为什么不是?"

"对不起。"

"就跟你说光是对不起我听不懂啦!"

建筑物被风吹动的声音和啜泣声混在一起。我脑中突兀地联想,如果是饭岛,现在可能会说些"感觉真不错"之类的轻佻话吧。

"那时候我不知道该怎么办才好。"

"什么时候?"

事情演变到这个局面之前我一直觉得心神不宁。

"那时候截稿期已经过了。"

是我心里很慌的那段时期。

"然后你一直在喝酒。"

她做了什么?

"我很高兴看到你好不容易有机会出书,不希望你就这样放弃。"

小惠哭得更大声,我想其他房间应该也听到了吧。窗外下着大雪,呈现跟平常完全不同的景色,仿佛只有这栋建筑物遗世独立。

"所以呢？你做了什么？"

"我不知道该怎么办才好，等到你睡着开始打呼，我就到客厅去打算自己想想办法，这时饭岛也在。"

"哦，然后呢？"

"然后……"

说到这里，小惠哽住了。

"你不会做了什么无可挽回的事吧？"

这声音连我自己都听不下去。

"说啊！为什么会变成这样？说啊，你倒是好好解释解释啊！"

小惠两手交叉在桌上，将额头放在手上放声大哭。

我想对话再也无法进行下去。

"我直接去问饭岛。"

我站起来，她却说了一句我意料之外的话。

"等一下，这不是饭岛的错。"

"你到底在袒护谁？！"

我嘶声大吼，同时觉得这句话实在太不堪。我用力关上门，声音响彻整个 House。房间里传出小惠的呜咽。

来到客厅，饭岛跟田村走了出来。从他们两人的表情看来，应该已经了解一切来龙去脉。

"没事吧？"

田村对我这么说的同时，手里还拿着摄影机，让我觉得他根本是在看笑话。

"拍什么拍！"我大叫。

"我没拍啊。"

脸上挂着浅笑的田村说。

"我看到红灯是亮的！"

没有意义的对话。愤怒控制了情绪，这时候我竟然还顾着什么摄影机红灯亮不亮。

饭岛静静盯着我的脸，似乎在观察我的情绪。

"能不能告诉我到底发生了什么事？小惠好像没办法说话。"

"嗯。"

饭岛坐在沙发上很平静地回答我。我下意识地咂一声嘴，叹了口气，也坐进沙发。田村没管我们，径自操作着他的摄影机。

"该从哪里说起好呢？"

饭岛那从容的态度更让我恼火。

"把你知道的全都告诉我。"

听到我这句话，饭岛的表情出现了变化。与其说微笑，更像有了某种觉悟。

"嗯。有一段时间《凡人A》截稿日过了，但你还是什么都写不出来，那时候小惠在客厅抱着头，我问她在烦恼什么。

她告诉我都这种状况了，永山却喝酒睡着了，我听了之后只是单纯觉得她很可怜。老实说，更早之前我就觉得——我这样说你可别介意啊——我就觉得她为什么要跟你这种以自我为中心的麻烦家伙在一起。我猜你应该不知道，我们身边的朋友对小惠作品的评价都很高，只是怕你不开心，所以她从来没跟你提过吧。我看她那样牺牲自己支持你觉得很难受。但不管怎么样，你想保持什么立场，周围的人也没资格多说什么，也只好就这样了。可是你把身边亲近的人牵扯进去后，再随口说自己办不到、想放弃。"

"我没有放弃。"

"或许吧。你就当这些都是我自己的感觉。"

田村没坐沙发，他直接坐在地板上，摄影机好像还在继续转动。

痛苦的时间即将开始，但我不能不听。

"所以我就问了小惠你的作品进展，还有创作的状况。关于你创作的倾向和想法，通过之前聊的内容我大概也了解一些。所以我用你之前准备的设定和笔记，想出之后的故事走向，让小惠记下来。"

他两三下就交代清楚。饭岛看起来没什么纠结，仿佛在说明晚餐菜色一般的平静语气中，没有让我插入自己情感的余地。

我竟然借助了这种家伙的力量。脑中不断反复出现这句话。

"在作者无法抵抗的状况下,未获许可擅自加上自己的意见,难道不是对作品的亵渎吗?"

"那都无所谓。"

"怎么会无所谓呢?"

"因为没有我就不可能完成,这个作品也不会问世不是吗?那不是等于作品一开始就不存在吗?假设……我也只能假设啦,如果立场相反,我也不会改变想法。"

我好像听见了拍打棉被的声音,可能是因为外面下着大雪,白天听到的声音还留在耳朵里的关系。

"什么狗屁不通的道理。"

"那什么是你的作品呢?我才不会那么小家子气地忽然主张自己的权利。反正就算不这么做,只要我还活着随时都能再创作。再说,那个作品之所以多多少少能被世间认同,都是因为有你的特色。假如我事后举手宣称'其实那是我做的',才叫作偷走你的存在价值。我不做这种肮脏事。当然啦,自己的创作笔记被人随意看过后发表作品,我可能会说有吧。不过想想我应该不会说。我不想被人家说是在收割。假如之后再也想不出来什么好创意,那最好赌上所有人生去大声主张,因为这里就等于是终点了。但我觉得时间宝贵,反正今后我还可以做出更好的东西,所以我之后会注意要关好门窗,也记得确实署名让人知道那是我的作品,然后把这种做法推广宣扬出去。归咎到别人身上、追究责任,只是在浪费时间而已。"

继续说个不停的饭岛,就像是个跟我完全无法互相了解的有机体。

外面还猛烈地下着雪。我分不出自己涨红的脸是因为暖炉,还是因为刚刚听到的那番话。

"当时我才觉得第一次能跟小惠好好说话。之前她可能一直顾虑到你,总觉得她没把我看在眼里。身为一个创作者,你会对我有那种情绪我并不在意。老实说,看到你我也会有种'我比你行'的念头。但她不一样。那天晚上我拼命地讲,感觉就像在接受甄选一样。老实说,我很想让她看看,永山花了好几天都达不到的境界,我只要一瞬间就能达到。她认真抄下我说的话,偶尔反问我,这还是她第一次表现得对我这么没有戒心,她这么依赖我让我单纯觉得很开心。每当她夸我厉害、说我是天才,我心里就会涌起一股喜悦,但同时也觉得很空虚。你懂吗?因为这不是创作的喜悦,只不过是对你的残忍。这比喻可能不太好,但就像一个小女孩表演了人人都会的魔术而受到称赞后那种难为情。我心里也在想自己到底在干什么。"

我还是觉得听到了拍打棉被的声音。

"但那是我想出来的设定,笔记本上还有我写的记录。"

"嗯,但光是笔记根本不知道那是什么意思。你自己也只留下记录,但无法整理成形不是吗?假如上面排列着跟你的感觉无关的其他文字,我想我一样可以做出相等品质的东西。"

"我还是不能接受。"

毕竟木已成舟,他爱怎么说就怎么说。

"总之,我们想好了故事,但如果告诉你是我想的,你一定会很激动,所以我要她告诉你,是你喝醉了之后说,由她抄写下来的。我用笔记上的字句只是为了让你相信,其实我并没有从那些东西上获得什么灵感。不过我虽然无意追随,但如果没有你的习惯、想法,确实不会出现那样的结果。所以我从来不打算主张《凡人A》是我自己想出来的。"

"那你为什么……"

为什么又跟周围的人大肆宣传这件事?

"你一定觉得奇怪,为什么我到处去说这件事吧。我没说。也不知道为什么,仲野来问了我这件事,如同刚刚的说明,我否定了由我构思的说法。可能我应该完全否定,别告诉他那么多细节吧,但我总觉得知道的不止仲野一个,与其沉默不说,还不如由我亲自说明比较好收场。这并不是为了你,其实我是担心小惠,不想让她有多余的负担。因为万一这件事被公开,你一定会去找她兴师问罪。"

这几个人到底在互相袒护什么?我觉得浑身疲软,就好像大哭过一场之后般疲惫不堪。

"怎么可能不追究?仲野为什么会知道?是小惠告诉仲野

的吗？笨蛋也知道这种事情入了那家伙的耳朵里只会变成消遣的材料，脑子有问题吗？"

"因为小惠已经被逼到极限，她也快受不了了！"

这家伙在大声什么？

"但这种事怎么能说？大家会怎么看我？你们觉得这样很好玩吗？"

"这一点我确实觉得很抱歉。"

还干脆承认了？

"你才不觉得抱歉！你有好好跟仲野说明吗？他说起来可不是这么回事！他很得意地说，全都是饭岛哥想的。"

我为什么还叫他哥？

"我觉得我已经很诚实地对他解释了，但毕竟每个人接收的方式不一样。"

说什么一般大道理。这是在演戏给我看吧。

"你不觉得自己很狡猾吗？不敢承担风险，等到作品获得好评再跑出来说'其实是我想的'，也太会看风向了吧？"

田村把摄影机对着我。

"拍拍拍，拍什么啊你，蠢猪！"

田村听了，放声笑出来。

"笑什么笑！给我滚！"

田村脸上的表情仿佛再也没有其他比这更好笑的事，他继续开着摄影机。

"喂!小惠,你给我下来!"

我大声地叫她。即使我人在客厅她也理应能听见。

有一瞬间我心想,奥可能也听得到这些对话,虽然冷静了片刻,但我还是按捺不住情绪。

"喂!小惠!你下来啊!事情严重了!"

"住口!"

饭岛想阻止我。确实,我当时的行动只会让她觉得害怕。

这时候我也觉得听见了规律的拍打棉被声,但也可能混杂了其他的记忆。不然难道是管理员在这大雪天里真的到阳台上去拍棉被了?

"喂!"

"你冷静一点!"

"你没资格管我!都是因为你才会变成这样!"

饭岛站起来走近我,我也起身打算应战,但是小腿撞到桌子,一分心就被饭岛揪住衣领让我往后倒。我的身体摔到桌子和沙发之间又弹起来。饭岛马上一脚踢了过来,我偏过头想护住脸,不知为什么,竟看到田村双腿之间的鼓胀。饭岛踢了一脚后我好像就冷静了。

"不要以为难受的只有你自己。"

又来这一套。饭岛丢下这句话后就回了自己房间。我直起身来,盯着饭岛消失的方向:心里有股想杀了他的冲动。

"欸,给你看个好东西吧?"

田村突然这么对我说。

"啊?"

"能让你绝望的好东西。"

田村微笑地这么说。

"胡说些什么?"

"要是能干脆疯掉不是比较轻松吗?"

"你别老是那么夸张。"

如果我能冷静下来,或许田村会停下摄影机。看他那样子我就知道,他觉得我冲动的表情很有趣,但我就是控制不了自己。

"但这东西真的很赞。"

说着,田村打开客厅的电视,从自己房间拿出一片 DVD。我被饭岛推倒撞到的背有点发烫。

田村按下遥控器的播放键,黑画面顿时明亮。这情景很眼熟,就在 House 里。田村不断拍摄的影像中,有饭岛和仲野的脸。影像里也有小惠和我。

感觉好像是很旧的影片,声音跟影像没有同步。我听见男女低语般的声音。出现熟悉的景象,是我的房间。我一边在想,原来从自己没看过的角度拍摄竟然会认不出来,但为什么会有这种影像？影片中的男女声，是我跟小惠的声音。我心里出现不好的预感。不，这男人的声音不是我，是饭岛。在不好的预感后方，有一股慑人的寒意以惊人的速度来袭。影像刹那切换，又是另一个房间。这次声音跟影像正确地同步。一对男女交缠，是饭岛和小惠。一瞬间，我的呼吸紊乱，几乎忘了怎么吐气。

"这是什么？"

我的指尖麻痹，试着摇了摇手掌。过度的摇晃让手腕有点疼。

我看向田村的脸，他已经止住了笑意。他没看影像，也没操作摄影机，只是用那张涨红的脸凝视着我。

我将端坐的身体往前弯，试着握拳想藏起麻痹的手指，手掌却再也张不开。耳边一直听到小惠的喘息声。画面中的饭岛说着一点也不有趣的话。我想这家伙果然没什么天分。什么天分？影像里饭岛细瘦大腿上长着微细的腿毛，这腿毛刚好配上饭岛无趣的发言，无趣的大腿从背后与小惠的白色双腿重叠。小惠的呼吸声一直持续。田村的手包住我张不开的手掌。这时我才发现自己的眼里流出了泪水。真希望有人能阻止眼前这种状态。也不知为什么，我希望饭岛能快点发现。我不想让其他人看到小惠的身体。饭岛房间炸出代表他愤怒的音乐，有低沉的鼓声和贝斯。不知哪里传来了拍打棉被的声音。对了，我发现这影像里也有那种声音，我总是后知后觉。男女的身体传出比拍击棉被更干燥的轻盈声音。在激烈拍打棉被的规律声音中，夹杂着男女做爱的高音，其中叠合着小惠的呻吟。

我好像不自觉停止了呼吸，快要窒息，很想大叫，但喉咙太渴，几乎发不了声。泪水滴落到地上，我想那应该是泪水。

田村包覆着我拳头的手让我觉得很烦，一点都没有安慰的效果。但我的感觉麻痹，手完全张不开。我觉得这手很丢人，甚至想干脆把整只手切断丢掉。

"欸。"

田村轻声地说。

"啊？"

田村窥视着我挂满泪水和鼻涕的脸。

"我想你应该也发现了，我很久以前就开始喜欢你了。"

"啊？"

我听不懂他的意思。

"你一直那么努力在突破自己的现况，但是又有身为一个人适度的散漫，真实地展现自己的没用，每次看到你在自我厌恶和惰性之间痛苦挣扎的表情，我就觉得放不下你。"

田村一脸认真。

"关我什么事？"

好不容易挤出来的这句话空虚而嘶哑。

田村慢慢移动，将手臂伸向我的身体，有点迟疑地抚着我的背。我连挥开他的力气都没有。

影像里的饭岛和小惠即使姿势不同,动作依然没有停下。看来这并不是同一天拍的影像。

"你藏了几个摄影机?"

我的声音在颤抖。

"房间里有两个。"

田村老实地回答。在画面里不断动着的饭岛将食指伸向小惠嘴角,她毫不犹豫地含住。都到了这个地步,还因为这种事而受伤,我也对自己觉得不可思议。这段影像里也有拍打棉被的声音。可能是管理员刻意想掩饰掉做爱的声音,也可能是管理员的妹妹去了饭岛房间。

有人下楼来。我猜是奥。奥用他冰冷的眼睛看着我。

"没想到会闹成这样呢。"

说完后,奥代替我叫了出来。也可能是我自己叫的。

"你们在干什么?这是什么?"

奥不是奥,变成了小惠。

"你在干什么?!啊!"

我竟然觉得她慌张要找遥控器的表情很可爱。

"我那么相信你。"

我差点为自己这句老套的话笑出来。信任?我真的相信她吗?说到底,她背叛我了吗?其实她根本没有背叛任何人吧?

她只是愚蠢。但是看到痛苦的她，为什么我心里会有这种奇妙的满足呢？

为什么会有这种残酷的安心感？出于并不是我一个人在痛苦这种单纯的理由吗？还是因为，她的痛苦来自对我不义的反方向所施加的力量，所以那痛越强大我越觉得痛快？

"喂，勒我脖子。"

画面里的她这么要求饭岛。

"太可怕了，不要。"

饭岛一边喘着气，一边回答。

竟然还被拒绝，真没用。小惠可没对我说过这种话。

"喂，勒我脖子嘛。"

竟然还继续哀求。小惠人呢？她拿到了遥控器，但好像不听使唤。

"喂，小惠。不如我来勒你脖子吧？"

我故意轻佻地对她说。

"闭嘴！"

小惠红了眼大叫。

这种痛，属于什么种类呢？可能只是一种个人的嗜好吧？还称不上性的亢奋那种煞有介事的东西，或许只是故意让一个笑话弄痛自己，一种掺杂了自我演出的痛苦吧。这说不定算是我的专长。我俯视着眼前两具演绎着疯狂的肉体，然后尽情嘲笑没被他们放在眼里的自己，等过了一段时间后将记忆封印，一切将会就此结束。道理我是明白的。

小惠耍赖般瘫坐在地上。又听见拍打棉被的声音。奥不知在叫什么。他一定是代替着连这种时候都还在乎面子叫不出声的我在大叫。奥人呢？怎么只听得见他的叫声？

没必要去正面面对。流于感伤的东西似乎并非本质。带着非本质观点的人，我想永远也掌握不住本质。只要跟动物性本能保持一定的距离，那些人就会永远在距离本质还有两步之遥的地方，说些诸如"幸好没有被卷入爆炸"或者"那场爆炸真美"云云，无法成为当事人，无法从内侧看到景色。不过难道因为如此，或既然如此，就接受了这一切？

"这什么东西！给我停下来！"

小惠跑向电视，敲打着电视侧面。一边哭，一边敲了好几次。画面是消失了，只剩下声音还不断地在回响。

2

酒过三巡后回家。现在我清楚地知道，几年前还会觉得自己刻意回想起不愿想起的事、沉浸在感伤中实在太愚蠢，因而陷入自我厌恶、怪罪自己之中，这代表当时其实还没真正从感伤中走出来。当时小惠让我身受重创的行为，现在的我甚至已经不觉得那是一种背叛。

这不是放弃，也不是退缩。为了尊重二十多岁的自己，我翻出收在记忆深处的过去的痛处，试着纵身跃入那些微的感觉中，就像看着小型犬在装了栅栏的院子里绕着圈跑一样，没能成为超过自己容许范围的恐怖或痛苦，实在很悲哀。把悲哀化为文字后，就连那一丁点儿小小的真实感觉都消失了。当时小惠只是做了适当的选择，而逼她做出那个判断的不是别的，正是我无数的愚蠢行为。那是因为当时的自己才能跟经验太贫瘠，会有那样的结局可以说是必然的。

没发现自己是僵尸的僵尸，啃噬着一点罪过都没有的她那雪白的颈项，残忍地让她也成了僵尸后，当僵尸化的她反过头啃咬自己，却放声哭喊，这才是荒谬至极吧。说是结局，但在那之后日子依然不断连绵至今，回顾自己在那之后的人生，好像也偶尔会重复着类似的错误，这样想来，光纠结在那一件事上也没什么意义。唯有曾经的愚蠢是不变的真实。

我很抱歉给她的人生带来这种恼人的经验，但很有可能这也是我一厢情愿，对她来说根本不是什么特别的体验，甚至没有留在记忆中。要光靠戏剧性瞬间的余韵活下去并不容易。当然，人生中比起名为青春的时代，之后持续的故事要来得更加漫长。

不顾那些迅速从故事中退场的人，独自一人留在舞台上的演员絮絮叨叨沉浸在感伤中说着闭幕感言，也叫人不忍卒睹。假如不带感伤平静地说，也是一种自我意识过剩，令人不悦。就算试着去贴近那些受到象征性事件影响的人可能会有的情感、尝试表达，也总觉得听来像陈腔滥调，让人缺乏兴致。反正日子总要过下去，自己也该快点挥别这些余韵，回到日常中，但无法选择不说，也存在着矛盾。

虽然一点也提不起劲来，我还是打开了笔记本电脑的电源。因为是用了十年的旧机型，开机得花不少时间。电脑发出换气扇般的声音，从通气口喷出热风，让人担心是不是要爆炸了。画面一片黑，还没亮起来，我走到厨房打开冰箱，但没什么能喝的东西。很久以前买的鸡蛋还剩下一颗，这让我有点担心，不过决定装作没看到。反正冷藏的状态下，里面到底腐烂到什么程度也看不出来。敲开蛋壳会不会很臭？我不知道该怎么丢，但也不能永远放在冰箱里，总有一天得丢，不过不是现在。

电脑自动连上了Wi-Fi。我忍不住要浏览网络新闻，但还是把光标移到搜索栏，准备输入文字。手指在空中犹疑。森本发了邮件来，说仲野好像出了什么丑，我打开电脑就是为了查这件事，但我并没有积极享受别人失态的欲望，所以迟迟无法集中精神。House发生那些事后，森本接替小惠之后租下房间，除此之外我对这个人没有其他印象。其实我也不知道他为什么要特地联络我。

我在输入栏里打了"Nakano Taiichi"。

除了"插画家""专栏作家"这些头衔之外，还出现了"练马区观光大使"这几个字。我忍不住点开来看，画面出现仲野的脸。

"大家好，我是练马区观光大使Nakano Taiichi。我知道大家想说什么。既然是Nakano,'那应该当中野（Nakano）区观光大使才对！'但是很遗憾,我住在练马区！请多多包涵。维基百科里也搜索不到,因为我（还）没有名气！希望各位能记在自己的脑基百科里。我画插画,也写文章。正因为我很平凡,所以才能代替各位说出大家的心声！"

那诡异的轻快感让我觉得很不舒服,曾经令人绝望的无趣也依然健在。就像曾几何时的自己,不把自己只具备平凡观点视为创作者的弱点,还自豪地高举这一点,简直令人作呕。

跟"Nakano Taiichi"相关的关键字,在画面上还显示了"狗屎"这两个字。最近仲野身边发生的事,应该就是指这件事了吧。

事件的概要相当单纯。Nakano Taiichi的连载专栏里,明显地把一个出现在电视里的搞笑艺人写得很糟,被指名批判的艺人写了封邮件指出仲野文章的错误,发给了仲野本人。仲野读了邮件之后也坦承错误,直接把道歉邮件回给艺人本人。

但事情还没有结束,那个搞笑艺人把仲野一开始写的专栏,还有自己对专栏的反驳和纠错、仲野寄来的第一封回信、仲野道歉的邮件,以及批判那篇道歉信的文章等一连串经过都放在自己的博客上。"你的人生就像一堆没人踩过的狗屎"这句话在这里出现。艺人用这句话来形容想跟自己扯上关系的仲野。

"狗屎般的人生"指的不是自己,固然让我安心,但读着那些文字，我渐渐觉得有些心神不宁。

这个艺人叫影岛道生，以"Pause"组合行走演艺圈，跟我差不多年纪。报道中的照片只看到他留长的波浪鬈发盖到脸颊，脸部没让我留下什么特别印象，但仔细观察，可以发现他眼睛下方有浓重的黑眼圈，嘴唇干燥，显得很疲倦，不过最近就算这种人出现在电视上也没什么稀奇的。

就连没有看电视习惯的我也知道这个人。几年前开始在综艺节目中看到他，但是在那之前我就在书店看过他写的书。明星出书并不罕见，但是这种还没红的新人出书的例子，我之前从没听过。每当在书店的架子上看到他的书，我就会莫名涌出一股类似忌妒的感觉。照理来说，我应该已经从羡慕别人成功的病中痊愈了才对。会有这种感觉，是不是因为觉得他跟自己很像呢？如果是更加巨大的差距，或者环境的不同，那我或许不会在意。我之所以痛苦，应该是因为觉得这家伙能，说不定我也能。

影岛的搭档任谁看了都知道是一个个性很外向、擅长社交的人，似乎也很受同业喜爱。影岛跟搭档恰成对照，不太说话，总是很沉默，如果有发言机会，他似乎打定主意一定要说些奇怪的话。

有一次，在小餐馆偶然播放的节目里看到他。虽然不知道之前的对话，但听到他东拉西扯说起自己心目中的世界结构时，那语气连外行人听来都觉得笨拙，我满怀期待，心想说不定可以看到他严重失态的表现。眼看他一直说不出个所以然，终于被耐不住性子的女主持人打断，强势地质问他："所以呢？"影岛在沉默片刻后说："我就是你。"说完的瞬间摄影棚涌起一片笑声，我很好奇他这么说是因为意识到自认正确的发言被这个场所和对方背叛了，或者只是因为在寻找有意外性的文字，单纯说出浮现在脑中的字眼而已。

我会在意这个，是因为在他写的散文里有这样一句话："缺乏想象力和善良的人，无一例外，都只是无能之人。"我觉得那句话就像是说给我听的，心头一惊。说到这一点，除了在他的文章里，影岛从没出现过这么具有攻击性的样子。

随着影岛渐渐有名，我也不再对他怀有忌妒。比起看他文章时，影岛本人给我的印象更加温和，在电视上好像也一天到晚搞笑。那些失败都不是会留在记忆里的大事，净是些不断增加的平凡小伤。

就连在某个节目上被讲话毒辣的年轻女艺人形容为"治不了病也要不了命"，他也是一脸傻笑、少根筋的表情，只含含糊糊回了句"至少可以当碗粥吧"。假如能回对方一句"缺乏想象力和善良的人，无一例外，都只是无能之人"，还多少能加深点印象。我也赞同外界对影岛这种暧昧表现的风评，开始将他视为纯粹运气好的人，再也对我构不成威胁。于是，我终于可以平静地观察他,在心中暗自对他说,你就这样安安分分待着吧。

而影岛终于迎来转机,是在他投稿文艺杂志,发表小说,后来获得"芥川奖"的时候。在新闻上知道影岛在文艺杂志上发表中篇小说,大概是三年前新年刚过不久那阵子。我利用新年假期跟女友一起去大分的汤布院度假。刻意挑选汤布院是有原因的。

万圣节晚上,为了避开人潮,我走到闹区边缘,发现一间酒吧。从外面看去里面没什么客人,我进了店里。一个看起来像妈妈桑的人沉稳地对我说:"我不是今天晚上刻意扮女装,平时就是这样。"我不知道该有何反应,只能敷衍两句,坐在吧台座位上。

我点了威士忌苏打,妈妈桑说:"我跟一个在威士忌工厂工作的人交往过。"我听着妈妈桑的话,安静喝酒,但在对方劝酒之下开始喝第三杯拉弗格威士忌时,马路上传来一群人声,扮成哆啦Ａ梦或忍者哈特利等旧时漫画角色的醉客拥入店里。他们径自占了后方包厢座位,妈妈桑的眼神一变,气氛开始有些浮动。

如果他们只是自己闹自己的那倒还好,不过一个僵尸打扮的男人打量着摆在酒架上的酒,一脸"酒吧我很熟"的表情,坐上吧台座位,他散发着颓废气息,抽着烟,问妈妈桑:"那瓶雅柏是几年的？"妈妈桑答道："我这里没有什么了不起的东西。"僵尸对妈妈桑说："大哥，这装扮很适合你呢。"那瞬间妈妈桑怒斥："臭小鬼给我闭嘴！"僵尸也应战回嘴，两人开始对骂。

僵尸隔着吧台想揪起妈妈桑胸口时，手肘刚好敲到我的头，我反射性地站起来按住僵尸的肩膀，也不知为什么他立刻夸张地应声倒地，演变成"到外面解决"，来到店外，僵尸的伙伴们团团围住我。妈妈桑大叫想护着我，但实在不用她多管闲事。我脑中闪过几件事，例如酒钱还没付，还有几分钟前我还像个模范酒客般在店里喝着酒等，一开始就被剥夺了逃跑的选项。

一回神，忍者哈特利把我双手交叉固定在背后，僵尸痛揍着我，哆啦Ａ梦几脚踢过来。我想隐藏自己沾满鲜血的衬衫，也不知道是要藏给谁看。我开始想些奇怪的事，比方说，这是我第几次被漫画角色打了。比起在救护车上被告知"你手断了"，我更震惊的是觉得嘴里有东西，吐出来一看原来是牙齿。

过了几天，妈妈桑跟我说汤布院对疗伤很有效。万圣节隔天特地赶来我家的女友丝毫不显惊慌，镇定地听我说完始末。我这阵子一直在忙工作，已经很久没跟她见面。我不好意思坦承自己是被一群喝酒喝到嗨的家伙揍，所以含糊交代是被身份不明的暴徒袭击，她也没再多追究真相。

她是上班族，现实中不可能等我工作结束后的深夜时间见面。我想起还没回复她发到我手机的邮件，打算回信道歉，但是连思考要写些什么的时间都觉得可惜，联络一拖再拖。拖得越晚，道歉内容就得越有说服力，但我想不出合适的内容，最后一直没跟她联络。等这段生活结束吧、等这一天结束吧，我像诵经一样喃喃念叨，埋头在工作上。终于完成一项工作时，我竟忘了联络方法。万圣节晚上被一群漫画角色痛殴虽然令我生气，但这么一来就有了联络她的借口，多少让我觉得安心。

年底之前花了不少时间完成的作品，是描述我单调平稳日常生活的散文，再配上揭露这些日常之虚伪的画作。我害怕女友的存在可能会抑制自己吐露充满咒怨的心情，以及挤出青春时代残渣的行为，所以刻意疏远了她。

挑选汤布院是为了解开跟妈妈桑之间的疙瘩，但这趟旅行最大的目的是要跟女友求婚。过去的事都封印在作品中了，心情上觉得该往下一个阶段前进。

我们在汤布院的温泉旅馆住了三天，因为没什么事可做，便开车兜风去了别府。小心驶在途中部分路面冻结的山路上，回想刚结束的工作，沉浸在解放感中，坐在前座的她玩着智能手机，随口说起："听说Pause的影岛在文艺杂志上写小说耶。"

我起了一阵明显的慌张，刚刚愉悦的心情瞬间消散。影岛对我来说明明是个无关紧要的人，但一说到他的创作就很有关系了。

"这很厉害吗？"

"明星嘛，不过是炒话题吧。"

我也受不了自己的反应。

在那之后莫名的不安让我没了享受温泉的兴致。非但如此，我甚至觉得带来让我不安资讯的她很烦。我知道这种情感很不必要也很无谓，但就是无法控制自己。

最后我们没有提结婚的事，回东京后，我也没再跟她联络。她发了封邮件来说"有事想谈"，我知道是要提分手，但一直没好好想该怎么回复，之后又收到一封邮件写着"我喜欢上别人了"，我回信给她："我知道了。对不起啊，祝你幸福。"

影岛比以前更常出现在媒体上，偶尔也会跟朋友聊到这个人，但我一直表现得对他不了解也没兴趣，试图连自己也欺骗。编辑曾经对我说过："我觉得你跟影岛某些感觉有点像呢。"这让我很不舒服。我跟他并不像，但他确实跟某个人很像。当时，我还没想起那个"某个人"是谁。

到了春天，影岛发表在文艺杂志上的小说要出版单行本的事成为喧腾一时的话题。我对称赞他作品的人感到厌恶，看到贬低他作品的人便觉得喜获知音，为其助阵加油。在书店看到堆了大量他的书，但实在提不起劲去读。

这个时期，我重新读了一遍准备出版的散文集。对于过去出版的《凡人A》，以客观角度看待年轻的自己，冷静地写下自虐的评述，同时我给这篇文章配的图是从正在喝咖啡的自己背后头上这个俯瞰角度，望见咖啡杯液体表面浮现出中年男子挣扎哭喊的苦闷表情。我刻意保持一定距离，不让自己淹没在写文章、画画这些行为当中，小心翼翼地豢养、细腻堆栈自己的感觉和情感后，在作品中具体呈现。我更强烈的念头是希望不嘲笑，也不背叛那个年轻的自己，借此对过往日子清算一番。

影岛跟我的人生本来就没有任何关系，我也没有特别积极想收集他的相关消息，但每当知道影岛的活跃，就觉得自己对创作的热情被浇熄。我害怕自己对抗世间的最后手段，这个圣域因为他的存在而崩溃，被大众媒体破坏殆尽。最后这种不安始终没有消失，三年过去了，作品到现在还没能出版。

仲野批评影岛的文章以《Pause·影岛道生放弃当个搞笑艺人了吗？》为题，还贴上一张仿佛直接依样描摹影岛脸部照片的画。Nakano Taiichi这个笔名旁附上了"插画家、专栏作家"这些头衔。

最近出现很多打着搞笑艺人名号却丝毫没有艺人该有的搞笑精神，只是板起面孔再三说些政治言论，为了博得好感拼命成为观众眼中的好人，或者想当个以搬弄大道理为最大长处的文化人，其中最具代表性的应该就数影岛道生（作家？）了吧。

前几天当我看到影岛坐在政治特别节目的评论员位置上时，瞬间有股不好的预感，而我的预感果然成真。这可不是该为了预感成真而开心的时候。影岛身为搞笑艺人，竟然在节目结束之前一次都不曾耍笨，这实在很悲哀。正如同桂枝雀所提倡，搞笑就是"紧张与缓和"，正因为来到一个不同于综艺节目、弥漫紧张气氛的政治特别节目这种空间，艺人才能借由装傻耍笨来发挥本领，而自认为作家的影岛只是摆出一副文化人的样子，艺人的武器"装傻"这把刀自始至终都不曾出鞘。

具体来说，节目一开始主持人就给了他发言的机会。"今天也想听听影岛先生身为三十多岁这个时段的人，以及身为作家对这件事的观点。"影岛对此只简单地说了一句："还请多多指教。"便结束了。啊？不会吧？就连我这个外行人，如果有人丢给我一颗这么好的球，一定会想尽办法用装傻来接招。比方说吧，假如时间有限，我可能会说"今天很期待，不知道会是哪个女孩赢得后冠"，或者"非常期待外籍选手的表现"，等等。

假如希望之后在节目里能扮演个有机的角色，也可以从一开始就表明自己的定位："我妈交代我去超市买酱油，所以我可能得在超市关门之前回去。"这么一来，只要一有机会发言就能用上酱油和买东西的哏儿，也可以让这个"装傻"连接到之后受工作和家事压迫的女性意见。既然要打着艺人名号以文化人身份示人，至少希望能做到这些。像他这种态度，我才不会承认他是搞笑艺人。

一口气看到这里，我长吁一口气，确实是洋溢着仲野味道的文章。

Nakano Taiichi在专栏里主张："搞笑艺人是引人发笑的人。唯有无论何时何地都企图挑战引人发笑，才称得上是搞笑艺人。"他还写了某个搞笑艺人的段子为范本。好歹也是曾经搞过创作的人，如此得意扬扬举出其他人的作品说"这才叫搞笑"，这种精神我也只能佩服了。

文章整体空有气势，冗长但内容单薄，这是不可能打击到影岛的。就像完全没捞到沉淀在锅底的料和鲜味，只舀起表面汤汁倒进碗中一样淡薄。我差点就要被Nakano Taiichi无趣的比喻给牵着鼻子走。这个征兆不太妙，我跳过一些地方继续读下去。专栏最后结束在这里。

影岛道生一边表演着温稳善良的气息，同时放弃搞笑艺人身份，以被视为文化人而自满。其他演员也并非以搞笑艺人身份在看待他，而是以一位容易亲近的作家这种距离来寻求他的意见。假如真有相信他是搞笑艺人，并且期待他可能会做出什么有趣反应的粉丝存在，影岛对于自己的背叛该承担起什么责任呢？至少希望他今后不要再欺诈式地利用搞笑艺人的头衔。这种做法到底哪里善良了？

我还是不懂，这种程度的文章为什么影岛还要特地反驳。Nakano Taiichi 的文章论点和根据都很薄弱，基本上一个只能将论述立足点放在别人身上而提不出自己主张的人，根本无法与影岛对抗。

看到职业摔跤选手跟口不择言的支持者发生冲突时我也会出现一样的疑问，不过他们的对立往往带有几分激励的意味在。所以选手会萌生希望获得理解的欲望、出现想反驳的结构，尽管仍然徒劳，至少还可以理解。可是 Nakano Taiichi 的话对影岛并没有任何激励的意思。

他被盯上，可能单纯因为是个容易成为箭靶的人物，就专栏的内容看来，仲野甚至没有详细了解过影岛。影岛发表小说到现在应该听过不少类似的批判，但为什么唯独对 Nakano Taiichi 有这种过剩反应呢？他必须跟仲野正面交锋的理由何在？而不管对影岛或者对仲野都有种特别情感的我，又该以什么样的角度来观看他们的交锋？

影岛发给 Nakano Taiichi 的邮件主旨，有种刻意随便的冰冷。

致 Nakano Taiichi：

读了《Pause·影岛道生放弃当个搞笑艺人了吗？》这篇文章，很无聊。另外，这类毫无新意的报道也让我不胜其扰。我开始写小说后就经常看到一些写手得意地高举自己充满成见与偏见的平凡观点。过去我总是很小心，尽量不去看别人写的文章，但我又认为，假如有人对我有意见，那我不应该通过其他人转述，应该自己亲自去了解，所以也看过几篇文章，而结果都大失所望。那些并不是针对我的主张，只是以揭露社会结构现状为名，企图提出不成熟又扁平的论述，借此煽动大众、操弄思考。就连写下那些东西的人好像也只是勉强接受自己的论述。文章里一定会准备好单纯的答案，好让读者在小酒馆聊起这些话题时能被周围的人认为是个思虑深沉的人物。

他们的工作有很高的比重放在写文章的行为上，就算没有想写的东西也不得不写，假如接到委托，即使是不感兴趣的对象也必须写，所以我说无聊。只要有杂志、网络这些媒体存在的一天，就会需要写东西的人，这其实无所谓，但我基本上不太看写手写的东西。为了打发时间，读过的报道中确实有些挺有意思，我也知道偶尔会有优秀的写手，但真的很无聊。可能只是我挑文章的品位太差吧。

我几乎想相信可能有一群优秀写手被隔离、剥夺了表现机会才会变成这样。我深深期待，有一天他们能挣脱迫害，让我们天天都能看到大量优秀的报道。我朋友中也有一名写手,那家伙写的东西简单地说就是无聊。他这个人本身很有趣,但专栏大概规定了只能写这种程度的东西吧。假如只是刻意选择某种形式,内容能依照本人意志自由调整那就没什么问题,但就是因为看来似乎不行,所以才麻烦。

明明只要写自己真正想写的东西就没有这些问题,但每个人都煞有介事地无奈叹息说因为这种东西没有市场,其实到头来都是借口罢了。而比起他们的文章,Nakano Taiichi 更糟糕,我真的以为自己做了一场噩梦。你欠那些认真的专栏作家一个道歉。

我就说说具体而言哪些地方让我觉得无法接受吧。首先,整篇文章都透露出一种"所谓专栏作家就是如此"的感觉,实在让人厌恶。丢掉专栏作家必须放低姿态的观念吧。如果你过去读的东西里充斥很多这类文章,那么该质疑的是为何这个类别能长久容忍如此僵化的定型。你想过这个问题吗?你该不会是那种学生时代身边同学都在抽烟,所以觉得我也得跟着抽的类型吧?你没有自己的风格或欲望吗?

假如你曾经将矛头指向同类,经过彻底批判后发现维持这种类型的必然性而这么做,那倒也罢了。如果是根本疏于验证,那问题就大了。所以 Nakano Taiichi 的文章有种毕业旅行时在景区商店买了太阳眼镜,然后一直戴着假装使坏,类似小学生般的甘甜香气,简直好笑。我看你应该是个顺服于职业这种框架的人吧?这可不是称赞。跟"放弃当个搞笑艺人了吗?"这个主题所呈现的人物形象完全一致。有这么单纯的人物吗?单纯到我都要怀疑其中是不是有什么陷阱。

假如不具备跟这种表现相矛盾的复杂内在,我根本不会对这种人感兴趣。如此人如其文,想必能活得很轻松吧?人生对你来说只是一碟小菜,既然如此,Nakano Taiichi 的人生就是一场虚构。我不知道究竟是 Nakano Taiichi 的人生是虚构的,或者仲野太一的人生本身也是虚构的。文中主张,在新闻节目里完全不装傻耍笨的影岛道生,是否放弃了当个搞笑艺人?那我倒要问问了。

"专栏完全无法切中核心的 Nakano Taiichi,是否放弃了当个专栏作家?"

"插画作品只会依样描摹和涂色的 Nakano Taiichi,是否放弃了当个插画家?"

如何?

在这里我有一个疑问,Nakano Taiichi 有"专栏作家"和"插画家"两种头衔,这是误植吗?这篇专栏推演论述的前提是一个具备特定职业的人如果从事其他工作,就表示这个人放弃了该职业,不是吗?

另外还有一个疑问。你写专栏的时候怎么持续当个插画家？画插画时又怎么继续维持专栏作家的身份？

无聊专栏常见的特征就是立论薄弱，Nakano Taiichi 可说是其中的代表。他对"头衔"的认知模糊而暧昧，在他自己心里也完全没有好好整理过这些定义。你倒是来教教我啊。

根据这种把行为跟头衔进行直接联结的理论，假如一个人一边教书一边写小说，他的头衔该是什么？这表示他写小说时放弃当教师、教书时放弃当作家吗？

我想一定有人因为光靠写作无以为生所以继续执教，另外也有人真的因为喜欢教学而当老师，但同时创作欲望源源不绝，所以也写小说。对学生来说，他是老师；对读者来说，他是作家。一点问题都没有。

严格来说，当这名老师切换为作家活动时，真能完全忽视在他以老师身份活动时所感受的一切，包括上学放学的时间、教室的吵闹、学生的表情、办公室的人际关系等来写他的小说吗？我不想说这种幼稚的话，但你觉得他在教书时间累积的疲劳，不会带到身为作家的肉体中吗？毕竟是一介凡人，我们每个人都只是个平凡人类。如果教育委员会读了这位作家写的小说，然后批评"一点都不会教书"，不觉得很荒谬吗？一个偷偷去侦察这个老师教学观摩的文艺评论家，扬扬得意地写下"他完全都不像个作家"，不觉得他脑袋有毛病吗？

更基本的问题是，区分头衔有必要吗？只有执着于地位或名誉的那些卖弄小聪明的人，才会在这种不确定的东西上追求严密性。比方说，像你这种人。

姑且不管国家执照这种例外，头衔这种不完全的工具充其量只是为了方便大家知道这个人是做什么的。在这个欺诈横行的社会，很少有成年人会对陌生人递出的名片头衔照单全收，我们大可在电脑上搜寻对方名字比对身份，我想应该不会有人因为搜寻不到就完全相信名片上的一切吧？

然而为什么你这么顺从地被头衔所控制呢？我读了Nakano Taiichi的文章，也觉得奇怪，这种人真的靠文笔维生吗？透着薄纸在照片上涂色草草弄成作品，是不是很像回事？这种连在打什么主意都看得一清二楚的敷衍画作，根本只是个烂笑话。我实在不相信这个人是插画家，所以也查了许多资料。

听说他毕业于艺术大学。我看过几篇专访中他都很开心地提到自己艺大毕业这件事。艺大主要是研究艺术的地方吧？在艺大不研究艺术，而专注研究艺大本身的学生，大概也只有Nakano Taiichi了吧？看样子真的很高兴哪。我用了"开心"这两个字或许有点坏心眼，但是要了解Nakano Taiichi这个人，我也稍微参考了一下Nakano Taiichi看事情的方法，自己写下这些都觉得恶心。我想应该没说错吧？

我还有很多地方不懂，请你教教我。假如是很想上艺大却上不了，或者相信自己可能有某种天分却苦无机会挑战的人，对艺大怀抱憧憬或者忌妒，那我可以理解。可是实际上真的从艺大毕业的当事人开心地说起对艺大的憧憬，这真的很少见。到底是什么样的精神回路呢？

当然啦，Nakano Taiichi 并没有明确说出"我向往艺大"这几个字，只是我看上去有这种感觉。他或许没有自觉，但其实在很多地方都出现了这种倾向。

同学会上，一个不算太要好的家伙跑来过分地损你，是不是会让人有点不安？"咦，我跟他以前关系有好到这个程度吗？"对方企图向说话的对象还有周围夸示"我们的关系可是好到能讲这些哦"，强行捏造出彼此是好友的既成事实，当 Nakano Taiichi 提起艺大或者艺术时，我也感到一种类似的空虚。明明实际去过却给人这种感觉，这可能是因为 Nakano Taiichi 也隐约意识到，其实自己根本没接触到艺术的关系吧？他故作镇定拼命想拉近自己跟艺术之间的距离，但他填补鸿沟的方法并不是靠创作，而是靠话语来占位，这也很令我好奇。

因为工作的关系，我曾经有机会跟艺大学生聊过，不说客套话，他们真的很有趣，也单纯到令人担心。我可从没见过他们当中有像 Nakano Taiichi 这种一心在意自己跌倒姿势的人。

我也看了《蔓延世间的冒牌独学艺术家》那篇报道。"明明没有学习艺术的经验，却误以为自己有天分、任性表现。自由跟胡来是两回事"，大胆做出这些毒辣评论，但为什么会想说这些话呢？

报道一开头就轻松认输，"我在艺大认识很多厉害的人，认清自己没有天分"，看看 Nakano Taiichi 的插图，这句话我是认同的。因为实在太有道理，我差点都要自言自语地说出"嗯，看得出来"。但是千万别忽略在那之后他以"正因为如此"起头，话锋一转开始揶揄独学艺术家的过程。这种连接实在太卑鄙。既然已经认输，自己又不是艺大的代表，也没有站在前线跟人争辩，"但我们家可有更厉害的人呢！"其实他想说的就是这件事吧？

这不就跟在人前逞威风说"我家乡有人很会打架，要是那个人在这里，像你们这种货色他两三下就能解决"一模一样吗？这种怯懦确实很像 Nakano Taiichi，让人读着觉得很不舒服。

Nakano Taiichi 仅凭借曾经上过艺大，企图让人误以为艺术和他的距离比实际上更接近，他不选择自己跟人吵，而是站在艺大生的立场去揶揄那些未曾专业学习美术知识的人。

另外在调查中我还知道，Nakano Taiichi 曾经公开宣称他很崇拜一位知名专栏作家。那位作家确实是少数能写出有趣文章的专栏作家，很能发现、提示新价值，相当有意思。但为什么他会是 Nakano Taiichi 崇拜的人，这让我感到强烈的突兀。

对了，那个人的头衔好像也是"插画家、专栏作家"。跟 Nakano Taiichi 喜爱的头衔一样，但我很好奇他自己知不知道，其实他们两人面对世界的方法可以说是南辕北辙。Nakano Taiichi 崇拜的那个人能够提出前人从没发现过，或者无法诉诸言语的有趣现象，是位能让世界更有意思的创作者，但 Nakano Taiichi 正好相反，他总是提出让世界更无趣的事情。或许确实能让人改变价值观，但我并不这么想。

Nakano Taiichi 就是那种大家一起吃火锅时把泥巴丢进去，然后说"这样一定很难吃吧"的人。而另外这个人就是连已经被毁掉的火锅都企图从中寻找新观点、让它看起来好吃的人。说到底，我们根本无法从头衔上判断出任何事。

我差不多想收尾了，但关于专栏内容里有几点我得说清楚。专栏中写道："正如同桂枝雀所提倡，搞笑就是'紧张的缓和'。"这也让我怀疑他并没有正确理解桂枝雀老师的理论。

桂枝雀老师的著作《落语 DE 枝雀》中有一章题为"先从缓和紧张开始"，这是一篇与小佐田定雄的对谈，我猜想专栏应该是引用了这章中所提到的理论，而枝雀老师是这么说的：

"不过也可以说'落差小的比较高明'。比方说，'转得漂亮'，'真是不着痕迹'，'很自然呢'……"

从这句话就可以知道，他并不认为要千篇一律地缓和紧张、靠巨大的落差来引人发笑。再说，上次的政治特别节目里也并不是因为聚集了严肃的人、共同认真讨论所以形成紧张状态,而是因为选举结果可能影响到国民关注的法案今后会不会通过,在这种状况下才产生了紧张,关乎国家大事的紧张跟参加节目的某个人自发性耍笨这两件事原本就不在同一条线,不可能获得本质上的缓和。

假如在节目一开头就胡闹,说不定还会被误以为在冒渎选举,让艺人态度成为众矢之的,更加深了视听者的紧张。所以假如要端出"紧张的缓和"这种理论,要我在自我介绍时那样装傻这实在很没道理。假如不是针对节目主线,而是针对来宾的立场或者生理上产生的紧张试图缓和,那说不定还有效。Nakano Taiichi把整个节目的紧张跟个人的紧张混为一谈,这就表示你并不了解枝雀老师所主张的搞笑结构。

我看过枝雀老师在电视节目上解释"紧张的缓和"。枝雀老师在节目上说:"紧张的大缓和,追根究底就像是一种彻悟。"要了解这句话的真正含义不容易。或许所谓紧张、缓和的起点究竟在哪里会是很重要的一点。既然是跟彻悟相连接、追究到根底的大缓和,可能一开始就已经有了世界处于缓和状态的认知,但这究竟是个人的感觉还是社会一般的见地,却很难捉摸。假如涅槃是缓和,那么此岸是紧张吗?人至死不笑,是因为无论彼岸或此岸都处于缓和状态吗?

各位或许觉得我有些唠叨,但这封邮件还没有结束。我也实在有点累了。

接下来谈谈专栏里充满恶意的主张。撷取某个搞笑艺人段子的一部分说"这才叫搞笑",与没有在政治节目上装傻的艺人影像相对比,难道不觉得比较对象很奇怪吗?

假如准备两者不同瞬间的素材,也可能呈现出立场正好相反的状态吧?只收集符合自己需求的素材,讲得好像这种状态在不断持续,这简直是一种暴力。如果我在表演中持续讲述着没有任何耍笨意味的政治或文学,直到最后都完全没有装傻(但如果真有这种段子,这种行为本身就是一个足以成立的大哏),那或许 Nakano Taiichi 的论点也算勉强成立。难道你为了支持自己的主张,想尽办法去限缩自己的视野和思考吗?

假如有人在报道节目中打断流程还有预计播放的影像,高谈阔论些毫无关系的话题,但因为"反正蛮有趣的也无所谓啦"而被大家接受,这听起来或许挺有意思,但你觉得为什么过去没有艺人这么做呢?另外,描述这类状况的情境喜剧又为什么多到数不清呢?好歹也自己稍微动动脑筋吧。为什么有搞笑艺人上新闻性节目?因为希望别人觉得自己很聪明?真有搞笑艺人跟 Nakano Taiichi 是一样的想法吗?

Nakano Taiichi 专栏里最恶劣的地方,就是刻意隐藏其实我确实装傻的事实。这已经不能用"恶劣"两个字来解释。到了这个地步,只是单纯的谎言。为什么要写这些谎话呢?

无聊透顶,这个搞笑艺人程度太差,假如是这类批评我欣然接受。但把本来存在的装傻当作不存在，那就是欺诈了，而顺着这个谎言粗暴地推论我放弃当搞笑艺人。你算什么东西？

每当画面从转播切回摄影棚时，只有我每次都站着。这你没看到吗？我每次都一定会站着，等主播开始发言再坐下对吧？应该有四次吧。第一次假装调整歪掉的麦克风，第二次假装自己不小心站着，第三次正常地站着。我身边的评论员不也很讶异地看着我吗？到了第四次，现场导播还一直高举着"坐下！"的大字报。还有，你没看到我亲了主播吗？

那你到底看到了什么？

关上电脑，不知不觉中房间已经一片黑。好一阵子我都没发现"该开灯了"这个理所当然的事实，只是呆呆望着被裁剪成一块深蓝的窗户。影岛寄给 Nakano Taiichi 的邮件，有种豁出去的感觉，跟我所知的他印象很不一样，但莫名有种熟悉感。手指按下桌上台灯的开关，"叮"的一声，手边的光圆圆亮起。黑暗窗户上浮现出我疲惫的肤色。

看了一下手机，收到几封邮件。我打开其中一封。

"正在替奶奶做饭。大王回家了吗？"

这是对我几个小时前寄去邮件的回信。我输入"能过来吗？"可能太迟了吧，正这么想就收到了回信。"可以，我慢慢往你家方向走。"

认识香澄差不多一年了。有次采访得大清早搭从羽田出发的飞机,前一天决定住在机场附近的商务旅馆。但是因为时间还早睡不着,打发时间时看到客房服务的按摩介绍,明明平时没有按摩习惯,还是装出一副本就打算如此的样子打了电话,当时被派来的就是香澄。

来到房间的香澄问完疗程内容和我特别感觉疲劳的部位,什么多余的话也没说,只是静静触摸我的身体。她的手法熟练,每个地方施力的强弱都不一样。在她的触摸之下我渐渐忘记时间,一回神,我担心是不是已经过了该结束的时刻,抬起头来,香澄的手没停下,对我笑着。那表情之天真让我很惊讶。我有点愧疚,好像不小心撞见她无意对人展现的表情。虽然我不认为那种时候会有什么所谓的恰当表情,也并没有预设她该是什么表情。

我刻意出声,再次睁开眼问香澄时间。香澄讶异地看着我的脸说:"还有五分钟。"然后害羞地低下头。我觉得很奇妙,她真这么青涩吗?之后我们开始交往,每次跟香澄见面,她身上的气息就会有微妙的变化。

几番邮件往来后,香澄很快就来了。大概是因为徒步走过来,她脸有点红。香澄在背包里放了地毯,先喝了一口带来的宝特瓶装茶后,突然开口。

"我没收到你回信,但是心想你说不定会找,我就从家里出发走过来了。如果用走的就算你没找我也没关系，就当作一边散步一边想曲子，换个目的地就行，结果我走了一个多小时。路上经过一个地方，有好几辆警车经过，还看到救护车，应该是出事了吧，来了这么多车一定有事。我越想越害怕，就加快脚步，眼看天色越来越黑我又更害怕，但附近没有电车站，公交车路线我也不熟。我心想，大概也只能继续走下去，所有声音听起来都好可怕，所有擦身而过的人看起来都很可怕，我只敢看着前面一直走。"

香澄奋力想继续往下说。

"你也不用说得那么仔细。只要说真正想说的，或者回答我的问题就行了。有时候你这样说个不停还挺吓人的。"

听到我这么说，香澄说了声"对不起"，低下头来很难为情地将头埋在弯起的膝头上。嗯，原来她今天是这种反应啊。香澄每天的表情和个性都不一样。我已经忘记为什么要联络香澄，但是想起生日时收过她的邮件。

"谢谢你上次的邮件。"

说完后香澄抬起头，面露不解。

"生日时的邮件。"

"哦哦，那没什么啦。对了。"

香澄从背包里取出一个袋子交给我。那袋子没有特别大，但还挺重的。

"这是什么？猪的头吗？"

"不是。"

她从袋子里取出来的是一个小盆栽。装在石制花器里的土上青苔满布，中间长出小小的枫叶。枫叶颜色现在还是绿色。

"如果把视线拉到跟这棵树一样高，看久了就会觉得这是棵大树呢。"

听了香澄这样说明，我觉得盆栽跟雪景球很像。

我从冰箱拿出两罐啤酒，递了一罐给香澄。也没刻意配合，但两个人刚好同声拉起拉环。香澄喝了一口啤酒后，哼起令人怀念的赞美歌。

"不觉得盆栽跟雪景球有点像吗？"

"嗯？"

"雪景球跟盆栽，都算是一种迷你造景吧。"

"也对，都很可爱。"

"不过想想植物的根最多只能延伸到容器的大小呢。"

"是啊，但也算是被容器保护着。"

或许大小并不是那么重要，也可以说受到人类意志的管理。

"以前我有一任女友收集过雪景球。"

"可爱吗？"

"嗯，蛮可爱的啊，人也很温柔。"

"那很好啊。"

"嗯。"

"为什么会分手？"

"为什么呢？当时好几个人一起住在一栋有很多分租房间的地方，她搬走后就没再继续了。"

"永山。"

"嗯？"

香澄以前好像没这样叫过我，我不禁倒吸了一口气。香澄瞪大了瞳孔，像在打量我。

"我以前也有个对象，后来就不了了之没再继续。"

只喝一口啤酒，不可能这样就醉了。

"是吗？"

"因为浴室的关系。"

"什么意思？"

"我家跟奶奶一起住，总共有六口人，所以浴室是可以独处的重要空间。奶奶睡得比较早，她最早洗，再来是爸妈，他们工作比较累。然后是哥哥，最后是我跟姐姐要争谁先洗，如果是我先，姐姐就会在门外问'还没好吗'。这也就算了，假如姐姐先洗，好不容易觉得终于可以洗澡，进了浴室，有时候会发现浴缸的水都被放掉了，她一定是故意的。但反正热水也回不来，我就没跟她说什么。后来这种事又发生过几次。高中的时候我心想，为什么大家都要这样欺负我？所以我自己决定最后一个洗。这样比较好。因为这样，跟所有人都无关的洗澡时间对我来说是最幸福的时间。"

香澄总有一开口就停不下来的毛病，但这个故事我却很想听到最后。

啤酒很快就喝完，我打开冰箱要拿出新的啤酒时，香澄也没停下，继续往下说。

"等等，这是你几岁的时候？"

"十八岁。那时候我跟一个大我两岁的人交往，实际上他应该大我四岁，但当时我以为他大我两岁。跟那个人见面的时候都是在他家，我还没有那种经验，我们每次都做到一半，但是我告诉他很痛、不喜欢，那个人很温柔，不会硬来，但这么一来永远无法往前进，我希望他可以走在前面带领我。我说过这件事吗？说过吗？"

"你吗？"

"嗯。可能没说过吧，总之我当时心里是这么想的，结果他说，最近看到一则水中生产的新闻，很认真地说如果在水里应该不会那么痛。真的吗？我问他。他说对啊，如果在水里被打也不怎么痛，不是吗？总之我也听不太懂他的说明，我说这是我第一次，希望照正常方式来，但他觉得这是为我好，在浴缸里放满了热水，趁水放满之前还跑去便利商店买泡澡粉，上面写着类似汤河原那种，浴缸里的水变成浅绿色，没办法，我只好脱掉衣服洗干净身体泡进浴缸里,他之后也进来,可是结果根本超痛的。"

香澄搭配着说话的内容和情感展现出绝妙的表情,继续说着。

"真的很痛,我跟他说,这跟有没有在水里根本一点关系都没有嘛!我也反省过啦,这种时候提这件事对他很抱歉,可是我觉得这么重要的浴室怎么被搞成这样,等到他结束站起来后,装着浅绿色热水的浴缸里漂着红色的血,慢慢沉入水里,有一瞬间看起来就好像拖着尾巴在游泳的金鱼。我一个人盯着看了很久。咦?我本来要说什么?"

"血变成金鱼,看起来确实很像。"

"嗯,真的很像。然后沉在浴缸底部的金鱼复活了。"

"怎么可能啊?"

"真的啦。金鱼又开始游泳。"

说着,香澄安静了下来,将脸埋在弯起的膝头之间。

跟香澄见面的时间总是在晚上。我们见面的频率跟在TSUTAYA租电影DVD的周期很像。见面的时期会好几次频繁地见,可能也没什么特别的事,但不见面时就真的完全没接触,像是忘掉彼此存在一样。

跟香澄在一起的时间对我的工作几乎没有带来任何影响。

她看起来也完全没有想提升自己、在社会上做出一番成就的欲望，而且仿佛以这种无欲的精神为傲。要自在度过一段无所事事的时间对我来说非常困难。即使假装虚脱无力，我也会下意识持续活动，从某些东西上吸取养分，企图给自己的人生带来帮助。我永远摆脱不掉这种肤浅，但只有看电影、沉浸在别的人生或故事中，还有听香澄说话时，我可以暂时忘掉这些。正确来说，应该是事后回想起来，觉得自己似乎能够忘掉。说来可能有点奇怪，电影跟香澄这两者其实非常相似。

光是想象她话题中偶尔出现的坏心肠姐姐的内心状态，就不难知道为什么她会呈现出那种阴险。看上去清心寡欲、茫然漫步的妹妹，可能因为那份纯粹而获得父母亲的疼爱。这么一来，企图在公司闯出一番成绩的自己日积月累的努力将会受到威胁。假如在家里稍微吐露一些跟工作相关的压力，就会被平凡的道德感处理掉，"你这样不好"，被迫成为一个讨人厌的角色，而没有人企图去理解其中的原因。

可是每个月又得理所当然地给家里一部分薪水。而薪水和压力都是工作带来的，她心里当然无法接受。可能也无法放着妹妹不管吧，所以才摆着姐姐的架子来伤害妹妹。我想学生时代应该也是一样的模式，只不过工作和薪水换成了其他的东西。虽然同情姐姐，但我一点也不认同她的行为。对于自己给别人带来的痛苦，最好要更严肃地看待。我不知道姐姐在这个社会上有多大的贡献。即使她有什么了不起的见解，获得周围人的尊敬，终究也是个人渣。

我只试图去贴近香澄的痛、讨厌、憎恨坏心肠的姐姐。我不想弄得太复杂。今晚再听听她说高中念女校时那个爱欺负人的同学的故事吧。我掏出智能手机，开始寻找香澄的名字。

房间里响起门铃声。我一心想快点让声音消失，按下解除入口自动门锁的按键。荧幕上有一瞬映出香澄的身影，可能因为她正在动，影像模糊，看不太清楚。

我走向玄关正要解开门锁，刚好听到慢慢敲门的声音。平常她总是考虑到我对声音的敏感，会一直静静等我开门，我正觉得奇怪，但已经让她等在门外很久了，遂直接解锁开了门。

"晚安，不好意思，这个时间来打扰。"

一个满头白发的陌生老妇人站在门外，手上拿着购物袋。我不知道该怎么反应，手还握着门把手，看着对方等她先开口。

"突然来打扰，不好意思，我是香澄的祖母。"

说着，老妇人对我低下头。

"啊，您好。"

"听说香澄一直受您照顾了，我想应该过来跟您打声招呼。"

我还没搞清楚状况，但看起来不像是来兴师问罪的。

"这样啊。请问……香澄人呢？"

意料之外的客人让我慌了手脚，对于把这种情节带到我日常生活中的香澄，也有点生气。

"应该快到了吧。"

我还是没搞清楚奶奶来访的目的，不过既然没有特别表明来意，应该是打算进房间再谈吧？总之，也不能硬把她赶回去，尽管犹豫，还是请她进屋。

奶奶没有坐沙发，而是静静地坐在地毯上，她没有碰市售的冰茶，虽说来到陌生人的家中，倒是显得格外镇定。

"香澄好像总是在半夜来打扰，真是不好意思。"

"哪里，都是我在麻烦她。"

"我想有没有什么能帮上永山先生忙的地方。"

"不不不，这怎么好意思。"

"您工作一定很忙吧，请不要管我，继续做您的事吧。"

说着，奶奶站起来走进厨房，哼起歌来，开始清洗我傍晚用完还放在料理台上的咖啡杯。我数次试图阻止她，但她坚持："不做点事，我身体会生锈的。"奶奶完全没听我说话，自顾自低喃，我也听不太懂内容。我打了电话给香澄，没接通。她在干什么呢？

奶奶整理好碗盘后也打扫了厨房，接着开始擦拭客厅一些小地方。陌生老妇人在打扫我的房间，这种状态下我实在无心工作。看着她利落的动作,我躁动的心不知为什么竟沉静了下来。明明过去并没有体验过这样的时间。

"我想拜托永山先生一件事。"

说着,老妇人停下手边擦拭的动作,仰头看着坐在沙发上的我。

忽然觉得可以从老妇人的视角看到双臂交抱、盘腿坐在沙发上的我,自己这无所事事的样子实在很难看。看我没回话,她笑着说:"很为难是吧。"

我心想,应该是跟香澄有关的事吧。我很难说明跟香澄之间的关系,也从来没想过两个人的未来。我们只是会偶尔在一起,如此而已。没有任何说辞能说明这种责任和功能,所以我们共度一段时间。我想对她来说应该也是一样的,因为我也没有要求香澄尽任何责任。

或许说不上百分之百,但我自认为可以理解这想法确实跟社会一般常识有段距离。我也很清楚,看在别人眼里很可能觉得这种奇妙的关系是我在榨取她的人生。像香澄这种人,对于自己被赋予某种角色、某种权利、某种责任会感到极度痛苦,而且这种苦会被谴责为没用,连痛都要被践踏。其实这种个性的人基本上很不喜欢出现在人前,他们总是活在否定自己、说谎,隐藏自己之中。

再次开始擦拭东西的老妇人,有一瞬间看起来就像是老电影一样，出现粒子粗糙重叠的残影。

我很怕别人拿社会常识来压我，一直逃避这类话题，但站在老妇人的立场，会担心自己骨肉、自己孙女的生活也很正常，我更不能在这种天经地义的担心当中夹杂自己的想法。就像我平时一样。

"不方便的话也没关系。"

我听到奶奶天真的声音。

"是什么事呢？"

假如我的判断可以成就些什么，那又何妨答应呢？说不定可以前往不同于自己人生的另外一层。

"我想帮你洗头。"

奶奶确实是这么说的。

"我想帮你洗头"这几个字发出非现实的声响。我当然可以拒绝，但长久以来我都活在不依自己判断前进的时间中，身体比较习惯接受别人的意志、顺着时势走。这种经验我有很多。在这种状况下或许不适合回忆起往事，不过有一次我要离开下北泽一间酒吧时，曾经突然被那里的妈妈桑亲了一下。当时我完全没有抵抗，几天后又若无其事地进了店里。

"准备好了请叫我一声。"

听见老妇人在浴室外的声音。我脱掉衣服，只拿了白毛巾走进浴室。扭开水龙头，水流出来，加温变热还要等一会儿。

"可以了吗？"

热水在瓷砖上发出反弹的声音后，叠上奶奶怯生生像在试探的声音。

"好了。"

我回答后，感觉奶奶走进跟浴室相隔一片毛玻璃的脱衣处。喉咙深处涌起一股笑意，自己也不清楚那是什么样的情绪。门应声打开。浴室的密度变浓，让我觉得有点难以呼吸，但我不确定那是因为两人共享氧气的关系，还是心理作用。为了避免热水溅到奶奶，我把莲蓬头朝向浴室角落，但还是有些细碎的热水水滴飞散，打湿了我的小腿。我背向奶奶坐在椅子上，眼前开始起雾的镜里映出了她的身影。奶奶脱掉刚刚身上的开襟衫，挽起衬衫袖子。她从我手上接过莲蓬头，自己亲手确认水温后，把热水淋在我低下的头上，另一只手搓着我的头，把我所有头发都打湿。

她先把莲蓬头挂在墙上，伸手去取洗发水，让洗发水跟热水混合起泡，仔细搓揉让洗发水渗透到头发之间。我靠声音跟肌肤感受这一连串动作。她的手指按着我的头皮，我忍不住出了声。不知道是不是察觉到我的反应，她扩大按压的范围，重复着相同的动作。

"你会跟香澄一起出门吗？"

奶奶的话进到我快放松的身体里。我无力地回答："想是想啊。"奶奶笑了。

这时我倒吸了一口气："香澄？"老妪的身影摇摇晃晃，渐渐融化变容。

我感觉着后脑勺那股摇晃，慢慢闭上眼。张开眼想稳住自己的心情，起雾的镜面上映着香澄。

"是啊。"

香澄冲掉洗发水，喃喃回答。我想抬起头看镜子，热水流进了嘴里。眼前已经没有什么老妇人。香澄将护发乳揉进我的发间。

"竟然变成奶奶。"

"嗯。"

香澄若无其事地用热水冲着头发。

"因为在替奶奶做饭。"

她天真地轻声说着。

"这样啊。"

"啊，你要带我出去吗？"

我一时没听懂，过了一会儿才想起她应该是指刚刚我跟奶奶的对话。

"你还记得？"

我低着头，说话声音传向下腹部。

"我听到了啊。"

"这样啊,那就出去走走吧。"

听到我这么说,镜子里的香澄开心地笑了。

跟香澄在一起偶尔会有这种状况。我不知道是香澄自己的身体产生变化,还是我自己的感觉产生变化,都无所谓。

"我想去看一个东西。"

香澄试探地问。

"什么东西?"

"蝴蝶标本。"

香澄打开浴室门,熟练地拿出浴巾。

"一点兴趣也没有,这不是很容易想象到的东西吗?"

香澄用浴巾擦着我的头。

"听说我爷爷收集的蝴蝶标本放在一个地方保管。"

"你爷爷收集蝴蝶?"

"嗯。主要是蝴蝶,但好像所有昆虫都会收集。"

"这样啊。你爷爷是谁?"

"谁也不是啦,就是个老头子。听说标本放在东大的某个地方。"

"哦,放在东大的话,应该是本乡那边吧?但如果是捐赠当研究资料,可能没有对外公开吧?"

"奶奶说她去看过。"

"那应该可以吧。"

本乡离上野也不远。很久没到那附近,我想去走走也不错。

这是我第一次跟香澄外出。心里有股必须遵守跟奶奶约定的使命感,但仔细想想,我并没有跟奶奶订下任何约定,那个老妇人借着香澄的身体而存在,所以我也可以把她视为香澄。之所以这么规矩想守约,可能是因为不小心把常识带进了我跟香澄这奇妙的关系里吧。而我明知道,假如要严谨遵守社会规范,最后只会让彼此筋疲力尽,再也无法维系关系。这个道理难道只是我的一厢情愿?

我跟香澄约好,她先回家一趟,之后我们在本乡三丁目车站会合。我不知道她家确切在哪里。离开住处往池尻大桥站的方向走。离开 House 之后,我开始刻意避开上野。当然因为工作的关系去过根津和谷中几次,也有机会去上野的美术馆。说起来或许有点奇怪,我就像是换了个入口,假如是跟自己体验无关的接触方式,那我并不会特别觉得伤感。从池尻大桥搭上田园都市线,在大手町换乘丸之内线后到本乡三丁目站,大约五分钟左右。

香澄的身影出现在视线中时,她正看着手机里的地图确认目的地。她身上穿着白色连衣裙,走近后发现上面还有红色细格子图案,外面又披了一件白色开襟衫,全身统一成白色调,但不同材质料子的搭配又显得很协调。我从来没像现在这样注意过她的服装。我自己是成套的黑衬衫和长裤,全身都是黑色。虽然是巧合,但好像事先约好般的黑白两色,让人有点难为情。

时节将进入六月,出来吃午餐的上班族多半穿着短袖。

"所以应该是这边。"

香澄看着地图确认方向,领我往前走,听说目的地在东京大学里,大概是刚刚一直出现在眼前那道墙围起的校内吧。果然,我跟着香澄沿着墙壁往前走,来到一处两边摆着旧砖头的入口。我们从这里进入东大校园后立刻在右后方看到一栋建筑物。香澄笨拙地念出摇曳红旗上"东京大学综合研究博物馆"几个字。

建筑物里既凉爽又很安静。陈列各处的透明盒子里展示着陨石和土偶等。我很想一个一个仔细看,不过香澄一开始就想找蝴蝶标本,不断往前走。在一个稍大的空间中还展示着大型动物骨头和绳文时代的人骨,等等。香澄停下脚步,认真地注视着某样东西,那是个混合了红色跟橘色的蝴蝶标本。乍看之下还以为是把转红的叶片排好装裱。途中有几个小型的蝴蝶标本,但我们并没有看到香澄祖父长年收集的大规模藏品。

"真奇怪,问问馆方的人吧。"

说着,香澄走向馆员,说了几句话后空间里响起她"什么"的讶异声,大概是出了什么错吧?

原来七月中开始预计有一档昆虫标本展,但现在还在做布展准备。

香澄很过意不去，觉得把我带到这里来却白跑一趟，不过既然还没开始展示那也没办法。看她那么抱歉，我觉得该说些什么，就告诉她"反正也不是我想看"，但说完又觉得后悔不该这样讲。尽管如此，她本人看起来还没有要放弃的打算，明明什么都没有，她还是在楼层中走来走去，我不知如何是好，只能跟在她身后走着。

我们两个正盯着蓝色蝴蝶标本时，一位戴着眼镜五十多岁的男士微笑着走近。

"您好，我是博物馆的职员。两位很喜欢昆虫吗？"

"本来听说这里可以看到蝴蝶标本。"

香澄回答道，同时观察着对方的反应。

"啊，还有一阵子才开始呢。您是在杂志报道上知道展览消息的吗？"

"不是，是我奶奶告诉我的。她说我爷爷收集的藏品要在这里展出。"

"哦，这样吗？恕我冒昧，请问您贵姓？"

"我姓根本。"

男人露出有些惊讶的表情。

"难道您是根本兴善先生的孙女？根本先生可是东京数一数二的昆虫收藏家呢。"

说着，男人开心地笑了起来。

看来香澄的祖父真的是昆虫收藏家。

"请您稍等一下。"

男人走向其他馆员交代了几句话后，又带着笑脸回到我们等待的地方："两位这边请。"他引导我们走往另一个方向。我静静地跟着，男人打开一扇写着"STAFF ONLY"的门。我们三人沉默地在短短的走道上前进，前方是一个色调沉稳的开阔空间，墙壁上挂着无数标本。大都是蝴蝶标本。

"这话由我来说也有点奇怪，但真的很壮观，对吧？"

男人望着墙面说道。

"太惊人了。"

标本旁边贴着说明牌，上面写着收藏家的名字。香澄走近墙壁，仔细地看着蝴蝶。

"就是这个。"

香澄轻声说道。我也跟着走近确认说明牌上的文字，上面确实写着"根本兴善"这个名字。

"你以前看过吗？"

"嗯。爷爷好像很擅长抓昆虫，特别是蝴蝶。听说他小时候蝴蝶还会自己飞到他的手上呢。"

香澄望着标本，很怀念地说着。

"毕竟根本先生有'神之手'之称，说不定真是如此呢。"

馆员对我们说。

"小时候我经常看这些标本,但是像这样排列起来,看得眼泪都要掉下来了。"

说明牌有好几个,根本兴善的收藏摆满了墙面的很大部分。一想到这些都靠他一个人收集,实在很不简单。

"我以前很喜欢那个。"

香澄指向的标本,排列着几只发出不可思议亮光的蝴蝶。

"从不同角度看,发光的状态也不一样呢。"

"没错。好像有一种尺用的就是这种素材。"

"有,上面的图案会变的那种。"

"我以前有,后来被同学偷了。"

"是吗?"

"比起被偷,我更难过的是那把尺被人家用马克笔写上名字。"

"那家伙是笨蛋吗?"

香澄没回答我,直盯着蝴蝶。

"根本先生的收藏堪称民间最大规模呢。"

博物馆馆员感慨万千地说。

"但我祖父说,他小时候几乎每个孩子都会收集这么多。"

"没有的事!他的收藏有一万多件呢。一开始当根本先生表示要捐赠昆虫标本时,东大的学者也都觉得很可疑,认为那么大的数量实在太夸张了。但实际上真的有这么多。不仅如此，所有标本都依照采集年代分别整理，保存状态好得出奇。"

馆员带着多少有些难以置信的表情说起这些事。

"我们以前一起去过有很多树的公园，祖父听到我学蝴蝶的叫声，说我学得很像。"

香澄怀念地说起往事。

"确实有会发出声音的蝴蝶，您会模仿蝴蝶的声音？"

馆员声音里带着惊讶。

"对，其他人都不会夸我，只有祖父会。我还会模仿蝗虫、螳螂，还有蚂蚁。"

说到一半，香澄好像发现自己话太多了，难为情地低下头。

"蚂蚁吗？"

馆员的表情顿时柔和了起来，大概以为她说的模仿是一般小孩子那种外在表现的模仿吧。

我对她说"你试试看蝴蝶怎么叫的"，香澄不太高兴地回我"进了这个房间之后我一直都在叫啊"。

馆员脸上带着微笑，将视线转移到标本上。大概觉得我们两人的感受很特别吧，但他明明是个能接受不同角度会呈现不同颜色蝴蝶的人哪。

其中有个蝴蝶标本特别气派。跟其他标本不同，只有这蝴蝶是单独一只装裱。

"这是不丹尾凤蝶。大家都说已经绝种，但是不丹跟日本的共同调查队相隔七十八年又发现了。这可是不丹国王陛下赠送的呢。"

"相隔七十八年？"

香澄讶异地出声。

"但当地人说，附近一直都有那种蝴蝶。看来只有在没亲赴现场的学者世界里绝种而已。"

好像常有这种事。学者只会靠自己能取得的资料来判断，往往会建构出一个脱离现实的世界。

"怎么会这样？那些学者是笨蛋吗？！"

说着，香澄放声大笑。

坐在上野公园的长凳上，已经好久没有这样望着不忍池了。脚部肌肉紧绷僵硬。以前曾经好几次漫无目的地从本乡走到上野，一直觉得这段距离没什么大不了，但走着走着背后开始发汗，觉得好像走了比记忆中更长的距离。途中我看了一下香澄，她拖着一只脚走着："脚痛吗？"她说："快痛死了。"本来打算找间老咖啡馆进去休息，但沿路没看到合适的店，只好继续并肩往前走。看到香澄拖着脚走路，顿时也觉得自己的脚步沉重。就在我觉得脖子也有点累的时候，才想到应该是在博物馆看太久蝴蝶标本的缘故，我问香澄："还好吧？"但自己也马上忘记到底是针对什么而问。

来到上野公园后香澄好像安心多了,表情很平静。我让她在长凳上休息,去便利商店买茶。回到长凳时,她正望着池水一个人笑着。看到这幅光景,我忽然有种后悔不慎接近了别人人生的疲劳感,很想回家。接过我递出的茶时,她不知为什么,用低沉的声音不逊地回了声"哦"。这一声出现在眼前的状况中很突兀、不自然,却使我缓解了几分沉重的心情。

到日落还有一点时间。

"我刚刚说学者是笨蛋,不过那个博物馆馆员应该也是学者吧。"

想起博物馆发生的事,不由得笑了出来。

"对不起。"

就在香澄说完这句话的瞬间。

"不会不会,常有的事啦。"

刚刚那个馆员就在我身边这么清楚说完后又消失,变回香澄。

香澄还是静静盯着池水看。

"脚痛为什么不说呢?"

"觉得你会生气。因为我很容易惹人家生气。"

香澄说得像个小孩子一样。

"我刚刚问完'还好吧?'之后忘记自己要问你什么,现在我想起来了。应该是想问你的疲劳，爷爷的影响或者说存在应该还留在你身体里，你还好吧？"

"爷爷留在我身体里？"

说着，香澄僵住了表情。

"我不是在说什么鬼故事啦。"

"感觉好可怕，别说了。"

"自己重要的亲人怎么能觉得可怕呢。"

表情僵硬的香澄，听了我的话勉强挤出笑脸。

打开电脑电源。我得把影岛和 Nakano Taiichi 的交战文章读完才行。我不自觉地叹了口气，但我自己也怀疑，这真的是自然的叹息吗？有种无路可去的困顿感。小时候上游泳课让我觉得痛苦极了。因为觉得讨厌，实际上也好几次真的肚子痛，我心想，这么一来就不用跟老师说谎，只需要在池边观课。我告诉老师自己肚子痛，老师眼底露出怀疑的神色。但明明是真的。那真的是真的吗？只要诚心相信，甚至会真的肚子痛，那诅咒杀人，也并非不可能吧？要用什么才能抵挡这种诅咒呢。

这几天我都没有读影岛跟 Nakano Taiichi 往来信件的后续，因为觉得自己无法维持旁观者的立场。就算想，也办不到。老实说，影岛对 Nakano Taiichi 说的那些话，好像都是针对我而来。

打开影岛的博客，鼠标滚到上次影岛的那篇文章。中途有几个字眼掠过眼前，每次都让我感到心虚和痛苦。我又叹了口气，我觉得这个叹息不一样，但也不知道哪里不一样。影岛接下来的文章是这样开始的。

我把这篇文章直接传到 Nakano Taiichi 的网页，几天后收到了回信。我先确认了 Nakano Taiichi 第一次寄来的邮件，上面写着："我刚从比利时回国，还没看完全文，等我全部读完后再回信。"看完之后我的感想是，有必要特别说明去了比利时吗？

你这家伙去哪里关我什么事？难不成还指望我会回答："哦？您去了比利时啊？那里的松饼好吃吗？"或者希望听到我一句："您真是个大忙人。等您安顿下来再慢慢回不要紧哦。"是吗？这些话一度浮现在我脑中，但那只不过是一时性的情感起伏。我又读了一遍邮件中的文字，企图让自己冷静下来，稍微放了一段时间。

在双方对峙，各自表明立场、认真交战的情况下，竟出乎意料地露出陷阱般的破绽，这确实很像 Nakano Taiichi 的作风。喂，这位自称专栏作家的先生，我说这种细节根本无所谓。莫非你是打算"在我撰写长篇文章的同时还请先享用这篇文章"？我说，这前菜的味道也太浓了点。

比利时前菜之后又过了几天，Nakano Taiichi 寄来了长篇文章。以下我只隐藏掉 Nakano Taiichi 的个资部分，完整刊载全文。

"Nakano Taiichi 的回信"。

Pause 影岛道生先生：

我读了您的邮件，也重读了一遍自己的文章，确实如您所说，有些地方的写法被评为推论太过粗糙我也无话可说，非常抱歉。我承认自己书写方式的确有思虑不周之处。

首先我要声明，我并不认为自己的专栏有独特观点，或者崭新的切入点。所以我也无意去骄傲地主张。但我也深信，有些东西正因为我具备平凡的感受所以才能写。我总希望自己也能以相同的感受来挖掘读者平时觉得好奇、不解的事。

我写那篇文章的目的并不在于扯影岛先生的后腿，只是单纯觉得一个搞笑艺人出现在电视上，观众当然会在这个人身上追求搞笑，所以写下那些文字。

谢谢您的诸多批评指教。我不知道从何写起才能好好梳理自己的想法，先说说头衔吧。我认为艺人要进军其他领域并无所谓，甚至是很理所当然的事，所以我也并不否定影岛先生的作家身份。

关于《Pause·影岛道生放弃当个搞笑艺人了吗？》这个标题，请容我申辩。我原本写的语气比较温和，但后来经过编辑修订，希望我能改个更有震撼力的标题，结果就变成现在这个样子。或许我应该想个不同的写法。真是对不起。

我的头衔是"插画家、专栏作家"，正如影岛先生的指教，我完全忽略了这两个身份各有独立活动的时候。但这次的报道我也同时刊载了插画，这一点还请包涵。最重要的是，我是因为喜欢搞笑艺人这份职业，才会深信艺人的本分就是引人发笑。我想这也是搞笑艺人与其他职业最大的不同点。

听说这几年来，每年有好几千名年轻人因为想当搞笑艺人而进入培训所。这也难怪，毕竟在电视这种最具影响力的媒体中，搞笑艺人已经在第一线活跃了几十年。我在电视上看过一个故事，一对父母看到孩子书念不好，就会叫他："给我进吉本！"但现在搞笑艺人已经不是专属不良少年或不会念书的人的出路了。如今艺人的世界里聚集了拥有优异才能的创作者，规模自然也不可同日而语。既然出身于这种集团，那么能在其他领域获得成功也不稀奇。所以我无意要批判这一点，要是让您有这种感觉，那么我很抱歉。

只不过，对于您断定写手或专栏作家的存在本身很无趣这件事，请容我提出异议。您批评我这篇文章的不足之处，我无话可说。但实际上优秀的写手非常多。难道只因为影岛先生有名气，您就有决定优劣的权力？一个人的能力高低并不是靠有没有名气来决定的。

而且回应企划或编辑的要求而写，也未必会阻碍自由的表现。我们也经常看到素材和写手之间起了化学反应后出现的有趣成果，所以写手没有写真正想写的东西，我想这是您的误解。您的批评当中也提到我的文章透露出"所谓专栏作家就是如此"的味道，因为我认为基于评论性文章的特性，立场不能暧昧。即使冒险，也应该清楚表态，我想这才是身为专栏作家该有的正确态度。

另外，您还提到"插画作品只会依样描摹和涂色的Nakano Taiichi，是否放弃了当个插画家？"，您说得没错，那张图画确实是依样描摹。那么为什么我要这么做呢？

因为那是杂志的报道。杂志并不是发表我独创画作的地方，最重要的是必须尽量跟报道中提到的对象相似，所以我才选择了这种方法。阅读杂志的人并不是只有对艺术感兴趣的人，那里不是艺廊，也不是画室。因应场合画出合适的风格，回应要求而画，我觉得这也是插画家必备的心态。

我的文章也写了很长，但您的文中提到"专栏完全无法切中核心的Nakano Taiichi，是否放弃了当个专栏作家？"，所以这封回复影岛先生邮件的信，希望可以稍微接近我所认为的核心。

我仔细读完您关于我对艺大是否怀抱某种扭曲情感的观察，但是我并没有像影岛先生所怀疑般谎称自己的经历。我确实毕业于艺大，也从事插画工作，所以并没有因为艺大毕业这件事觉得特别自豪。我想每个人多多少少对自己的经历都会兼有自虐和自负的心情，我的程度也跟一般人差不了多少。

无论是上艺大时或者现在，艺大都不曾是我的研究对象。我自认面对的一直以来是艺术本身，当然那也只是以我自己的方式。我也确实认识过拥有出色才能、无可置疑的人，我的高傲早已经被摧毁殆尽。关于艺术跟自己的距离，从事表现或者艺术工作的人，不一定都是对自己的创作感到满意、能抱持自信对外发表的人吧？

我成为创作者并不是因为有强烈的表现欲望，我是因为想当创作者才开始画画。有些人因为想说段子而当搞笑艺人，也有些人因为想当艺人而说段子。一样的道理，我想也有很多创作者像我一样，一边怀疑自己的才能，一边苦撑努力工作。写专栏也是，正因为是这样的我，或许才能够跟那些觉得"艺术很难懂"、瞧不起艺术家的人站在相同的观点来看艺术，找出不同的切入点。

至于我自以为是地解释"搞笑就是紧张的缓和"这一点，我也要坦白地道歉。可能是我的研究还不够，但是我也正向地认为那是自己的特征之一。即使像影岛先生一样仔细调查、思考，我想这个世间多半的人也只会不解或觉得艰涩，就此不了了之吧。那并不是我想前往的目的地。比起艺术或者创作的本质，我更希望能提供让人开心的东西。另外，如果对搞笑做出评论，一定会引来"不然你自己来啊"的反驳，我也带着丢人的心理准备，不躲不藏，试着具体提议该如何装傻。

重读了撷取其他艺人的部分段子，跟影岛先生参加政治特别节目演出时的言行举止相比较的部分，我深刻反省，自己确实做了轻率的推论。大概是太得意忘形了，真的非常抱歉。

但是关于每次镜头转回摄影棚时影岛先生都站着这件事，很抱歉，我完全没注意到那是装傻。大概也是因为我欠缺感受性的关系吧。我一直心想"这个人在干吗？"还以为出了什么差错。这不只是我一个人的意见，我身边一名女性朋友也这么说，既然已经成为话题，我想应该算是客观的事实。

所以我并不是为了硬套上自己的道理，故意把实际存在的装傻当成不存在。我也丝毫没有瞧不起的意思。影岛先生拿过"芥川奖"，我认为您是个相当了不起的人物。但我没有笑过，就算看到您装傻的企图，也没有出声笑过。对我来说，艺人的价值就是引人发笑的能力，笑的总量就等于艺人的价值。

最后，我一直看到节目结束，都没看到影岛先生亲吻主播的画面。可能刚好去上厕所错过了。在节目中有过这样的表演是吗？假如我看到那个画面，或许就不会写下上次那篇文章。

这次给您带来困扰,实在非常抱歉。

(以上是 Nakano Taiichi 的回信)

一个写下对我充满恶意文章的所谓专栏作家,对我的回应就是这副德行。我马上就回信给他。以下全文照登。

致 Nakano Taiichi:

我读了你的回信。老实说我第一个感想是,你也太爱道歉了。好歹也是吃这行饭的人吧?怎么能先武断地把别人说成"想当文化人的搞笑艺人",然后这么轻易就撤回前言?这就好比在别人看不见的地方舔着粘上口香糖的鞋底一样。本来觉得很没劲,幸好中间稍微挽回颓势,我才安心了一点。你对于自己所写下的文字带有多少觉悟?你到底知不知道这件事最大的前提是你发表在杂志这种媒体上,而不是 Nakano Taiichi 收在抽屉里的日记本中。

你这封信应该不是喝醉了之后写的吧?有人会买杂志,一定是因为相信上面的内容,不是吗?在过去带着真挚态度面对文字的写手或专栏作家的努力之下,好不容易建立起杂志和读者之间的互信关系。而 Nakano Taiichi 供稿的杂志,我们是不是应该带着上面所写全是虚构、是本前卫小说的前提来读呢?

回信里写道"对于您断定写手或专栏作家的存在本身很无

趣这件事，请容我提出异议"，突然写这种仿佛自己肩负整个文坛的句子，到底谁说过这种话？我特地在文章里暗示其中也有优秀的人，就是为了避免你被逼到绝境时把问题转移到这个方向。

如同 Nakano Taiichi 承认自己做出了轻率推论，你对自己的工作毫无责任心，这本来只是你一个人的问题，应该由 Nakano Taiichi 自己来承受，才算得上诚心道歉。我的文章看起来像在揶揄所有专栏作家、写手，一来是对于让 Nakano Taiichi 这种写手存在的业界体质感到疑问，二来则是为了修正 Nakano Taiichi 以为只要顶着专栏作家的头衔就取得了正当性、爱写什么都行这种错觉。

你是不是只要跟编辑去喝个酒就能拿到工作？我们可是至少得接受海选，几百组中只有几十组能脱颖而出站上剧场。在现场演出展现自己的段子，反映好能多出场几次，反映不好场次就会减少，一直都表现不俗可以爬升到上一个层级，但是在那里又要面对几十组对手，这种过程不断重复，也有人在中途就被淘汰。这就是我们必须经历的过程，而 Nakano Taiichi 是在什么机缘下开始自称专栏作家的呢？每次跟编辑去喝酒，集点卡上就能多累积一点，集满整张卡就可以换来这个身份是吗？那么这样的 Nakano Taiichi 为什么会对头衔如此敏感，我真是越来越搞不懂。

希望您不要再擅自代表文坛发言。不要忘记,是你在扯大家后腿。

我想对 Nakano Taiichi 说的话源源不断,这种状态自己都觉得厌烦。这就好像明明是因为肚子饿了才吃饭,却又觉得吃东西好麻烦。纯粹是种生理上的需求,其实一点兴趣都没有。真想赶快结束这一切。

Nakano Taiichi 的回信里说"我并不认为自己的专栏有独特观点,或者崭新的切入点""但我也深信,有些东西正因为我具备平凡的感受所以才能写",拜托你别胡闹了。明明胸无点墨,偏偏只有自尊高人一等,这些句子就是某些人最常拿来回避风险的常套句,我个人认为,今后应该要让创作者禁止使用这类句子。

比方说,一个足球选手如果说:"我深信表现出平凡感受就是我的踢球风格,所以后半场如果累了我就要走的。"听了做何感想?难道不觉得奇怪,教练为什么不让这没把比赛放在眼里的选手坐冷板凳?读了 Nakano Taiichi 的文章我就是这种感觉。对 Nakano Taiichi 来说,相当于教练的人物应该是编辑,我认为这个人的问题也很大。

"《Pause·影岛道生放弃当个搞笑艺人了吗?》这个标题原本语气比较温和,但编辑希望能改得更有震撼力,所以才这样写。"关我屁事。Nakano Taiichi 连身为一个成年人的责任也放弃了吗?文章既然署了自己的名,当然就是你的责任。不过说来也真讨厌,以前我也有过类似经验。得了'芥川奖'之后,我跟一个本来交情就不错的写手一起喝酒,当时我说:"正因为是这种时候,更希望能在搞笑上加把劲。"假如写成文章,好像特地在大声宣告一件理所当然的事,感觉很滑稽,总之,我确实说了这句话。

那天晚上我们跟年轻时一样,互相勉励了几句,说要好好加油之后互相道别。都这把年纪了,讲起来也真是难为情,应该是当时太得意忘形了吧。几星期后我看到一篇报道,上面说影岛的熟人表示"要退出搞笑世界"。那是我的写手朋友供稿的杂志,我打电话问他:"那是谁写的?"他哭着对我说,对不起,但什么都不肯透露。很可怕吧?我也不敢相信会有这种事。

我问对方:"该不会是你写的吧?"他什么都没有回答。沉默的电话那头一直传来想吞回去却又没能吞完全而外泄出来的叹息声。年纪比我稍长的这个写手,我们从年轻时交情就不错,听着他那不干不脆的吐气声好一会儿,我整个人就好像故障了一样,情感暂时停止,不知道自己现在在干什么。

电话那头传来吸鼻涕的声音,将我拉回现实。我觉得很麻烦,又问:"到底怎么样?"他回答:"对不起,我会那么写都是有苦衷的。"我心想都到了这个地步,为什么还只想着顾及体面？但愤怒的情感并没有我预期中的强烈，大概是因为我本来就暗暗在心里瞧不起对方的人品吧。比起愤怒，我想凝视一个丑态百出的不用家伙丢脸的欲望很明显更加强烈。小时候看到用手遮着脸哭的朋友，你会不会想掰开他的手看看他哭的样子？就很类似这种感觉。我小心不让对方察觉到这样的心情，冷静地问："到底怎么回事？"听到的答案非常叫人错愕。主编对他说："你不是认识影岛吗？写点东西吧。"一开始他以实际见面时我说过的"正因为是这种时候，更希望能在搞笑上加把劲"这句话为根据，写了一篇。其实光是这样，也足够影响到我工作了，但他把稿子给主编看了之后，被说文章不够有力，稿子来回修改了几次，就成了影岛说"要退出搞笑世界"这种南辕北辙的内容。再怎么样也不能完全颠倒吧？

"主编年轻时候提携过我，我一直受他照顾，所以想报恩。"当他用这种叙述温馨美谈的语气开始说话时，我觉得很可怕。为什么我要牺牲自己，向一个素昧平生满口谎言的主编报恩？我脑子里一片混乱，不知道该对这个不断向我道歉的人说什么好，总之，我试着对他说："你这样实在很差劲。"他回答："我知道。"我又说："靠着讨好上面的人来保住工作，也太悲哀了吧。"他一样回了声："我知道。"Nakano Taiichi也一样。你把自己写的东西轻轻松松归咎到别人身上，若无其事地道歉。

我想过为什么那个主编要这么做。其实别人在想什么根本无所谓，比方说为什么讨厌一个得意忘形的人、为什么想看到别人跌倒鲜血四溅的瞬间。Nakano Taiichi也是一样的吧？

Nakano Taiichi还写到有些东西正因为具备平凡感受所以才能写，平凡的感受就是指这个吧？把各种事情简化，分别放进自己知道的盒子里。不属于"可燃垃圾"或是"不可燃垃圾"、内容不明的东西就先丢进"异端性废弃物"，然后大声呼吁"来吧！大家一起对这家伙丢石头！"靠这赚钱。

放心，假如我要倒下，一定会先往你头上吐。当你跟某个人相拥的瞬间、看着电影感动落泪的瞬间、拥有新家人的瞬间、跟朋友一起谈论心爱音乐的瞬间、家人过世的瞬间、看到人生中最美丽景色的瞬间，你的鼻腔深处将会回忆起这些呕吐物的腥臭。你无暇去想象自己无法理解的东西，对吧？我看你现在一定满心不解，为什么这一点小事会被我说成这样。在你自己居住的美好社会里，如果出现障碍或者令人不安的东西，你就会当成无法理解的东西给予处罚对吧？那我当然要反抗啊。

第一次听到猎杀女巫的故事时，我心想那应该只是传说，不可能出现在现实当中，但实际上，好像真的有很多人遭到烈火焚身呢。刺激杂志读者购买欲的主题，就是寻找女巫吧？而找到这些女巫的就是Nakano Taiichi所具备的平凡。我不太想用"平凡"这两个字，因为那根本不是平凡，只是占大多数的异常者。

报道的可信性根本无所谓,总之,先塑造出一个讨人厌的角色,然后大家一起给那家伙一点颜色瞧瞧。塑造出这个女巫的,就是像Nakano Taiichi还有那主编那种人,而让女巫五马分尸的则是直接被报道洗脑、高举正义大旗的人们吧。你是不是看准了那些疯狂猎杀女巫的人心中的弱点,正在讪笑?即使经过这么漫长的时代,生活变得如此方便,人类的本质还是一点都没变。

你是不是误把批判当成了评论呢?评论绝对是必要的。没有评论,创作会更加混沌,成为具备独立感性、极其有限的人才能享受的东西。发挥导引的功能让每名鉴赏者得以自立,或者负起介绍责任避免有趣表现被埋没,以提升整体业界为前提的评论绝对是必要的。然而,并非出于这些目的的评论,只是某些人发泄的道具。这单纯是种评论骚扰。我一点也不怕你,但你利用"平凡"这两个字来煽动世间和舆论,这种残酷着实让我觉得害怕。

Nakano Taiichi主张自己很平凡,假如大众接受了这种说法,那么我对于继续活在这个世界上可说一点兴趣也没有。

对了,Nakano Taiichi对搞笑艺人这份职业倒是有诸多赞美,但这种事不用说,我早在高中二年级就懂了。我看你只是想强调自己批评的并非所有搞笑艺人,只是针对我,对吧?

你还提到"听说这几年来,每年有好几千名年轻人因为想当搞笑艺人而进入培训所"，资讯实在太过时了，现在根本就招不满学员，因为搞笑艺人渐渐不再是年轻人向往的对象。原因并不是因为他们不够努力。用正常的逻辑推想，竞争激烈的状况下人们根本不可能偷懒。

所以正好相反，大家都努力过头了。艺人数量出现惊人成长，从某些角度来看水准也有所提升，大家能发挥的场域也渐渐扩大。打个简单的比方，就好像原本只卖酒和一点日用品的社区卖酒小店不知不觉中变成了便利商店。

有人开始想，如果卖酒小店能再多卖一点东西一定很方便。这么一来不但可以保住这家店，还能提高业绩。当然，一定也有很多人偏好专门卖酒的酒店。但是酒类专卖店要在现代存活得要有制胜的卖点，即使能成功，现实上一条街也不可能开太多间。以前绝对数量极端稀少，所以只卖酒也能经营得下去，但现在不同了。

这个时代里，大家对于林立的商店要求的是综合商店式的买卖。当个人经营的小店听到顾客"你要卖这个才行、你得提供那个才对"时，知道这是时代的需求，当然会努力扩展自己的服务。而这种事渐渐变成常识，大家也都习以为常地这么做。这都是为了生存，为了不让卖酒的商店关门。现在我们已经进入这样的时代了。当然，卖日用品和食品不是为了体面。其中也有些强者既能像专卖店一样提供完整酒类品项，又可以同时销售其他丰富商品。另外也有一心专注于酒类，除了酒什么也不卖的店家。还是会有人坚持只卖酒。我想应该会有人刻意选择这种生意形式。

在这种有众多类似商店存在、什么货都不能缺的环境下，出现了一间搞不清楚状况有点缺德的店家。附近酒店如果犯了什么错，老客人多半会笑着出手帮忙，甚至会因此加深情感，不至于影响彼此的关系。但一家陌生的店如果犯了错，笑得出来吗？一定会很生气，觉得这家店很糟糕吧？年轻人会向往这种传出不好风声的店吗？

我无意替自己辩护，但我不能对 Nakano Taiichi 的天真认知视而不见。"但现在搞笑艺人已经不是专属不良少年或不会念书的人的出路了"，他不知道从哪里听来这些话，一样大错特错。不管是在线艺人或者立志当搞笑艺人的年轻人，本质上都是不良分子。乍看下是普通人，其实都怀抱着某种破坏冲动，或者拥有异常的自我意识。这些人往往在人际关系上不如意，或者完全没有生活自理能力等，说得明白一点，可以说是一群边缘人的集团。

在这些集团的入口附近经常可以看见像 Nakano Taiichi 这种类型的人，不过一旦通过入口就一个也看不见。应该是过不了那个门槛吧。我虽然不喜欢崇尚不良或者低学力者的文化，但对于 Nakano Taiichi 没将这些所谓"不良分子"视为战力的嗅觉，我更是不敢恭维。这些人所经之处很有可能成为吹起下次瞬间最大风速的地方，他们拥有过人的天分，只要笔直往前，就有可能跨出既有道路，踏出一条崭新路径，所以只要有这种人在，便会自然而然不断产生变革。更重要的是，他们并不是在破坏一切、推动足以产生世代隔阂的意识改革，而是在看清自己所承接的时势后，还依然企图笔直往前走。正因为如此，他们才能在时而摇晃、时而弯曲之中，不断增强力度。

即使是看似否定某个时代的革命者，也都会举出某些给他们重要影响的先人名字。这意味着当我们俯瞰全局，会发现其实时代并未断绝，始终一脉相连。只执着依赖带来变异的存在固然危险，但搞笑的世界无疑是长久以来受惠于异端的领域。将他们排除在外等同于自己所属的世界要面临衰退，因此必须将他们全部包含进来，成为活动的源泉才行。

我并不是在轻易煽动革新。我们或许需要向新价值观抛出反证，促使其更加坚定，但这种重责大任不能交给Nakano Taiichi，因为你只有短浅至极的眼界。

现代搞笑艺人确立起风格，也不过百年不到的历史，可以说还在反复实验和验证的途中，就别装得仿佛自己了然一切，甚至搬出"艺人本当如此"等根据薄弱的论点来强迫别人接受了吧。这就是保护传统的念头反而毁了传统的典型例子。

邮件里还写道，"杂志并不是发表我独创画作的地方，最重要的是必须尽量跟报道中提到的对象相似，所以我才选择了这种方法"。这几句话真的出自一个要求搞笑艺人在政治特别节目里装傻的人口中吗？在我看来逻辑根本互相矛盾，你觉得呢？杂志不是发表作品的工作室或艺廊，但在你眼中政治特别节目的摄影棚却可以是相声剧场？你妈有没有说过你"这孩子总是严以律人，宽以待己，以后要多注意"？

"如果对搞笑做出评论，一定会引来'不然你自己来啊'的反驳，我也带着丢人的心理准备，不躲不藏试着具体提议该如何装傻。"邮件里也写了这些，但是请放心，至少我绝对不会对 Nakano Taiichi 说"你自己来"。对自己的创作没有自信、一开始就认输的人，为什么要特地去看他的东西？只是浪费时间而已。世界上有那么多有趣的搞笑艺人，还有很多出色的电影、小说、漫画、音乐、戏剧、绘画。这些我只能鉴赏到其中一小部分，那为什么非得花时间在你为了自己的借口创作出的劣质品上？一开始就认输的家伙，就算看到这种人输掉的表情，除了"哟，你手真巧啊"之外我还能回答什么？既然有了"丢人的心理准备"就不可能真正丢人。再说，我可没兴趣嘲笑你出丑的样子。请不要把轻蔑别人、嘲笑别人写成一件很理所当然的事。

还有，装傻这件事既不丢人，也不需要勇气。你是不是把这当成某种测试忠诚的仪式了？对我们来说，那就像换气一样，借此把氧气送进体内,跟日常生活无法切分,少了这件事就活不下去。而另一方面,根据 Nakano Taiichi 的论点,我感觉你似乎以为"搞笑"和"装傻"是种轻佻不庄重的东西。

这让我想起有些沉浸于自我满足中的任性家伙,这种人受到"朋友婚宴上一定得胡闹"的刻板观念驱使,表演了不合时宜的黄色笑话,却还自以为"虽然亲友们眼神冰冷,但无所谓,我已经贯彻了自己的意志"。专栏上也写了影岛道生"放弃搞笑艺人身份,以被视为文化人而自满",当艺人被称呼为文化人时其中一定包含着轻蔑的意味,所以我看了相当火大。文化人这个头衔我实在承受不起。

很多人对采访对象态度怠慢,却又表现出"反正我知名度低,不管说什么都不会对社会带来影响,要怎么想那是接收者的问题"这种态度,所谓煽动,往往道理肤浅,又能极其简单地渗透到世间,所以我们不能随便用自己没有名气这种说辞来逃避,用这种歪理来放弃责任。这种狡猾的态度会产生诸如"说毕加索很厉害的那些家伙只是假装自己很有品位罢了"的谬论,剥夺掉对这些言论鼓掌叫好的人对艺术潜藏的畏惧和谦虚,反而在他们心中种下傲慢,去轻蔑、排除自己不理解的事物,甚至使其滋长为一种信仰。

Nakano Taiichi 为什么对头衔这么敏感?我认为那是因为他心里有种想排除未知事物的恐惧。所以他强制主张"艺人本当如此",企图把所有人放进同一个模子、变得均等。当均一化继续进展,每个个体将会失去个性,甚至连对微细变化做出反应的嗅觉都退化了。一个毫不考虑个人问题的世界,一个塞入箱中丝毫不具个性的集团。因为无从知道这是什么样的箱子,只好拼命贴标签。当日常中渐渐出现这种事,就会衍生出排他行为,去攻击难以被分成特定类别的人,所以不得不慎重。

Nakano Taiichi只是一只欠缺想象力和善良的动物,只是一只依赖着怠慢的动物。

另外还有一点我不能不提。邮件上说道:"都没看到影岛先生亲吻主播的画面。"你是在认真什么啊?你不是最期待装傻的吗?你不是主张身为一个搞笑艺人无论在任何情况下都应该要装傻吗?我只是试着实践了一下你的论点而已。你也缓和一下啊,怎么不说:"哎呀,如果真的亲了,那光是这样我就能写三篇专栏了呢!"或者干脆顺着我的设定:"如此清新的亲吻让我想起了自己的初恋!"然后再补一句:"好啦,我就当你真的亲了吧,请继续。"来借此引出我的话,怎么反而是你在加大紧张气氛呢?干吗这么认真呢?这样一来,不是显得我很疯狂吗?"落差小的比较高明",果然一点也没错。你不惜用上这样的专栏标题也希望我装傻,但自己却又紧张到无法反应。要是我也像你一样蠢,在政治特别节目上这么搞,那才真的叫惨不忍睹。

最后我要问 Nakano Taiichi，描写一个人，真那么简单吗？

被写进 Nakano Taiichi 专栏里的影岛道生，跟我对自己的感觉存在相当大的差距。专栏中讲述的影岛这个人物看起来只是个因循苟且的笨蛋，外界看我是这种人吗？我甚至有些忧郁，自己是不是在不知不觉中怀抱一种病态的自我陶醉。但 Nakano Taiichi 的论点中实在有太多粗糙轻率的部分。

我个人觉得言论当中出现矛盾其实无所谓，一个没有矛盾的端正言论反而更危险。只要诚实面对讨论对象，产生矛盾是很自然的。正因为无法确切掌握，所以才需要讨论。任何人都能简单掌握的感觉也就没必要特地诉诸言语。矛盾产生摇摆，超越语言的某些东西衍生于此，我们才终于能找到掌握对象的线索，但 Nakano Taiichi 的言论尽管出现多处错误，却完全没有看到迫近对象时产生的扭曲或矛盾。这或许是因为意识到载体为杂志而企图单纯化，但也不见他对简化一事展现任何恐惧。

这跟 Nakano Taiichi 的绘画方式极其类似。要把一个原本存在的东西当作不存在，再产出新的东西，这应该有些最低限度的规范吧？线条内消失的内容，不是应该要寄托在尚存的线条上吗？否则必然会脱离实体。所以他的写法跟画法都是虚假的。我不想跟你犯一样的错误，因此试着去探究你的内在，但却只得到一种单纯传声的廉价扩音器般的印象。

我听见的不是你的声音。这是谁的声音？难道只要多摆几台这种扩音器，声音就会更为立体、仿佛真实存在吗？我无法接触到声音，也无从对抗。那干脆消失到一个听不见声音的世界吧？在这里会自然浮现这句自问，是不是因为 Nakano Taiichi 这个人根本不存在？你是虚构的吗？

看马拉松转播时，有时会看到在人行道上奋力奔跑的人。你就是那种人。求你了，至少不要干扰跑者可以吗？你以后可能会得意地告诉别人："我以前跟影岛吵过架。"记得也要告诉别人你也正式道过歉。你的人生就像一堆没人踩过的狗屎，干巴巴的。为什么要特意去踩呢？对了，遥远的从前大概曾经被踩过一遍吧？

关掉电脑电源。我读了影岛道生寄给 Nakano Taiichi 的邮件全文，惊讶于那股带有异样阴沉的气势，叹了许多次气。影岛很明显已经失去了冷静。偶尔可以看见他可能因为情绪太过亢奋导致思考跳跃、意义难解的段落。我跟着影岛的情绪反复读了几遍，也渐渐大概能理解，可是认真读起来，读到一半又会觉得自己这样有点蠢。

到头来其实只有一句话，那就是 Nakano Taiichi 这个人非常肤浅，但我越看越觉得 Nakano Taiichi 的糟糕藏在文字背后，更加显眼的则是影岛的执念之深沉、咒骂之残忍。这已经不属于正当防卫了。好比被人拍了一下额头就因此激愤难当，跨坐在对方身上不断往死里打的那种可怕。

集中精神越读觉得头越沉，先仰望天花板休息一下，滚动了一下滚轮，想看看后面还有多少，知道分量还有不少时我忍不住笑了。有些地方像漫谈还算好读，但我可以确定影岛不是在胡闹。像这样表露情感，实际上会受害的是自己，影岛明知这个道理却还是选择了这个方法。

打开窗户，凉风吹进屋来。堆积在昏暗房间里的时间仿佛一点一点在流动。我在手机的搜索栏中输入了"影岛道生"，结果后面紧接着出现的关键字是"发狂"，立刻关掉画面。我忍不住出声轻叹："一定会这样的啊……"

这种行为很难联系到在媒体上看到的影岛，但我觉得很像他会做的事。一开始就有这种预感，因为我在企图抗拒的影岛的言行风貌中，不知为何感到一种莫名的怀念。以前我也曾经有过这种感觉，为了活下去，怕麻烦而丢弃的感觉。每当看到影岛，脑中就会想起这句类似借口的话："我明明也能像他一样。"因为不想听见这个声音，所以一直回避不去看他。为什么我自己没发现呢？

他用"你的人生就像一堆没人踩过的狗屎"这句话来否定Nakano Taiichi的存在，看到他最后那句"对了，遥远的从前大概曾经被踩过一遍吧？"让我从猜测转为确信。影岛道生就是奥。住在House二楼最后一间房间，剃了光头，双颊凹陷，看起来很不健康的那个男人。笑起来像个恶魔的男人，也是我唯一能敞开心扉交谈的老友。奥真的当上了搞笑艺人。

知道影岛道生就是奥之后，我情绪很复杂，自己也不知道是开心还是不甘。就好像手里有一堆复杂纠缠的线，不知该从何开始理清。看来一时也找不到线索，我坐立难安地离开房间。滑腻的空气进入肺中，扰动我类似焦躁的感觉。为了消除这种感觉，我走上日暮的住宅区街道。

踩着自行车踏板的母亲慢慢地说着"蛤蜊汤"给坐在后座的孩子听，没有门牙的孩子也学着说"舍利塔"。我脑中立刻出现"舍利塔"这几个字。母亲反复地发出"蛤蜊汤"的音，孩子继续说"舍利塔"。跟他们擦身而过后，身后继续传来那母亲清澈通透的"蛤蜊汤"。孩子的声音已经听不到了，但是没有门牙的"舍利塔"还留在我的耳里回荡。

厨房传来的哼唱声叠着瓦斯炉上水壶沸腾的声音。香澄以上半身固定不动的姿势慢慢将咖啡端到我正坐着的沙发前。看到她不知为何脸上带着笑，我问："你下毒了吗？"她手上的咖啡杯小幅抖动："别闹我，会泼出来啦。"

已经很久没这样毫无抗拒地喝别人替我泡的咖啡了。比起自己泡的咖啡温度更低，但喝起来很顺口。

香澄到我家后，我花了很长时间跟她说了奥的事。要提起奥就不得不说起以前的自己，但我觉得刻意隐藏悲惨经验也很差劲。我小心不让自己太情绪化，不过一提到 Nakano Taiichi，就好像影岛附身一样，各种咒骂的话语源源不绝。我也说了跟小惠的事，一边说一边觉得以前好像曾经提过这些事，不过香澄好像忘了，或者是虽然听过却也安静不插嘴地静听。

"所以当年的奥就是影岛。"

"哦，原来是这样啊。"

"我一直觉得他很像某个人。"

"真想不到耶。那你觉得呢？"

香澄靠在沙发上，双脚伸向地毯。

"觉得什么？"

"那个 Nakano 什么的跟影岛的笔战，你有什么感觉？"

"什么感觉呢……"

我也不知道自己到底有什么感觉。无法看清自己的情绪并不是什么稀奇的事，但不免有些歉疚，因为这可能跟我无法向香澄坦承一切有关。我觉得丢脸，并不只是因为情人被别人睡了，而是在不自觉的情况下借助自己看不起的人的力量发表了作品，而且至今那仍是我人生中获得最高评价的作品。只要这个事实存在，身为创作者的我就只是一个虚像。

直到现在，向初次见面的人自我介绍后，还是有人会问："您就是《凡人 A》的作者永山先生吗？"这时候我并没有表露出不悦，总是摆出无比谦逊的表情，实在太不要脸。有时候我还会表现得好像自己已经忘了那一切。但那也只是暂时的，每当我自问："其实那根本就不是靠自己的能力吧？"就会耗损掉身上某些东西。有这种经验的人必须得更钝感、更厚脸皮一些。而我只能假装自己可以一笑置之。

几年前，当我自虐式地提起这件事时，被一个金发女人嘲笑，让我心里很慌。为了掩饰自己的心慌，我故意对她说些轻佻的话，结果被痛骂了一顿："你这家伙，听你说这些无聊得要命，我好心才笑两声给你听，懂不懂！"有时躺在棉被里想起这件事，我还会难为情到脸红。我不认为香澄会这么残酷，但她的天真也可能会触碰到核心。

"你支持哪一边？"香澄问。

"不可能支持 Nakano Taiichi 啊。"

我说得很理所当然，而香澄并不知道我曾被仲野愚弄过的往事。

"这样啊。那影岛呢？"

当我还不知道影岛就是奥的时候，我对影岛有相当强烈的忌妒。

"影岛嘛……"

我不知道自己为什么要强装平静。

"影岛狠狠批评了那个叫 Nakano Taiichi 的人对吧？你

看了之后有什么感觉？"

"觉得很爽。"

听我这么回答，香澄笑了。

眼睛看着影岛对 Nakano Taiichi 步步进逼的文字，就仿佛有人在代替我宣泄情感般觉得痛快。但与此同时，我觉得那些文字也像朝着自己而来。

香澄的脸浮现在昏暗房间中，雪白而模糊。

"因为过去的事才让你有这种感觉吧。"香澄轻声说道。

"自己的记忆，到底属于谁呢？"

香澄没有对我的问题有所反应，这句话就这样飘浮在房间里。大楼某处的配管传来水流过的声音。香澄将身体转向我这边，就像是延迟了几秒后传来的声音。

"什么？不是自己的吗？"

这声音是如此自然，仿佛我的话语和香澄的话语之间那段时间原本就不存在。

"虽然是自己的，但也只属于自己。我现在所说的话，其实只是我希望这样想而已吧。"

以前奥好像也对我说过类似的话，但这也可能只是我希望这样想。

"我觉得应该是这样没错。"

香澄说话的声响不会撞上我的声音。她唱歌时的声响也是一样，从不会产生任何撞击。这也是我跟她在一起的重要理由之一。

"应该是吧。"

"因为跟大王说话时有时我会很惊讶，明明是我们一起经历过的记忆，你的却跟我的完全不同，有时我会讶异你竟然连这种事也会记得，或者觉得原来这件事在你记忆中是那个样子啊。"

"什么意思？"

我觉得香澄的身体变得有些僵硬。

"比方说我们第一次见面的记忆，你的也跟我的很不一样。一开始我以为你在开玩笑，但是后来想想好像也不是。"

"在羽田机场附近？"

"蒲田的饭店里。"

"对，我叫了按摩。"

"你一直这么说，是认真的吗？"

"难道不是吗？"

"你叫的是到府应召。"

说着，香澄微微笑了笑。

看我没说话，香澄又说了一次："是到府应召。"

"什么？"

"你真的不记得吗？"

"不，我记得啊。"

明明记得的啊。

"因为内容实在差太多，还以为你记错人了，可是细节又都很吻合，所以让我觉得有点担心。"

"我的记忆真是靠不住。真的是只为自己而存在的记忆呢。"

我半开玩笑地这么说，内心其实很不安。香澄没说错什么，但我担心彼此之间原本已有的默契会因此瓦解。

"所以有这样的人吗？"

香澄口气很轻松，但也像是有点在意，想继续深究。

"没有啊。羽田机场附近，在蒲田的饭店对吧？"

"对。走进房间后一片黑。我还心想很少有人会关着灯。直到眼睛习惯黑暗之前，都一片漆黑看不清彼此长相。我听见低沉的声响觉得很害怕，所以记得特别清楚。因为登记的名字一看就是假名，我就问你，该怎么称呼才好？你说随便，在那个气氛之下我就开始叫你大王。"

说到这里香澄笑了。确实是这样没错。

"然后我们就交换了联络方式对吧？"

"不对。"

"不对吗？"

"你不记得了吧？"

"我记得啊。"

"大王你当时一脸认真,说了些很奇怪的话。"

"我说了什么?"

"你跟我说'我不希望让你误会我有任何冒犯的意图,但是希望你可以收下这个',然后递给我一张一万日元钞票。"

"然后呢?"

"然后我很惊讶,说我不能收,所以拒绝了,接着你很严肃地说:'不不不,如果不这样,就无法保持世界的平衡。因为你没有错,但是其他人却犯了错。'我听得一头雾水。"

"真可怕。"

"这可是你自己说的话。你也觉得可怕吧?我当时真的不知道你想干吗,拒绝又怕你突然生气,我就先收了下来,后来偷偷放回你鞋子里。"

我现在还记得隔天穿鞋的那个瞬间指尖感受到的硬脆感,我也清楚记得脱下鞋子后,看到里面有张一万日元钞票。

"一万日元钞票折得很整齐呢。"

"对。这种地方你倒记得很清楚呢。大概两天后,你又指名我。"

我并不是想靠花钱来吸引香澄注意,但是冷静地回想,这种行为实在很低级。第一次看到香澄不假虚饰的声音和表情时,紧张和身体的僵硬都随之舒缓,为什么会有这种感觉?这令人怀念的感触是怎么回事？想着想着，我发现那一定是因为这个人很温柔。

这么理所当然、平常的感觉，我竟然还得特地去发现，这也让我觉得很不可思议。而这个人却被什么也不懂的人所制定的服务费用标准束缚，让我觉得非常不合理。我想打破那个规矩，心里出现一个奇怪的念头，想报一箭之仇。我同时又想，不希望被别人任意决定价值。

"那是第一次见面的两天后，我心想，原来是前两天那个大王啊。"

香澄平静地说。

"很犹豫要不要来吗？"

"嗯。但是第一次见到你那个晚上，回程时我跟来接我的司机说了。"

"说我的事？"

香澄只喝了一口自己买来的宝特瓶装茶。

"对。第一次接的客人，他们会问问有没有危险行为，或者客人是什么样的个性。"

"你怎么说？"

"我说，是目前为止最奇怪的客人。"

说完后香澄笑了，我也被传染，跟着笑了。

"但是所谓的奇怪或正常，只是一种状态啊。"

"没错！我告诉司机说，你一直自顾自地说些莫名其妙的话，房间也是目前为止看过最黑的，就算把灯都关了也绝对不会那么黑。"

"你在说谎呢。"

"才没有。刚开始你几乎没说话，但是中途忽然开始一直讲个不停，不过我告诉他你不是坏人。我还说，你忽然哭了起来，换成其他女孩可能会觉得害怕吧。"

老实说，当时自己的情感我记得非常鲜明，但是状态我就没什么把握了。

"嗯。后来司机说了些'这家伙感觉不太妙'之类的话，其实我也觉得不太妙，但又不希望听到别人口中这样说，我觉得要正确形容你这个人很不容易。"

咖啡冷了之后苦味更明显。香澄伸长脖子探看放在桌上的杯子。

"还有吗？"

"没了。"

香澄拿着杯子进厨房。我听到水倒进茶壶里的声音，听到煤气炉点火的声音。

"有遇过可怕的人吗？"

"有啊。有一次接到饭店的单进了房间，那个人一直说肚子饿了想吃东西。我问他想吃什么，他说，要不要一起吃涮涮锅？我想他肚子饿了嘛，也没办法，只好答应。可是在这种地方要怎么吃涮涮锅呢？结果那个人拿了针筒过来①。"

"果然。"

香澄不知何时已经回到原本的位置，打量着我的表情。

"我第一次跟人下跪。我对他说，对不起，我还以为涮涮锅是真的要吃肉。"

"结果呢？"

"他说我蠢得可以。"

香澄瞪大了眼睛看着我。

"他放过你了吗？"

"放过我了。幸好是个好人。我看他赤裸着身子把针筒放回包包里的背影，还觉得有点抱歉。"

香澄又睁大了眼看着我。

"看什么？"

"对不起。"

香澄慌张地移开视线，盯着地毯微笑。

"刚才本来在说什么？"

"啊，说到你指名了我，我很紧张，不知道该怎么办，可是觉得你不是坏人，所以还是去了。"

---

① 涮涮锅（しゃぶしゃぶ）音同毒品的俗称（しゃぶ）。

174

香澄张嘴看着我，看我没说话，她又走向厨房。

"所以我们是第二次见面时交换联络方式的！"

她这么一说，好像真是这样没错。

"我说这些你可能会生气，但是大概半年前你也提过那个影岛，还有奥的事哦。"

香澄的声音闷沉沉地在我后脑勺附近摇晃。

"那件事就不用再提了。"我说完后香澄低头道了歉，"对不起。"

"可是，啊……"

"嗯？怎么了？"

"还是算了。"

"你就说吧，话说到一半让人怪好奇的。"

"见到其他人的时候，我脑子里不会浮现旋律，不过一跟你见面马上就会有旋律或文字出现。"

听到她这么说，我脑中瞬间掠过香澄立在玄关的吉他。

"是吗？"

"很少有这样的人。"

香澄垂下眼，吞吞吐吐地说。

我开始有点难跟香澄联络。她没有不理我，但是跟过去比起来回应变得很慢。事后传来的邮件会有明确的理由，例如刚好跟朋友在喝酒，或者正在替家人做饭等，但我总觉得那是因为怕伤害我而费的心思，让我觉得自己很不堪。我们认识之后一直没有过这种情形，我猜想，应该是出现其他优先顺序更高的事了吧。可能是音乐，也可能是其他事。

自从不跟香澄见面后，我开始更留意奥——应该说影岛的动向。外界对影岛的自暴自弃都以负面眼光看待，而影岛接收到这些反应后，似乎失控得更彻底了。

我想起奥曾经对我说过的话。包覆自己的膜要是放着不管，那层膜会渐渐变厚，让人难以呼吸。而搞笑也可以由内而外打破那层膜，所以他才想当搞笑艺人。或许想打破那层膜的冲动正以不同的形式启动。

打开网络新闻常常可以见到影岛的名字，但每一篇的内容都在批评影岛骤变的态度。"影岛道生涉入伤害事件？"这标题着实让我惊讶。虽然看到标题加上问号就知道这内容一定很可疑，但对方是现在当红的高中女作家。这位名叫"叶"的高中作家受编辑青睐才刚出道不久，不分对象跟谁都能战，前所未有的风格现在正受到注目。对她来说影岛就像是个绝佳的饲料。真材实料的天才作家用实力来制服半吊子的明星作家，用常识来看这个结构未免有点夸张，但她的粉丝应该会很开心吧。

不过公司的人为什么要让现在的影岛卷入这种闹剧中呢？对谈可能是很久以前就安排好的。报道上说，对谈中年轻作家完全把影岛当空气，自顾自地说着自己想说的，而影岛对此打定主意完全不反应，中途大概是觉得腻了，开始准备离开，这时她不知为何忽然飞来一句："想逃吗？"虽然跟前后脉络一点关系都没有，影岛听了还是回答："反正没事可做，那我就回去了。请当作我一开始就没来过吧。"这时叶突然将折叠椅子丢向影岛，打到影岛的后脑勺，他笑着喃喃道："我干吗要配合这种肤浅的设定？拜托不要擅自拖我下水，麻烦死了。"面红耳赤的叶又继续往影岛身上丢了好几张椅子。最后影岛也终于回击，丢过去的椅子直接砸在叶脸上，叶哭着向他道歉，内容悲惨得简直像虚构故事。

　　早上起来开了煤气炉煮热水，趁水开之前用电动磨豆机磨碎咖啡豆。水开还要等一段时间，我拉开窗帘打开电脑电源，画面慢慢亮了起来。星期二了，所以呢？我一时不知道该干什么，这一点也是每天的例行公事。先确认邮件，打开编辑寄来的资料。昨天寄去的散文好像没有特别需要修正的地方。我知道水快开了，没继续看邮件内容，只先确认有谁寄来邮件后便回到厨房。关掉炉火，将热水倒进咖啡中，香气瞬间扩散。邮件寄件人中有一个好久不见的编辑名字，这让我有点好奇，但我也不着急。毕竟我告诉自己，好事坏事都已经习惯了。

　　拿着咖啡杯回到电脑前。打开很久没见的编辑的来信。

"好久不见，自从在饭岛的丧礼上碰面后，应该有十年没见了吧？身边也有人在工作上跟你联络，所以经常会听到你的名字，在杂志上看到你的名字也觉得很开心。你文章写得很好，但我还是比较欣赏你的画，如果有机会希望还能一起做一本书。我猜想你应该很忙，要是有空最近一起喝一杯吧。"

这名编辑在《凡人A》之后也会定期询问我要不要出书。虽然知道《凡人A》创作背后的内情还是想跟我一起工作，这份心意让我很高兴，但面对知道当年往事的人，我还是有点自卑。

不过我又想，不如鼓起勇气把稿子寄过去看看吧。大概三年前我就以出版为目的陆续写了些文章，现在已经累积了一定数量。是些对过去的自虐和描述现在单调生活的散文，还有揭露那些日子之虚伪的插画。

我写这些是为了跟自己的青春做个了断，但是看到跟自己同年代影岛的活跃，我又有种恐惧。会因为其他人的行为而摇摆不定，都是因为对自己有所期待。如果极尽自虐到遍体鳞伤的状态，就不用担心还会有哪里受伤了，可是我却扎扎实实受到忌妒的折磨。同时我也脆弱到连香澄都能轻易剥除。说到底我只是装出自虐的样子，却还是在自己身边筑起了防卫墙吧。我张起了一片看似已经被打破、其实却没有人能打破的膜。

影岛久违地出现在晨间节目中。大概是睡眠不足，眼里布满血丝，跟摄影棚的清新背景还有声音很不搭调。我不知道他跟其他来宾具体上有什么差别，但表情和脸色就是显得跟这个场合格格不入。就好像在一场大家都穿着人偶装的秀里，只有一个人没着装，用真实面孔上阵表演。但过去我从来没有过这种感觉。影岛开始将自己的内在袒露在外，这并不是一种自我表现，而是他的内在本身起了变化，所以在自己也无法控制的状态下，对自己的言行出现了影响。

节目以回顾影岛过去活动的方式推展。他的老家和儿时故事，跟过去奥告诉我的有共通之处。在那之后的事则是在搜寻影岛资讯时听过看过。男主持人在每个项目会向影岛提问，影岛则用他布满血丝的眼睛带着浅笑回答。

画面上播放了一段据说跟影岛很熟的后辈艺人说话的影片。最近这段日子在影岛身边近距离观察他行动的后辈特别强调，其实影岛是个很情绪化的人。大概是想拉近外界印象跟他真实样貌之间的差距吧。画面里的影岛一脸精神涣散地看着影片。后辈说完后镜头切回摄影棚，影岛认真地问其他来宾："刚刚那是谁？"主持人敷衍地回答："是跟影岛先生感情很好的后辈啊。"然后继续提问。

"如同您的后辈所说，很多人对影岛先生的印象都是您很安静，但没想到您也会有生气、大笑等丰富的情感表现呢。"

"我向来都怀抱着憎恨和愤怒而生。"

"哦，憎恨？"

"社会上往往会偏向去肯定有毅力的人，但是一开始就有毅力的人只是运气好，其实根本没有付出任何努力。"

"原来如此。"

"平常态度蛮横但其实个性很好的人也很受欢迎，但这些人也没有什么特别的努力，单纯是性格阴晴不定罢了。"

"好的！"

主持人拉高声音附和，试图要在这里结束这个话题，但影岛还是继续往下说。

"有些人内在情感很丑恶，但并没有表露出来，其实骨子里是相当讨人厌的家伙。我认为这种人才应该获得肯定，一个人如果表里如一，那只是偷懒怠慢。但是先别说这些，刚刚那个人到底是谁？"

主持人暧昧地说了句"好深奥啊"，硬是继续推进节目。

又何必特地参加晨间节目来说这些话呢？其他来宾一脸若无其事，微笑地听着。

"啊，对了，最近影岛先生笑得最厉害的一件事是什么？"

主持人跳过板子上事先列出的几条事项，直接问最后一个问题。

影岛想了想："笑得最厉害的应该是在我小说出版后说过

'这家伙只是在假装了解文学，三年后就会消失'的大学教授，刚好在这番发言的三年后因为性骚扰被大学开除这件事吧。看到新闻之后我一个人捧腹大笑大叫，搞了半天消失的是你啊！"

"原来是这样啊，性骚扰真是不可原谅呢。"

主持人露出苦笑，显得很尴尬。

"就是啊，这就是问题所在。自以为了不起的自恋老头因为自己的愚蠢而搞砸工作，这种老套的结构实在可笑。'老不修'这几个字听起来很过时，我一直没机会用，听到这个消息时我心想，就是现在！今后这个词大概只会用在这老头身上吧。但是他伤害了人这件事可一点都不好笑。你说得一点也没错，这件事不可原谅。你还是第一次说对话呢。"

"哦，谢谢，谢谢。"

影岛亢奋地称赞主持人，主持人也惶恐地道谢。

"一开始我也忍不住笑了，但这种行为本身一点也不有趣。而且听说他还对学生说'当我的女人吧'，这个世界上不存在这种句子。把文字排列出来确实可以得到这样的句子，但那是硬造出来的。不过那老头却真的用了这个句子。为什么会变成这样呢？一个老头能说出'当我的女人'，是因为之前他'照我的想法来'那种傲慢态度一直受到允许而累积下来的。因为他的歪理一路以来都被接受，所以我想他自己也不了解问题出在哪里。应该也有人想拿'不良'这种字眼来原谅他这种态度吧?没打过架的集团装模作样逞凶,就很容易引发这种状况。要是我在附近,一定会踹翻这个装模作样的老头。真想踹他一脚。我之前没说过这件事吧……"

"我们谢谢今天的特别来宾,Pause的影岛道生先生!"

影岛还想继续说,却被主持人强行打断,他对着摄影机比了个V字。

傍晚时分,夕阳照进房间。束起吸饱了阳光的窗帘,闻到夏天的味道。蓄满热度的房间变得沉闷窒息。打开窗,一阵凉风穿过。

我想起住在House时房里没装冷气,夏天期间会一直开着窗户。那台电风扇我记得没丢,放哪儿去了呢?

我发了封邮件把目前累积的稿子寄给编辑,马上就收到回信。

"散文里写的日常生活感觉很不错(不过也足够自虐的了),但是被实际的画作揭露真实的构造更让我觉得痛快。因为是系列作品,中间读到气氛不错的场面就会开始想象之后的画,非常有意思。要照现在这个状况来进行也行,不过就像你在邮件里写的,距离你写这些东西已经过了三年,假如有'已经剥开的东西还能再继续往下剥'的感觉,那么我也非常想看看。并不是叠上,或者移除现有的层次,有点像是发现新的内在后蜕变的感觉。总之,我很期待。"

明明是自己起的头,但是看了编辑的感想我又开始担心,不确定自己是不是真能办得到。窗户吹进来的风很凉爽,我一直望着窗外,忽然又觉得自己这样很蠢,有股想到外面走的冲动。翻开记事本,确认了今晚之前没有需要截稿的东西。

穿过三宿后巷,右手边后方是淡岛通,我走过住宅区。一边用手指摇着连帽外套口袋里的破洞,对自己这飘飘然的心境感到惊讶。明明没什么值得开心的事,但是我发现自己因为马上就能开始作画这件事感到很开心。可见画画离我的日常有多远。

我靠插画维生,不过已经很久没有任性地画属于自己的作品了。什么才是能打破自己内部某种隔层的画?连自己也不认识的自己。描写这种矛盾会是什么样的感觉呢?总觉得好像有人曾经把这种感觉简单地化为言语,但我想不起来。对了,下北泽好像有间酒吧,墙上装饰着梵·高的《星空下的咖啡馆》,我记得那里座位区后墙面摆着大量唱片。走去那间店吧。为什么脑中会掠过梵·高的画呢?梵·高说过这种话吗?对了,记得 House 里也装饰着梵·高的画。

我凭着记忆走,看到一个似曾相识的招牌。一边观察,一边爬上楼梯,楼上只有一间店泄出些微的光线。打开门,身形纤瘦的店主从唱片机上抬起头招呼我,"你好"。店主戴着耳机,像在准备下一张要播的唱片。L形吧台大约有十个座位,座位后方的整面墙上仔细地摆满大量唱片。《星空下的咖啡馆》就挂在后方酒架的左边。我侧着身走过吧台跟架子中间狭窄的通道,小心不碰到唱片,坐在从后面数来第二的座位上。听了一会儿唱片转动的声音后,乐声开始。

"欢迎光临。"

"嗯……"

"你都喝Harper的威士忌苏打吧?"

"对。"

店主好像还记得我。扩音器里流泻出来的声音很像加川良,确认了一下封面,果然是加川良。

"那是梵·高的画吧。"

"对,叫作《星空下的咖啡馆》,我在一间专卖奇怪东西的高圆寺旧道具店买的。当然是复制品啦,不过已经装裱好,而且听说这幅画过去的主人全都是开咖啡厅的。"

玻璃杯静静地放上了吧台。

"谢谢。"

"我其实本来也想开个咖啡厅的,听了感觉兆头不错,就一时冲动买下了,结果开了间酒吧。"

我拿起玻璃杯就口,微弱的碳酸扩散在喉咙。

"以前住的公寓也挂了一幅梵·高的《星夜》,所以我才会注意到。"

"哦?我好像听别人说过类似的事。听说是那幅他在精神医院疗养时画的画。是谁告诉我的呢?"

我脑中浮现了影岛的样子。

"这里都来些什么样的客人?"

"只有老客人会来。而且进来的人都会一开始就摆出一副'我是常客'的脸。"

说着店主笑了。

"不介意的话,您也来一杯吧。"

听我这么说,店主轻声道谢后在自己杯里倒了啤酒。

我们互碰了一下玻璃杯喝下酒。梵·高画里的夜空没有使用黑色。而我眼中的夜晚,又是什么样子呢?

之后我都跟店主聊了些什么呢?玻璃杯的声音很鲜明,我的声音却仿佛越来越远。换作平常,我总是很难为情不敢说出自己想听的曲子,所以当我央求他播放范·莫里森(Van Morrison)的曲子时应该已经醉得很厉害了吧。拿出手机,觉得该跟人联络才行,又不知道该跟谁联络,只是用手指滑动着通讯录。

不知道喝干第几杯威士忌苏打,我告诉店主:"请给我最后一杯吧。"他维持着跟几个小时前一样的声音,静静对我说:"请用。"曲子已经换了。脑中响着不知名的音乐。我忽然觉得那声音的声响很接近梵·高眼睛看到的风景,但下一个瞬间却又掌握不到自己到底觉得哪里接近。墙上那幅《星空下的咖啡馆》的夜空在摇动。

"你知道 Pause 的影岛吗?"

"嗯,知道。"

擦拭玻璃杯的店主抬起头来。

"我跟影岛年轻时住在同一座公寓。"

"哦,这样啊。影岛先生也会来我们店里呢。"

"是吗?"

我也这么觉得。总觉得这间酒吧跟 House 气氛有点像。不只是因为有酒、有唱片,还有梵·高的画,主要是人跟建筑物的关系很像。

"他都在很晚的时间来。"

现在几点了呢?摸了一下手机,画面亮起。我眯着眼对焦。快十二点了。

"难怪。刚刚我在想,那幅画的事是谁告诉我的,应该是影岛先生吧。你们一起住过?"

"有点类似合租、宿舍那种地方。我不知道影岛记不记得我,但我们经常聊天。"

"哦。"

店主拿起一个小水壶，不知道在喝什么。

"影岛最近好像新闻有点多，应该还好吧？"

"嗯，他也提过这件事。但是他来这边时倒没有什么不一样。如果他现在刚好过来就太有趣了。"

"会这么刚好吗？"

"现在时间还早吧。"

店主看着时钟这么说。

又喝光了几杯，眼皮渐渐沉重，渐渐感觉不到时间的流动。扩音器播着令人怀念的唱片，我正在想那是谁的曲子，下一瞬间又换了一张完全不同种类的唱片，我才觉得"哦，换一张了呢"，接着立刻又换成另一首曲子。本来想说"刚刚那首……"，但自己也不清楚到底是几首之前的曲子了。我想起以前跟奥的对话，奥的身影变成影岛，又变成我。

"喂、喂！"

听见好几次叫声，我睁开眼睛，不久之前我脑中就不断听到音乐，所以并没有失去意识。我双肘抵在吧台上，抬起向前垂下的头，但眼皮还是很沉重。

"终于醒了。早啊。"

有人在身边这么对我说，吧台里传来店主的笑声。微微睁开眼，伸手要去拿还剩下约半杯酒的玻璃杯，不过视野不断晃动,一直拿不到。

"很累了吧。"

店主平静地说。

"不好意思啊。"

明明表现得自己并没有睡着,还是自然地表示了歉意。身边也传来了笑声。

"我去一下厕所。"

说着,坐在我旁边的女客人站了起来,一股存在我遥远记忆中的肥皂香味掠过鼻尖。刚刚那是谁?刚好也来喝酒的某个人吗?那口气听起来很随意。对了,我刚刚跟谁联络了吗?

厕所的门打开,个子娇小的女人走回来。剪齐的刘海儿下是一张雪白的脸。宽松的咖啡色毛衣袖子长到遮住手。她跟刚刚一样坐在我旁边座位,视线望向半空中。是小惠。

"你睡死了。"

是很熟悉的声音。

"我醒着。"

"没有,你睡着了。"

我可能还没醒吧,意识很朦胧。小惠拿着装冰块的威士忌酒杯,看着我的手像在催促。我急忙拿起玻璃杯,小惠小声地说"干杯"。我的玻璃杯比较大,杯缘高度不合,玻璃杯底在吧台上拖拉出一道水痕。

小惠挺直了背脊优雅地喝光了威士忌，看了看我的杯子确认还有没有酒，然后露出沉思的表情，又叫了一杯威士忌。

"你平时都喝这么多吗？"

"也不是一直都这样。"

"哦。"

她的话里有股让我不安的开朗。

"我还以为我们不会再见面了。"

"不会再见了啊。"

"现在不是见到了吗？"

店主把新的一杯威士忌放上吧台，小惠低头向他道了谢。

"现在在做什么？"

"嗯，就正常上班。"

我并没有特别想问这些，但也有点犹豫该不该问得更深。

"你呢？"

"嗯。"

我又在做什么呢？

"啊，我看过你画的东西哦。"

"哦，应该是在杂志上吧，很普通吧？"

"你觉得那很普通吗？一点也不普通啊。"

我不太想跟小惠聊画，但是为了盖掉这种感觉，我又继续对她说。

"最近又开始画了。"

"是吗?"

"下次要画……"

我在寻找自己没说出口的那半截话。

"画什么?"

"还是算了。"

小惠听我这么说,毫不顾忌地笑了我的暧昧态度。我觉得以前好像也有过一模一样的瞬间。

"以前是不是也发生过一样的事?"

"好像有。"

店主一直在角落玩唱片,大概是刻意回避,给我们空间。

就在我想再点一杯时,扩音器传出约翰·列侬的 *Happy X-mas*。

那瞬间我跟小惠四目相对。

"以前我们问过店里有没有这首曲子对吧?问的时候觉得一定不可能,竟然还真的有。那时都已经是夏天了。"

店主没出声,静静地笑着。

"我们还说,如果放了这首曲子就回去,对吗?"

小惠这么说,我知道至少那一天的记忆确实无误,心里平静了下来。

记忆就像踩着飞石跳跃般,时有时无。好像失落的时间从后面慢慢追赶上来。下了下北泽酒吧楼梯,跟小惠并肩走着。以前小田急线经过的轨道现在围起栅栏,里面安静地停着几辆大型起重机。

"这里要盖什么吧?"

小惠的声音似远又近。

"那个永远打不开的平交道也不见了呢。"

"这应该是好事吧?"

"有平交道的时候,我很喜欢看黄昏时人群在这里等电车的景象。电车有时从右边来,有时从左边来,以为栅栏终于要打开了,结果右边又来一辆电车,有人会左看看右看看,情绪跟着起伏。电车经过要一点时间,也有人看到栅栏一直不升起来很生气,气愤得想冲过去,还有些情侣等待时间继续安稳地聊天,有人看起来住惯了下北泽这区域,有人可能什么都没在想,还有人会用敬语跟经过的电车打招呼。"

"那你都怎么做?"

"我会从自己随身听里找出适合当时风景的曲子来听。电车的声音会混进这声音里。偶尔有点这种无谓的时间也不错,一直不断往前走其实也挺累的。"

"也对。"

"不过我的话应该是休息过头了吧。"

"但是我好像有点懂。"

我们不知道下一步要做什么，就这样站在有平交道的下北泽一番街入口。每当有车经过，头灯就会照在我们身上。派出所的警察看着我们。我们看上去或许很像在等待已经消失的栅栏升上去吧。

"我叫出租车送你。"

"不要紧。"

"反正是一样方向。"

"你怎么知道？"

看我没说话，她又说："干吗不说话？"然后笑了，我继续沉默。

"那去兜兜风？"

"好。"

对面驶来一辆黑色出租车。我正希望那辆车能停下来，小惠已经一个箭步探出身去，对出租车举起手。出租车在我们面前停下。我想起她以前就是这样招车的。

我先坐进去，小惠进来坐在旁边。

"去上野，麻烦你了。"

小惠说完后出租车开始前进。

风景从行驶中的出租车旁流过，就像用手指滑开手机里映出的画面一样。或许这样走下去，就能来到沉在底处的古老记忆。

"要把从窗外看到的所有景色都画下来是不可能的啊。"

"你说每一秒吗？"

"对。"

"那不可能啊。这样想来，动画是不是很厉害？画会动耶。"

小惠看着窗外这么说。然后我们很怀念地聊起一起看过的动画。对了，我想起这个人曾经想当个绘本作家。

"嗯，真厉害。其实画会动这件事值得大家更加惊讶的啊。大家都忘了要惊讶。不过在动画里的世界，时间是会飞的，一秒钟并不是一秒钟。"

"嗯，这么说也对。"

"真正的事实都被遗忘了。"

"最近忘得特别严重。"

"明明能记的事不多，却连'现在'这个时间的存在有多厉害都忘记了。"

"听起来好复杂。什么意思啊？"

出租车司机乘隙说。

"不好意思，我们往上野车站的方向开就行了吗？"

小惠想了想，回答他："请开到上野公园吧。"

"我们刚刚在说什么？"

"忘了。"

"这么快？真的什么都能忘耶。"

听小惠这么说我笑了，小惠也笑了。笑了之后，比起好笑的事，更明显的是在这之前没有笑的那段时间。

出租车开过淡岛通，即将来到神泉十字路口。大概要开上首都高速公路吧。我把手放在座椅上。小惠的手就在旁边。我觉得手背有种痉挛的感觉。车子开在通往首都高速公路入口的坡道上，渐渐升高。我看到平静的夜空。

"夜空。"

"真的耶。"

"梵·高说得没错，不是黑色的。"

"不要说得好像梵·高是你朋友一样。"

星与夜之间仿佛融化，渗透在整个夜空中。

"梵·高看到的夜空，应该更暗一点吧。所以看在他眼里就像《星月夜》一样。"

"现在我看到《星月夜》还是会有想吐的感觉。只有那个时代的事始终忘不掉。"

出租车疾驰在深夜的首都高速公路上。

"会想吐啊？"

"嗯。"

"那个晚上都已经过了至少十五年呢。"

"哪个晚上？"

"那个晚上啊，下着大雪对吧？"

"嗯。"

"所以看到《星月夜》我就会想到那个晚上，下着雪我也会想起《星月夜》。"

"搞得像谜语一样。"

耳边听着车子静静行驶的声音。眼前看到了东京铁塔。小惠的手就在旁边。

"每个人都有难受的事，但是大家都可以若无其事地过活，我觉得真是佩服。大概只有我太脆弱吧。"

"每个人状况都不一样啊。"

"在那之后，我对自己的人生再也不抱期待。'凡人A的罪状在于相信自己的才能'对吧？大家都笑我这句话是自我意识过剩，但也是因为还有余力，才有办法对自己说出那么残酷的话。我想跟别人确认，我自己能发现痛苦的真相是不是还算勉强及格？但这看起来也像在媚俗讨好。可是我明明很拼命啊。"

"就是因为很拼命的关系吧？"

司机是不是也听到了小惠的低喃？

"在那之后又因为跟你的事……"

"跟我的事？"

"嗯，对我来说是件大事。已经过了那么久，我也渐渐擅长假装没事，不过还是不行。我一直在想，该怎么样才能把那个时期发生的事在心里稀释掉，我甚至想过，最快的方法就是再经历一次更糟的体验。假如特别的体验次数增加，或许就可以稀释掉了吧。就好像……好像专收痛苦的收藏家一样。名字听起来不太合适就是了。"

"但这样好像很辛苦。"

"反正我是变态，习惯了。"

听了之后，小惠干笑了几声。

"被人背叛，自己也背叛人。就算交了女友也会分手，没能做想做的工作，这些事我都渐渐懂了，但是最初感受的痛苦却一直没有变淡，始终强烈地留着。就算假装已经消失，还是会影响到我的所有行动。"

小惠点着头，好像在确认什么似的。

"年轻时的事都会记得很清楚呢。"

小惠看着窗外这么说。

"你为什么？"

"嗯？"

"为什么跟饭岛……"

我无法继续说完。我想让手稍微去碰碰小惠的手，但手却不动。就一点点、就一点点，我在脑中这样告诉自己，好不容易动了动，但还是没能碰到小惠的手。

"我跟你是很要好的朋友,彼此之间可以聊很多事。但我不知道当时你为什么会突然变成那样。"

小惠第一次直视我的眼睛。

"什么叫突然变成那样?"

"我告诉过你,我喜欢饭岛。"

小惠封在车里的声音在我脑海中回响。

"嗯,我知道。"

我在说什么?我知道什么?

"但是……"

但是什么?

小惠没等我,继续往下说。

"我听说你告诉 House 的大家我们在交往时很惊讶。我也反省过自己的态度,是不是让你误以为我有那个意思,所以也开始跟你保持距离。我没跟大家说清楚我们有没有在交往,因为我不想看到大家责怪你。"

仲野太一质问我这件事的记忆突然在脑中苏醒。我之所以对仲野又恨又怕,或许也跟这段记忆有关?

"等等……"

"但是我只对饭岛坦白。没办法,因为我喜欢他。"

"嗯。"

小惠说话的语气实在太温柔,让我不知道该如何反应。

"饭岛他说什么?"

"他说永山这个人脑子有点怪,最好不要刺激他。"

明明说的是我自己,我还是忍不住笑了。说得还真过分。

"但《凡人A》的时候你还是帮了我?"

"因为我们是朋友啊,这跟恋爱是两回事。"

"那你对我从来都没有感觉?"

"这我不知道。"

"怎么这样讲?"

终于碰到的那只手,是香澄的手。

我跟香澄一起望着不忍池。水面的光在风中摇晃。

"七月不是应该更热吗?"

"是吗?差不多就这样啊。"

也不知为什么,香澄显得有点得意。

身体里还有点酒意,但也有种大哭一场之后的倦怠。

"上次我们一起来过对吧?"

"嗯。"

"在那之后,我一直很想再来。"

"对,是去博物馆那天吧。"

"去看爷爷的蝴蝶那天。"

香澄看起来并没有喝醉。

"对了……"

"等……等一下！"

香澄露出明显害怕的表情，制止我往下说。

"我没有要说鬼故事啦。"

"你上次也突然开始说可怕的事。"

"上次也没有说什么可怕的事啊。"

"不好意思，在深夜公园里说鬼故事，我回去会睡不着的。"

"不是鬼故事啦。你听了可能会觉得很无趣吧。"

香澄瞪大了眼，僵住不动。

"你这表情，是听鬼故事时的脸吧。"

"谁叫你说话方式这么吓人。好，我听。"

说着，香澄先站起来，深呼吸之后再坐回长凳上。

"也犯不着这么正式。我高中时候社团活动穿过号码背心，你知道那是什么吗？"

"知道。有印背号的运动背心那种吧？我在家也会用。"

"在家？还真少见。社团活动用过之后都是汗臭，所以会拿去水龙头下洗。洗过后的号码背心就得拿去体育馆二楼栏杆上晒干，那个时间多半已经傍晚，其他社团活动都结束了，体育馆里一片漆黑。"

"你看，果然很可怕。"

"不是啦。你听完就知道一点也不可怕，不用担心。"

"真的？"

"嗯。我们每次都两个人一起去晒,有一天我们说好猜拳猜输的人要自己去晒。其实只是好玩。然后我输了,自己去晒,体育馆里只有上二楼的螺旋梯有灯,非常暗。"

"你看啦。"

"不是啦,我要讲的不是这个。"

香澄还是一脸害怕。

"我刚刚说到哪里?"

"你都说完了。"

"才怪,我还没说到重点呢。所以我一个人爬上螺旋梯去二楼晒号码背心,不过因为很害怕,我再三要求其他人'一定要在下面等我'。"

"要是大家都走了一定很可怕吧。"

"对啊,我也这样告诉他们。"

听到一阵自行车车链摩擦的声音,一个中年男人从我们面前经过。我感觉到香澄的身体瞬间僵硬。直到那个男人骑到很远看不见了,香澄的视线都一直盯着他的背影。

"然后等我上了二楼,发现本来以为只有一楼才有的电灯开关,在二楼也有一个。我心想,如果把灯关掉大家一定会吓到吧,就顺手关了。我自己关掉了二楼的开关。"

"关了?"

"关了。然后在一片漆黑当中,我对楼下的人说:'喂!不要关灯啦！'结果大家都以为灯自动熄灭了，'哇'地大叫了一声后全部跑出体育馆。漆黑的体育馆二楼就只剩下我一个人，我实在怕得不得了，其实开关就在旁边，只要打开就行，我却吓到脑子转不动。明明是自己关掉的灯，却'哇'地大叫着在黑暗中冲下螺旋梯，在最后一阶跌倒，膝盖还流血了。"

"也太蠢了吧。"

"就是啊，实在蠢得可以。"

又听到自行车车链摩擦的声音，我转过头，看到刚刚那个男人回来，再次经过我们面前。

"我忽然想到，总觉得我的人生从小就一直重复这种自导自演。"

"自导自演？"

"嗯。自己关掉灯，让自己害怕，然后跌倒流血。"

"哦。"

"当时我也没有告诉大家，是我关的灯。然后有好一阵子在我的记忆中，那电灯都是自动熄灭的。"

"所谓怪谈就是这样出现的吧。"

"可能吧。你看，一点也不可怕吧？"

"嗯，有点蠢的故事。"

说着，香澄笑了。

我读了影岛三年前写的小说。这本小说我一直放在心上，但从没想过要看。一方面也是因为这本书成为热门话题之后，减弱了我把自己累积的稿子成书的力气。但是当我知道艺人影岛就是奥之后，突然很想读读看。

读的时候我一直忍不住在小说里寻找影岛的存在，始终进入不了故事当中，但又重读了一遍后，终于了解这是个什么样的故事。如同传言，这本小说以搞笑艺人这种职业为题材，但我觉得影岛想描写的并不是搞笑艺人这种职业或生活。

接着我又读了影岛的第二本小说。形式上是一部描写任性男主角恋爱的小说，其中我确实可以感受到奥的气息，也有理应单纯是读者的我。我甚至有一瞬间怀疑，奥是不是从哪里听说了我的事才写了这些，不过中途我又发现，这对自己来说是如此愚蠢、可怕的妄想，不禁一阵悚然。

直到太阳西下，我一直读着关于影岛小说的各种报道。其中也有些写得很严苛。这当然是我事后的猜测，不过他之所以对 Nakano Taiichi 有过度强烈的反应，或许是因为那个人是仲野的关系吧。

门铃响了。看了看监视画面，是香澄。我在玄关门前等着。听到电梯升降声，在我这一楼停下。我一直屏息等待房间铃声响起。铃声响了。我等了几秒后打开门，一脸笑容的香澄扛着吉他盒走进来。

"你一直站在玄关吗?"

她忽然这么问,我一时不知道该如何回答。

"为什么这么问?"

"因为没听到跟平时一样的脚步声。"

"哦。"

香澄还挂着狐疑的表情,脱了鞋把吉他盒靠在玄关附近墙边,进了房间。

"你看,这样走路地板不是会发出嘎嘎声吗?但是刚刚我在门外仔细听也没听到脚步声,就觉得奇怪,所以我才想,你会不会都一直站在玄关这边等着。"

香澄把背包放在沙发上继续说。

"我说得没错吧?那你人都在门口了,为什么不马上帮我开门?"

"不要挑剔这种事啦。"

我发了邮件去,说想让她帮我剪头发,香澄回信说自己没经验,有点不安。但我说失败也无所谓,于是她带着剪刀到了我家。

屁股下的塑胶质感有点冰冷。我弯起身体,将头甩向前方。我听到剪刀落在留了一阵子没管的头发上的声音。

"怎么不去外面剪头发呢?"

镜子里的香澄一边这么说,一边抓起我的头发,很认真地思考该剪成什么样子。我垂下视线,有点起雾的镜子里映出全裸毫无防备的身体,真是不堪。我试着在肚子上使力,但实在很难受,马上就放弃了。剪好侧面跟后方后,香澄把剪刀放在浴室外,仔细捡起散落在浴室的头发。一直低着头有点脑充血的感觉。香澄转开莲蓬头调好温度,利落地搓揉洗发水起泡,站在我背后没用指甲而用指腹按压头皮,把我的头发仔仔细细洗了个遍。她再次扭开莲蓬头,把喷射出来的水冲向镜子,镜面反弹的飞沫溅到身体,有点冰。我们在干净的镜面里四目相对,香澄微微笑了。蒸气氤氲,冷水变成了热水。香澄用自己的手摸了摸热水确认温度后,细心冲掉洗发水。热水快进到眼睛之前我睁开眼睛,目送那些被冲到排水口的头发。

"好了!"

说着,香澄打开浴室门,让热气散到脱衣处。香澄按下换气开关,耳边听到风扇旋转的低沉声音。

脚底踩上脱衣处的地垫,香澄用浴巾替我擦头发。我只是把头交到她手上,什么话也没说。

"跟小孩子一样。"香澄边说边笑。

我穿好内衣,套上运动裤和T恤坐上沙发,香澄也坐在附近喝着宝特瓶装茶。

"我今天听说,现在已经没有像你这样的女孩了。"

"那当然。"

说完香澄笑了,她走去厨房,在玻璃杯里倒了水回来。

"没有吗?"

"废话。要是被知道我做这些事,一定会被骂。"

"被谁骂?"

"被那些有水准的人啊。大家都好可怕哦。所以我很努力在掩饰。帮人家洗头发、剪头发很奇怪哦。"

"明明真的存在却被当作不存在,这不是在说谎吗?为什么不生气?"

"啊?"

"为什么非得扮演一个平均值的人物呢?"

"因为害怕啊。而且你有资格说吗?是你叫我做这些事的耶。"

香澄又笑了。

"在笑什么?"

这时香澄安静了下来。

"不要像不丹蝴蝶一样,因为别人的关系被当作不存在,从故事里被消失。"

"是不丹尾凤蝶啦。"

香澄豁出去地说。

"那些学者明明都看过不丹尾凤蝶,但是可能因为一心觉得不存在,所以看不见。他们眼里只看到了自己想看的东西。"

"通常捕食的一方都不太容易看到蝴蝶。"

"但躲起来生活不是很痛苦吗？还是逃到轻松的地方比较好。"

"哪有什么轻松的地方？就算再怎么努力也只是一直被骂，不管我去哪里都一直被欺负。"

说完，香澄低下头。

"总比跟我在一起好吧。"

"你为什么要这样说？"

"因为我脑子有问题啊。"

"我知道。但是会觉得自己脑子可能有问题，就已经比别人好很多了。其他人都深信自己是对的，根本说不通。不管说什么，他们都觉得是我的错，会对我生气。他们也没发现自己正在欺负人。这些会霸凌的人都误以为自己是温柔的好人。但是因为害怕，我总是很快就道歉。"

"你说的那些人是谁？"

"大家啊。我姐、高中时的同学、老家附近的朋友，大家都看不起我。去参加同学会或者老家附近的聚会时我都这么觉得，但不去我又害怕。我只是想当个普通人而已啊。"

"但你这样忍耐也不会有任何改变啊。"

"你看，你又生气了。我又没有做错事，我只是说想当普通人而已，但是看到这样的我大家就会觉得不耐烦。这些我都知道。"

"我没生气。不过你可以试着对那些人表达自己的愤怒。"

"我办不到。根本轮不到我。我只能安静听着别人的主张，等对方觉得开心满意，一切就结束了。"

"不觉得不甘心吗？"

"现在已经不会了。只要不对我生气就行了。我讨厌跟别人吵。"

香澄将脸埋在自己双膝之间。

"我谁也不是，只是一个箱子，不，连箱子也不是。大概是放什么东西用的画框吧，因为我本身是没有意义的。最好不是我，是别人的人生。我不想被强制要像自己、当自己。我玩音乐也会被人说不求长进，但是我从来没想过希望被谁看见。我只是喜欢唱歌而已。可是我这样说，又会有人莫名其妙说我是在合理化自己红不了的事实，结果我又不得不说谎。"

听着随身听里的音乐，从我家慢慢走在前往下北泽的路上。过了午夜零时的淡岛路上几乎没有行人。我走在人行道上，经过的出租车放慢了速度。知道我没有要搭的意思后，又加速扬长而去。有好几辆出租车都以一样的方式驶过，看起来就像要捕获人的大型生物一样。

正要从派出所旁边小道走进住宅区时，跟警察对上了眼，但他没说什么。从什么时候开始不再受到盘查了呢？十年前左右，看到警察跑在一条人潮汹涌的街上，我不禁提高警觉，心想是不是发生了什么事件，结果气喘吁吁的两名警察突然对我丢出一大串问题。

当时我才刚到东京没多久，在大庭广众下被叫住让我心里充满疑惑和抗拒，不过习惯之后，有时几天都没跟人说话，就算是警察也好，这种跟真人说话的瞬间也能让我觉得开心。也有些警察会好奇地观察着我这种带着喜悦的说话方式。在人潮中成为少数被发现的人物，我之所以开心，不是因为想受到谁的认定，而是希望通过跟人交谈来亲自确认自己的存在。身穿制服的警察，在我眼中就像个老朋友一样。

这几年被警察叫住的频率渐渐减少，原因可能是自己的生活和外表出现变化的关系，但也可能是因为我内心有某些东西消失了。

我看了看手机确认时间。这个时间影岛应该还没有来，但我也没其他地方可去。爬上复合式大楼的楼梯，打开酒吧店门。店主抬起头，低调地说了声"晚安"。互相打过招呼后，我坐在跟上次同样的位子上。

店里大音量播放着我没听过的乐曲。配色鲜艳的唱片封面上有"Funkadelic"几个字母。我已经想好要点的饮料，不过形式上还是把架上排列的酒瓶都看过一遍。看到自己想喝的酒觉得很放心。上次来的时候也看到了，其实我知道店里有这瓶酒。

"Harper 的威士忌苏打。"

我点好酒后店主小声回应我，稍微调低了唱片的音量。

今天晚上影岛会来吗？我跟影岛见面打算说些什么呢？我越是想思考，昨天晚上香澄说的话越会掺杂进来，让我无法好好整理思绪。

开始喝第三杯的时候觉得有动静，看了看店外，一个男人正在窥探店里的状况，同时不断翻着自己的口袋。我看不清楚对方的长相，但已经凌晨两点多，说不定是影岛。男人安静地推门入内。

"晚安。"

听到声音我立刻知道是影岛。

影岛把长发随意扎在头顶，穿着胸前有金龙刺绣的黑色功夫衬衫搭深色宽裤。他跟店主打过招呼后，还继续站着掏摸口袋。

"掉了什么东西吗？"

店主担心地问，影岛回答："没事。"不过没有停下动作的意思。

"啊，没什么事，只是刚刚在外面路上被警察盘查，要我把口袋里的东西都掏出来，结果东西都掉到地上。全都掉了。

掉在地上的零钱包也开了，零钱和手机什么的都掉了，掉在地上。因为我偷懒，想一口气把所有东西拿出来的关系。然后我大概在六秒之内把自己掉下的东西全部捡起来，警察大概也有点同情我，跟我说了对不起后就离开了。其实冷静想想，好像不太可能在短短六秒之内就把所有东西都捡起来，总会掉个一样东西吧。但是我的手机在、钱包在，零钱也都在，还有文库本跟家里钥匙都在。"

影岛露出很不可思议的表情，话声嘟囔在嘴里，店主对他说："东西都在不是很好吗？"一点也没错。

影岛一脸讶异，低声说着："确实是。"这才终于在吧台中央附近的椅子上坐下。我跟影岛之间隔着三个座位。

"不好意思，请给我 Harper 威士忌苏打。"

影岛说完后店主小声回应，接着响起冰块落入玻璃杯中的声音。店里回荡着妮娜·西蒙（Nina Simone）强而有力的歌声和钢琴音色。

倒好酒的杯子放到面前，影岛低声道谢："谢谢。"不过他的声音听起来像在念经一样。

我已经决定，只要影岛出现在店里，一定要跟他搭话。

"你好。"

我声音有点紧张，影岛手里拿着玻璃杯，转头看着我，也低声地回应："你好。"

他看起来并不惊讶，也没有特别在意的样子。可能因为平常就经常被陌生人上前搭话才会有这种反应吧。

"我想你应该不记得我了。"

"啊？你是……"

影岛瞪大了眼睛。在我表明身份之前，影岛的表情好像是想起了什么，不过我受不了等他开口的时间。

"我是永山，以前跟你一起住过House，还记得吗？"

"哦哦哦，当然记得。也太久不见了吧。"

影岛面朝前方笑了。笑法有那么一点像奥。

"你一个人？"

影岛试探地问。

"对。"

"可以坐你旁边吗？"

"当然，不过你不用勉强哦。"

我差点要脱口叫他"奥"，但又觉得不太恰当，顿时不知该如何称呼他。椅子摩擦地板的声音响起，影岛移动到我旁边来。

"你刚刚掉了什么东西吗？"

"你都听见了？"

影岛很难为情地笑了。

"你说六秒就全部捡起来那句吗？"

"看来都听到了。也不是没有可能啊。"

"全部耶。"

"嗯,六秒能都捡起来是挺厉害的。"

"是吧。我们几年没见了?"

"大概十八年了吧?"

"差不多这么久了吧。记得我以前叫你'奥'吗?"

"记得超清楚。你记得我也叫你'奥'吗?"

"才没有!两个都这样叫对方,对话也太复杂了吧。"

"是吗?"

"我要怎么叫你好?"

"叫奥也行,什么都可以。"

"那我还是叫你影岛好了。"

"好,先干杯吧。"

我们慢慢碰了杯。

想说的话很多,但不知该从何说起。

"最近怎么样?"

先问了个无谓的问题。

"经常被人家说看起来没什么精神,但其实我过得挺不错的。"

"其实我也没有期待影岛过得多有精神。"

我想要剥除影岛的表层,忍不住脱口说出这句话。影岛嘴角下弯,轻轻咬着下唇。

"我好像养成了假装没事的奇怪习惯。怎么可能好呢?其实难受得不得了。"

听他这么说,我反射性地扑哧一笑。看到我笑,影岛好像安心了一些,看起来没有刚刚那么紧张。

"从以前开始就这老样子。"

影岛故作轻松地说。

"因为太忙了吧?"

"毕竟想做的事情不快点做,可能就等不到明天了。"

"这倒没错。"

影岛喝光杯里的酒,又要了一杯一样的。

"以前在 House 发生了许多事,我后来离开那边,当时跟奥,啊,跟影岛两个人聊天,我觉得给我很大的帮助。"

"我们竟然能聊到天亮都不累耶。"

"之后我有一段时期什么都没办法思考,最近才知道奥,啊,不对,才知道影岛成了艺人。"

"改不了口的话,叫奥也没关系啦。"

"不,我已经决定了要叫你影岛。"

"是吗?那随便你。"

"我很早就知道艺人影岛、会写文章的影岛,但是一直没有把这个人跟当时的奥连接起来。可能在心里不希望这个人是奥吧,所以才会下意识一直没有发现。"

"为什么?"

"因为觉得不甘心啊,我会觉得奥能办到的事自己说不定也办得到。可是实际上自己却什么也办不到。"

"假如我真的有什么成就,那永山你也一定办得到。"

"不,看你现在多红。"

"我不觉得自己红。这么久没联络,说这些你可能会觉得是客套话,但至少我觉得自己很多时候都借助过你的力量。"

知道影岛还记得我让我很放心,但他脑中意识到我的存在这一点,却让我很意外。

"借助我的力量?什么意思?"

"比方说看到同年代的人有趣的表现时,不是会觉得害怕吗?虽然会努力假装平静。"

影岛盯着玻璃杯低声喃喃说道。

"我们到底为什么要这样假装没事呢?一想到故作姿态的自己就觉得很没用。"

听我这么说,影岛也轻轻点头。

"总不能去跟对方说,'欸,你的天分伤害到我了'吧。"

"确实。对方听了也会不知所措吧。"

我又觉得惊讶,原来影岛也会有这种感觉。

"面对自己赢不了的对象时我总是会想,不过永山更厉害啊。永山更犀利，个性不好，又很纤细。"

"个性不好吗？我觉得自己很普通啊。"

"这样讲的话，每个人都很普通啊。我会自己在脑子里让忌妒的对象跟永山对战。"

"那我应该惨败吧。"

"不，每次都是你赢。因为我跟你算是不相上下，所以如果你赢了对方，就等于我也赢了。"

"什么歪理？"

倾斜酒杯，冰块碰到鼻尖。不觉得冰，可能已经有几分醉意。

"我是说真的。"

影岛表情认真，我也不知道怎么回他好。

"我曾经单挑克林·伊斯威特还赢了。"

"赢了？"

"而且我脑中的永山还是二十岁左右的永山。"

大概是察觉到我的心情，影岛这时半开玩笑地补了这句。

"我怎么可能赢。"

我笑着这么说，但影岛依然不改严肃的表情。

"我们一起度过了不到两年的短短时间，但是对我来说，奥，不，影岛的影响真的很大。"

"你就叫我奥吧。"

"不,已经决定要叫影岛了。"

"你从刚刚就一直叫错啊。"

每当杯里的酒变少,我就会觉得不安。影岛点了酒,我也看看玻璃杯,假装现在才发现一样跟着加点。

"我们一起度过的时间虽然短,但是对我来说那段日子非常浓密。当时我抱着如果能在东京闯出名堂就能活下去,否则只有死路一条的心情。不想被周围的人看不起,其中最不希望被你看不起,对我来说算是生与死极度接近的一段时期。那时的你应该是从音乐或文学上获得力量,而我则是从你身上获得了一样的力量。"

"怎么可能,我什么也没做啊。你脑中的我不是我,应该是活在你想象中的我吧。"

在我的记忆中,我才是一直找奥商量的那个人。影岛可能只是想畅快地喝顿酒。在喝酒的地方聊的话题多半如此。

"二十出头时,连克林·伊斯威特是谁都不太清楚,还呆呆地以为自己说不定能赢过克林·伊斯威特。"

"影岛,我从来没这么注意过克林·伊斯威特,这是某种比喻吧?"

影岛没有回答,我大概问了什么不得体的问题吧。

"我以相信自己力量为前提的观点在看世界,所以实在无法接受之后发生在自己身上的现实以及把我打得遍体鳞伤的现实,觉得很痛苦。但我觉得不能让永山看到我这不中用的样子,所以说不定我也一直在刻意避着你。"

说着,影岛拿下自己的一颗假牙放在吧台上。

"不好意思,我怕不小心把假牙吞下去。"

影岛用面纸擦了擦假牙,放回口袋。

"你得去看牙医啊。"

影岛觉得有点麻烦似的随口"嗯"了一声。

"是哪颗牙?"

我像突然想起般又问了一句,但他没有反应。

"可是我没想到你会这样想。"

"什么?"

"就你刚刚说的那些啊。"

"哦!嗯。"

影岛看起来情绪有些不安定。

影岛似乎也对这个不安定的自己感到困惑。本来以为他安静下来,却又忽然开口说话。可能醉了吧。

"我们以前那么认真讨论什么艺术啦、表现啦,都没有浪费呢。可能对某些愚蠢的教授来说,我们只是看起来像文学,看起来像艺术罢了。可是我们说不定能赢得过克林·伊斯威特,就表示这可不是能归类在区区文学或艺术之内的东西,而是比这些更重要的东西。"

克林·伊斯威特又出现了。

"当我们把克林·伊斯威特当成宇宙时……"影岛继续往下说。

"克林·伊斯威特就是宇宙。这回答或许让人意外,但是我懂。"

我也不知道自己在说什么。但我确实可以理解影岛想说什么,我也知道他遇到了烦心事。

"为了讨克林·伊斯威特欢心而认真学习的人,到头来会因为测量克林·伊斯威特的身高、推测他的体重、找出他的生日而开心,然后稍微优秀一点的人才终于能接近他的内在。这样太慢了。"

"确实很慢。"

我一边附和,一边在脑中反刍着影岛的话。

"笨蛋反而动作快得多。笨蛋才可以接近克林·伊斯威特。"

还没来得及整理好这些字句,影岛又继续往下说,话语逐渐变形。

"渐渐搞不清楚在说什么了。"

店主正在挑选下一张要播的唱片。影岛没管我刚刚那句话,自顾自地说。

"当时我们就是井底之蛙,从井底拼命抬头看着天空。宇宙很近对吧?好像真能去得了。水井跟宇宙几乎一样,还会被在海里游泳的那些小鱼嘲笑,被大鱼吓得到处跑的那些家伙自以为了不起,说我们是天真的青蛙。但我们在谈论的可是宇宙呢。跟我共享这个秘密的就是你啊。"

"对啊。"

"但是我现在已经看不见宇宙,也碰触不到克林·伊斯威特了。"

我不想听影岛这么说。

"为什么这样想?"

现在在播放的音乐我好像曾经听过。

"我确实这样感觉到,只能这么说,可能是因为想用研究克林·伊斯威特的人能了解的话来谈论克林·伊斯威特,才会变成这样吧。假如真的是这样,我也觉得那算了吧,就这样吧。"

影岛藏不住后悔的表情。跟影岛一起说着这些充满自我意识的话,就好像回到了年轻时,但最不一样的地方是,原本是奥的影岛多了一点人情味。相反地,我自己则刻意在抑制这一点。

"但那也可能只是借口。"

影岛似乎又想收回自己的话。

"借口?"

"因为我明明讨厌那种状态,最近干脆豁出去做最后的挣扎,管你那么多!但结果还是没能指望看见克林·伊斯威特。"

最近大家觉得影岛的言行出状况，这或许就是其中一个理由。

"应该过一阵子就能看见了吧？"

"看见什么？"

"克林·伊斯威特啊。"

"哦哦。"

"怎么还问我？不是你自己说的吗？克林·伊斯威特。"

影岛像是在配合我的语气，勉强地笑了。听了影岛的话，我也试图整理出自己的解释，但是既然有两个人在，不如先说出来看看有什么反应。

"与其说是你为了让研究的人了解把感觉化为语言，结果反而被语言控制，我觉得应该是因为你已经知道那些学者理所当然使用的梯子，其实永远也到不了宇宙吧？"

"什么意思？"

"可能是过去接触宇宙这种理应很纯粹的行为，因为知道了那梯子的存在，才开始想任性踩空梯子吧？因为自己选择了跟大家不同的方式，而觉得难为情？"

影岛好像在想什么，我只好继续说。

"就好像大家都死了，却只有自己为了保命而使用投机的方法，因此觉得羞耻那种难为情？"

不管是跟大家一样或不一样，都会有不同的难为情。

影岛陷入沉思，但大概也厌倦了这没有答案的状态，他慢慢开口说。

"如果是因为跟别人不同而觉得羞耻，或许可以说明无法在人前行动的理由，但是依然没办法说明为什么有些感觉明明没有其他人知道，只有自己才有，而过去能掌握得到现在却抓不到。"

影岛大概希望我否定他吧，话说得有点自暴自弃。我本来想说，那是因为这种状态已经成为日常，不过我把话吞了回来，挑选了不同的字眼。

"小时候喜欢画画，总是随自己高兴爱画什么就画什么。幼儿园的老师还会对我说：我很期待看到你的画。不过上了小学，有一次美劳课要画一头象。我毫不犹豫地在图画纸上画了街上风景跟大象的尾巴。我打算画出象走过的风景。十秒前这只象还在图画纸中央，但现在它已经走到图画纸外面了。"

"很好啊。"

"你猜老师说什么？"

听到我的问题，影岛将脸侧向我这边。影岛缺了一颗门牙。

"应该夸了你一番吧？"

"一般都会这样想吧？"

"没有吗？"

缺了一颗门牙的影岛认真地等着我往下说。我稍微吸了口气后缓缓吐出。

"他敲了我的脑袋,叫我不要胡闹。"

影岛扑哧一声喷出刚喝下的威士忌苏打。看到他笑,我也忍不住笑了。

"不会吧?"

"真的啦。"

"太离谱了吧。"

"之后老师微微笑了笑,叫我不要再这样标新立异。我觉得很丢脸,甚至觉得再也不想画画了。"

说完我又笑了,但影岛这次并没有笑。

"在那之后,每次我想画画,那个老师说的话就会在脑中响起。我开始担心现在这样画是不是也在标新立异?是不是故作姿态?所以刻意画出平凡的构图,我不想让别人觉得我因为那些话而受伤,所以刻意把自己的奇怪控制在被取笑也无所谓的程度。"

"简直是地狱啊……"

影岛说出"地狱"这两个字,让我心里稍微轻松了些。

"你觉得是地狱啊。"

"真的是地狱啊。"

"因为比较常听到人说'这是常有的事''不用在意''画你自己喜欢的东西就好了'之类的话。"

"但根本不是这样啊。"

"嗯。后来我开始觉得做跟别人不一样的事情很丢脸。跟别人做不一样的事,就会被解释为想与众不同,这让我很痛苦,因为我没有能力去反击那些声音。"

"那正好是连人类本能都会因为得适应社会而被矫正的时期,比方说,明明肚子还没饿,但是考虑到效率问题,最好跟周围的人在同样时间用餐,等等。身体还无法接受,但有很多事你不得不接受、不得不适应,于是渐渐习惯自己的感觉跟行动背离。我们一直被教导自己的感觉并不正确。站在大人的立场,这么做当然是为了让我们在社会上比较容易生存,跟设定用餐时间一样,都讲求效率优先,很容易让所有人都变成一个样子。一个孩子如果每天经历这些,除非他身边有人支持,否则怎么可能只在艺术领域有能力靠自己去判断呢?"

"就是啊。"

看到我应声附和,影岛露出不安的表情,低喃道:"我的牙齿呢?"我告诉他,他刚刚收进口袋了,他这才再次认真地往下说。

"另一方面,一个反复以这种方法来教育学生的老师,就算脑海深处存在'必须尊重每个人的个性'这句话,但也没有真正渗透到他的身体中,结果连本来应该能自由创作的画也忍不住开口矫正;而且还不是针对画作本身的批评,是基于'跟人家不一样是丢脸的事'这种逻辑。他们应该觉得不可能有异端存在，只是偶尔有想成为异端的人出现而已。听起来荒唐，但无法认同其他规则却还是养成乖乖听话习惯的永山少年，最后接受了那个老师的话。你还能有提笔画画的欲望真是了不起。"

"可能是因为找到了漫画这种自由的表现手法吧。"

"漫画当然很自由，但画画也很自由吧？"

影岛掏出口袋里用面纸包起来的假牙，确认了一番后又再次仔细包好放进口袋。影岛喝干了玻璃杯里的酒，又点了杯一样的。

"掉牙的地方不觉得酒精很刺激吗？"

"嗯，当作消毒。"

影岛用手指把玩着杯垫。

"画画让我觉得害怕。先不管漫画是不是为了取悦读者而存在，假如暂且当作如此吧，我就觉得好像可以做自己喜欢的事。在漫画的世界里，不管是标新立异或者是被嘲笑看不起，只要有趣，都可以被接受，我觉得漫画有这种包容。感觉漫画就像在对我说：那种事都无所谓啦，你爱怎么画就怎么画。可是一旦自己真正要画漫画，又好像有哪里不一样。以前天真地画画时能掌握的东西，终究还是消失了。"

"我懂。"

影岛轻声这么说，喝下一口酒。可能把我小时候的事跟他再也碰触不到克林·伊斯威特这件事重叠在一起了吧。

"假如被老师这么说之前，能维持个几年自由的状况，又会变成什么样子呢？一想到这个我就会觉得痛苦。真想让影岛你看看我画那幅像之前的画，虽然只是很普通的画。"

"这就要看看当时我脑中的克林·伊斯威特是什么形状了。"

我又点了一杯酒。店里开始播放莱昂纳多·科恩（Leonard Cohen）的《哈利路亚》。

"这种话题是不是很无聊？"

影岛偏着头说。

"很难说。"

我也老实地回答。

"继续说这些可能也讲不出什么有趣的东西，过去应该也有很多人误入这条小路吧。"

这些对话当然无趣，也可以说是俯瞰自己这种状态的行为，才让对话变得无趣。

"就算继续往前走，走到尽头可能会看到有人涂鸦，或者有人在那边乱小便。"

说法越来越粗鲁。

"但还是会想往前吧？"

影岛的话又让我觉得安心。

假如见到影岛，有一件事我一直想问。

"你为什么对 Nakano Taiichi 有那么大的反应？你很生气对吧？"

这个问题他大概已经听腻了，影岛笑着说。

"不，我没有生气，只是单纯讨厌。他故意把嘲笑别人的行为宣扬成高尚的东西，被批评之后又表现出'哎呀，何必对像我这种微不足道的小人物说的东西认真呢'的态度，随着风向改变立场，我就讨厌他那种卑劣的嘴脸。"

"你超生气的啊。"

大概是说出来之后怒气渐渐高涨，影岛的语尾变得更强烈。

"我只是好奇像 Nakano Taiichi 那种人多得很，你为什么偏偏对他反应这么大？"

"因为那家伙以前也待过 House。其他人我不知道。如果一个人只能用这种方法活下去那也无所谓。顺应周围的状况，有时表现得强大，有时表现得弱小，在这个人面前要强势一点，不过这个人跟那个人关系不错，不如多夸他两句，这种活法不是很累吗？我一点都无法尊敬他。我总是忍不住会想，靠这样赚来的钱，他今天晚上会用什么样的表情、买什么东西来吃？但 Nakano Taiichi 曾经住过 House。我就无法对他视而不见不是吗？因为对我来说 House 是一口井。刚刚我们说到井底之蛙，但再怎么样他也曾经出入过那里。他从以前就很像一只非常向往大海的小鱼。曾经待过House的人竟然会变成这个样子？我现在甚至会觉得，就是因为这家伙我们才无法完全获得宇宙。假装自己是个创作者，逃避身为当事人的责任，这种人怎么有脸表现得这么自以为是？"

影岛板着脸。

"我看了你寄给Nakano Taiichi的邮件，忽然有点不安。我觉得里面有些好像在说我。我想你要求的是一种态度吧。"

"你跟Nakano Taiichi完全不一样。"

"哪里不一样？"

"你对自己的作品负责。"

是吗？影岛很清楚当年我的作品是怎么问世的。

"是吗？我其实不知道那能不能称得上是自己的作品。"

"再怎么看那都是你的作品。"

我不知道影岛为什么能如此笃定。

自己画的作品要借助自己轻视的人之力才完成。我一直困于这种不堪的情绪当中，直到现在。

"因为我没能靠自己走到最后一步。最后还放弃了。"

这种对话我们到底要持续到几岁呢？

"这样很好啊。应该说，就是因为这样才好。假如是一个完美无缺的人画出那种无可救药、满脑子只有自我意识的主角，那才叫人生气。一个厉害的人凭想象构思出不中用的人，那比刻意画得糟糕的画更没意义。假装是天才却搞砸，这才比较有趣。知道该怎么跌才不会受伤的专家固然也不坏，但我觉得也没必要采取被动的姿态，一个人高声主张之后骨折，也让人很想关注他之后的动向。原本不就应该是这样吗？喝醉了之后把作品丢着不管，睡了一觉醒来，发现已经完成，这棒透了啊！不管让谁来画，其中都有你的存在。那个作品跟你一模一样。假如一个想当漫画家的年轻人，请别人来替他画自己的图画日记，身为一个创作者，这就像全身复杂性骨折一样，所以我说你的作品很好。饭岛不可能做出那种叫人看了不舒服的东西，他只是在模仿你。那个人光是在人前故作姿态地放屁就得费尽心力了。你呢，则是因为一直都在用力，所以无意识之间不断地有屁放。"

"不会说得太过分了吗？你还好吧？"

"我没事，抱歉。"

"怎么还道歉了呢？"

"我不知道之后是谁写下故事的梗概，但自从有了那个，你一直彻夜没睡在画画，那样子我记得很清楚。没有人会记得《凡人A》故事的内容。但是你过剩的文字和笔让强烈的画给人留下深刻记忆。就像一个骨瘦如柴的男人夸张地动着身体跳舞一样，好像看到了什么不该看的东西，不管其他人怎么说，《凡人Ａ》给我的感觉就是永山你。喂，你哭什么？"

"我没哭啦。"

梵·高的《星空下的咖啡馆》好像摇摇晃晃闪着光。我听见影岛的声音。

"《凡人Ａ》标题的由来是'凡人Ａ的罪状在于相信自己的才能'这句话吧？"

"对。"

我不太想听到他重新提起这句话。

"你这句话一点都不谦虚，这就是你啊。表面上主张自己痛苦是因为明明是凡人却误以为自己有天分、从事创作，但实际上又企图以这种说法来证明自己的天分。向对方低头时，又想用低下的头去冲撞对方。但你应该是无意识地这么做。"

"嗯，我想我应该没有这种意图。"

"对吧，这就是你啊，只有你能办得到。该怎么说呢，或许确实处于一种不得不说的状况。但正因为是不得不说的状况，也会有不说的方法。可是永山你却露出自己化脓的可怕伤口，大大方方地采取让对方畏怯的战法。把感伤和类似忌妒的憎恨都搅在一起。"

"不，我只是因为除此之外没有其他方法。"

这幅画很像喝醉之后看到的风景。

"我老家在大阪，但是父母亲是冲绳人，十八岁来到东京，我一直尝试抵抗所谓的属性,不想说大阪腔,可是跟你在一起时,有很多瞬间我都觉得自己很假。每当不说大阪腔让我觉得很不自在时,老家的轮廓就越清晰,让我陷入一种两难之中。经过将近二十年,看我现在成了这个样子。咦,刚刚本来在说什么?"

我说到这里影岛又笑了。

"所以我说我从永山你身上获得很多帮助,是真心的。"

"你只是记得我好的一面吧。"

影岛也请店主喝了一杯酒,我们三人又碰了一次杯。

"刚刚话题扯开了。我之所以会对 Nakano Taiichi 反应强烈,一方面是因为你,另一方面我也觉得,那个把现实世界中的平凡带进必须疯狂的 House 里的当事人,那种世间罕见的杂碎到底有什么好嚣张的。"

影岛脸上浮现出难以判断他情感的微笑。

影岛在激烈痛骂 Nakano Taiichi 的话语中获得某种快乐的同时,也持续在自己胸口留下疙瘩。我虽然一点都不想替 Nakano Taiichi 辩护,但也确实感到某些与自己极度相似的部分。

"我读着你跟 Nakano Taiichi 往来的文字,有时候的确会因为你指出 Nakano Taiichi 讨人厌的部分觉得痛快,但因为你说得都太对了,所以读起来也会觉得不安,有些地方尽管违背我的本意，我也不得不支持 Nakano Taiichi 的主张。"

总觉得这话听起来很像在推卸责任，但我渐渐不知道自己平常是怎么说话的。

"比方说哪里？"

"比方说他提到因为自己具备平凡的感受所以才能写，也对这一点很有把握这些地方。"

我观察着影岛的反应，语尾微微不确定地上扬。

"嗯。"

影岛表情没什么变化，点了点头。

"你之所以主张创作者必须特别，是因为自己曾经因为拥有特殊个性被揶揄，有过被强迫变得平凡的记忆，但我还是觉得，确实有些事是因为平凡的感受才能办得到。我并不觉得一个不具备特别感觉的人就不能创作。"

影岛盯着玻璃杯，好像在沉思着什么。

"嗯。可能是我说得不够清楚吧，我并没有要否定平凡，我想讲的是把平凡当作防护墙的态度。假如一个九秒能跑一百米的人是特别的，那么有人跑十三秒当然无所谓，但我无法理解的是要大家一样去享受这十三秒的奔跑，把这当作卖点。假如要把这当作一种职业，那至少该表现些有趣的跑法。比方说一边吃泥巴，一边跑等，总要有些与众不同的特别，正因为他看不起泥巴才会产生风险，也才会断言平凡没什么不好。"

"但是 Nakano Taiichi 主张他想深入挖掘那种平凡的感受。假如是这样，那么通过清澈眼光来看确实平凡的东西，就让它维持平凡也没有什么不可以吧。"

"也对。"

说着，影岛紧抿着唇。

我不确定影岛是不是真的接受了我的说法。

"还有……"

"嗯？"

看到认真倾听的影岛，不知为何我心中泛起一丝不忍。难道这个人连我的不满都得听吗？

"算了。"

"说吧。"

影岛的声音有些嘶哑。

"算了，仔细想想我也不该对你说这些。我毕竟不是当事人，可以随便爱说什么就说什么，你其实只是给了我一些思考的素材。让你一一去回应所有的意见也没有意义。"

"不会啦，我也没你想得那么严重。"

"本来就是我该处理的问题，不应该依赖别人。"

说到最后像是在吐苦水。

"你难得讲到重点呢。"

影岛说。

"确实很难得,那我就说了。"

影岛喝了口酒。

"那家伙说,回应企划者的要求写法并不会影响创作,也有可能出现新的化学反应。"

"嗯。"

影岛低着头附和。

"我觉得你应该正面回答这一点。"

"没错。"

影岛轻声应了一句后又继续。

"我也一样。自己心里什么都没有,其实都是对某些东西的反应。但是如果不这样虚张声势,遇到攻击时就太没意思了。以前跟某个人对谈的时候,我曾经跟对方商量。"

"商量这件事?"

"嗯。我说我什么都没有,有的只是自己什么都没有的感觉。"

原来影岛也会找人商量。我想着这些自然不过的事。

"嗯。"

"对方听了之后回了我一句很重要的话。"

"他说什么?"

"什么都没有,就意味着有全部。那个人应该可以自在地摸摸克林·伊斯威特的头吧。"

我觉得有种眼前视野顿时开阔的感觉。

什么都没有的状态，可能跟影岛所谓井里的状态很像吧。

"误以为自己有些什么，然后执着于这一点，之后就会渐渐走上错误的路吧？"

影岛这些话好像是丢给自己的问题。他或许也发现对Nakano Taiichi说的话跟自己想法之间的不一致。

"成为搞笑艺人之后，你有改变过做法吗？"

我问了个自己也不太了解的问题。

"我身边的事从来就不曾依照我想象的进行。我都是怎么做的呢？我现在只能想起一些片段，但中间有好几年其实我没有任何意识。我没有聪明到懂得拟定策略去因应，也不够聪明到把自己不聪明这件事当作卖点。"

我大概也一样。

"为什么要写小说？"

"因为想写。"

"那是废话。"

店主跟我们的座位有些距离，不知道他有没有听见我们的说话声。

"我喜欢小说。假如你邀我'一起组个棒球队'，我可能觉得奇怪，但还是会去买手套，开始自主练习。如果你说'来玩滑板'，我也会开始在网络上看滑板的动画，打开亚马逊看看得花多少钱。要想出理由拒绝有趣的事比较困难吧？因为不想做所以不做，因为想做所以去做。我也没有其他更了不起的理由了。"

影岛平静地说。

"这样啊。"

"嗯。我觉得大家都对搞笑艺人写小说这件事太大惊小怪了。大家觉得很新鲜，这对我来说当然是件好事，但是我好歹也创作了十年以上的段子，到目前为止曾经自由地操控过好几千个虚构人物的对话，比起其他职业的人，我跟故事的距离更接近。当然写小说跟写段子完全不一样，我确实是个新人，不过我觉得这种经历跟服用禁药相当接近。假如是学生，或者工作上跟创作完全无关的人突然产出一个故事，这跟他们日常生活的差距极大，确实值得赞扬，我一直受到关注反而有点愧疚。不过那些看上去俨然是作家的人也不是生来就是作家，而是在人生中途才成为作家，对于不同业种出现过剩反应，我觉得这可能是一种傲慢。因为搞笑艺人写小说而觉得惊讶，从正面角度解读，也是因为瞧不起艺人才有的观点吧。"

影岛微笑的脸在我眼前泛白晃动。

可能是因为我们两人身上堆积了将近二十年的时间，这个夜晚感觉有点脱离现实。影岛的声音好像也是从远方传来。

"我说这话没有不好的意思哦,不过我觉得你有种把任何事都戏剧化解释的习惯。"

影岛这么说。

"是吗?"

"在 House 的时候也是。记得我们聊过雪景球吗?转动雪景球后会出现旋涡,成为类似世界末日一样让人不安的风景。"

"记得。"

我说过,何必特别去做会令人感到不安的事,当时还是奥的影岛则是预言我一定会照着做。

"你明明是自己去摇晃雪景球,却又后悔地看着那散发危险气息的光景。我想直到现在你还是这个样子吧。不好意思啊,这样擅自揣测。"

假如我的烦恼全都是自导自演,那也未免太蠢了。

"你为什么这么肯定?"

"因为我也一样。虽然并不期待那样的世界,大概是为了确认,也会忍不住想这么做。看了在 House 里的生活后我有这种感觉。像是情人、其他人涉入自己的作品等,这些事看在其他人眼里都是小伤,不过你宁可扭曲事实,也想把那些伤放大成致命伤。会觉得比起乐观看待,严厉追究自己的责任才更接近真实,我觉得这是人很容易陷入的错觉,只能成立在人不会说自己坏话这种可信性薄弱的前提之下。说自己坏话,意味着能冷静俯瞰事物，道理很单纯。这种想法其实也带有很深的偏见。我觉得到头来这也是把自己看得太过特别。自己主动举手表示要背负污名。周围知道这家伙已经受到惩罚的状态，对自己来说较轻松。但其实也不是任何地方都能承受攻击的，有些地方可以，有些地方不行，对吧。这对其他人来说很难判断，可是你自己却有着明确的基准。你知道哪些地方是绝对不希望别人碰触的。"

我觉得脸部皮肤干燥，有种抽动痉挛的感觉。

"不过这也只是推测，因为我就是这样。"

影岛的话清晰又沉重地留在耳中。

"《圣经新约》的福音书里，用了四个叙事者，对吧？"

我不知道影岛这句话跟之前有没有关联。

"只有四个吗？"

我直觉说出自己的疑问。

"应该有更多，但在《圣经新约》里采用的应该只有四个人吧。假如他们的名字并不是真名，而是类似记号的称呼，那么我想重要的是不能编辑成只有一个人在叙述，必须留下局部的矛盾。这样才能证明，即使是同样的情景，也因为叙事者的不同而带来不一样的印象。"

影岛说得平静却带着热情。我不知道实际上如何，但每个人的感觉跟记忆都不同，说话方式会有变化也是很合理的。

店主在小玻璃杯中装了水，放在我们两人面前。影岛顺从地喝了一口水，又继续接着说。

"我觉得福音书采用四个叙事者这件事，跟福音本身带给我一样大的启发。这表示事情的现象本身是摇摆不定的。所以自己的眼睛所看、所感的世界并不是一切，我们永远摆脱不掉这个事实。不过我并不是想假装别人的痛苦并不存在。"

听到这里，我开始觉得影岛应该是想鼓励我。

"也对。"

随口应了一声后，不知该怎么办，又喝起了酒。

"你不再创作了吗？"

"为什么这么问？"

"没有啊，因为你就是这种人嘛。"

"嗯，其实我有在准备啦。"

"真的吗，漫画？"

影岛显得很惊讶。

"漫画和文章。我想把三年前写的东西整理整理。今天也找到了一些线索。"

"对啦，你一定要继续。"

"嗯。我终于觉得，把时间拿去忌妒别人实在太浪费了。我画《凡人A》的时候你说过，忌妒的时候回顾自己的时间，会觉得很傻很丢人。"

我看着在笑的影岛，觉得很不可思议。

"真期待。"

影岛静静喝着玻璃杯里的酒。

我觉得现在我们这样交谈，几乎不像现实中发生的事。

"感觉这次应该没问题。"

"是吗？要是我能跟你定期聊聊就好了。"

我开始想象影岛身处的状况。

"对年轻女孩丢椅子可不太好啊。"

听到我的话，影岛好像垂下了头。

"那些人把有生命的人当作单纯的小道具看待，我一方面想让他们知道，在我眼里你们都只不过是写着粗糙情节的一张薄纸，另外我也想知道纸会不会流血。"

"纸的话，应该会流出属于纸的血吧？"

"对啊。就像是印刷墨水一样，奇怪的血色。"

或许是想起了现实中的日常生活，影岛的脸色变得忧郁。

"被骂了？"

"嗯，被骂了。Nakano Taiichi那件事几乎所有人都一致觉得对方是蠢蛋，所以没有演变成严重的问题，但跟小孩子吵架就不一样了。"

店主听到这句话也毫不客气地笑了。

"做错了就好好道歉，然后继续恢复正常生活就行了呗。"

看到皱起眉头满脸凝重的影岛，我也跟着做出一样的表情。

"已经回不去正常了，我也不知道什么才是正常。我现在只能继续维持不正常，已经不是自己能管理的状态了。"

泫然欲泣的影岛，有一瞬间看起来是那么稚嫩。

"再说，麻烦的还在后头呢。"

说完这句，影岛沉默了下来，我无法问他发生了什么事。

影岛拿起放在自己身旁椅子上的文库本翻着页。文库本没有包上书套，直接露出晒成褐色的封面，可以看出他读过很多遍。

"那是什么？"

"这个？新潮文库出的《人间失格》。不知道是第几本，都被我翻烂了。"

"我们认识的时候你已经在读这本书了呢。我也看过。"

影岛开心地翻开文库本的页面，逐行追逐着文字。

看到他面露幸福，我也无法打断，自己盯着梵·高那幅画看。

"你记得吗？这里面也提过梵·高？"

"竹一那段吧？"

"对，讲到怪物的图画。"

对外宣称自己爱看书，同时表示爱看《人间失格》，是件非常需要有勇气的事。

"原来你真的爱看啊。"

"为什么这么说？"

"我相信你是真的喜欢啦。但有些人对已经广为流传的东西，无关真正内容，会只因为外界评价或者状况就否定看待，我本来以为你带着对这种人的讽刺，才持续说自己喜欢的。"

"你这是什么复杂的想法？我才没那么纠结，只是因为觉得有趣所以才看而已。"

影岛这么说道，眼睛没有离开书本。

"啊，怎么看到不一样的段落去了。"

影岛轻声碎念着，再次埋头到书里。

"怎么好像我很碍事一样。"

他没有反应，继续翻着书页。

"啊，找到了！'我也要画！我要画怪物！要画地狱的马！'我最喜欢这里。同学竹一看到梵·高的自画像后说这是'怪物的图画'，听了之后他下定决心，大声宣称不要欺骗自己、要面对自己的创作。只有在这里，主角大庭叶藏对自己的人生抱持着肯定的观点。在这之前他对事物的悲观看法，都可以归结到这一幕吧。在这之后也可以当作是叶藏的'怪物图画'故事来读。我想这本书对太宰治来说，就是他的'怪物图画'吧。"

我探头看了一眼影岛的文库本，几乎所有地方都用红笔、蓝笔画了线。我读的《人间失格》也很像，但不想被觉得我在模仿他，所以没说出口。

"也画太多线了吧，这样根本看不出哪个比较重要了？"

影岛听了笑着说："最近都只重点式地看画线的地方。"

接着他又说："接下来轮到永山你来画出'怪物图画'了。"我无法确认他这话是认真还是在开玩笑，不过这话已经远远超越影岛的意图，打动了我的情感。

《钢琴师》（Piano Man）的序曲响起，同时也叠上了影岛的话。

"你记得《人间失格》后半部出现的反义词游戏吗？"

"说出相反意思的词语那里吧。"

"记得'罪'的反义词是什么吗？"

"叶藏举出陀思妥耶夫斯基的名字，认为'罪'与'罚'不是同义语，应该是反义词。"

"但是文章后面又接着'……啊，我快想通了，等等，我还是不懂……'，所以我想应该还有后续。后面接的是良子被强暴的那一幕。"

我第一次读《人间失格》时，这一幕实在太凄惨，让我读不下去。我也想问问影岛这个放在心里很久的疑问。

"你觉得为什么太宰那么执着于处女性？"

影岛本来要回答，但又把话吞了回去，用手指按着自己一边眼睛，看似在深思。

在 House 时，我跟还是奥的影岛曾经针对小说交换过许多意见。每次讨论完后，即使是已经读过的小说，我也一定会再重读。这时一定会发现特别能引起我注意的场景。

"并不是为了随便带来冲击而写吧？我对这一点一直很好奇。"

我继续追问。

"太宰，或者说大庭叶藏执着的，应该是刚好相反的事吧？"

影岛说话时好像同时在一一确认自己的字句。

"相反？"

假如直接解释影岛这句话，那就表示叶藏执着的是处女性的相反？

"我不确定这其中包不包含自己，但太宰应该已经发现执着于处女性的人的脆弱了吧？正因为那是一种被粗暴区分的存在，他才这么执着吧。所以叶藏会痛苦。另外，他自己也想到陀思妥夫斯基眼中'罪'与'罚'并非同义而是反义这个假设，这让叶藏的痛苦失去了归属，走投无路。"

影岛望着前方说着。

"因为无法逃往罚的方向。"

虽然话题有点混乱，但我好像能懂。

"罪的反义是背负罪的存在，例如，基督。配不上称人的人、失格的人。我们知道的小叶……是个好孩子。不，这才是单纯的文字游戏吧。"

影岛静静说着。

我有没有跟影岛说过自己小时候的事？

"小时候在幼儿园的毕业典礼吧，总之是学校的最后一天，得在大家面前发表自己对未来的梦。"

"好像有过这种节目。那永山你说了什么？"

"练习的时候我充满自信地说将来想当牧师，可是到了当天，我忽然对于得就此确定自己将来这件事觉得害怕，当时一心相信，自己一定可以成为想要成为的人，所以开始不安，真的可以这样随便就决定吗？最后我说了两个职业，想当牧师跟工匠。"

"选一个！"

影岛说着也笑了。

"就是决定不了啊。我外公是虔诚的基督徒，受到他的影响我确实很向往当牧师，但是约瑟这个人又一直在我心里挥之不去。"

"也对。因为有耶稣跟马利亚，更加突显出身为凡人的养父约瑟，而且他还是个工匠。"

影岛肯定了我的主张。

"就是啊。"

"但小叶的父亲并不是约瑟。你想说的是这个吧?"

影岛说出了令我意外的一句话。

"不,我没有想这么多。我也不知道约瑟的为人如何。"

"我也不知道自己在讲什么了。这真的是最后一杯了。"

说着,影岛又点了一杯酒,我也要了一杯一样的。

"连自己将来的梦想都无法决定的永山啊,我能不能问你一个更难回答的问题?"

"什么?"

"假如有前世,你觉得你的前世是做什么的?"

"这真的很难回答。"

听到我这样说,影岛很有共鸣地笑了。

"每次喝酒时讲到这个话题,我完全答不出来,一起喝酒的前辈会有点生气,要我不管说什么都好,总之给个答案,但尽管如此,我还是只能道歉:'抱歉,请让我回去好好想想。'"

"你也随便给个答案啊。"

人在远处的店主笑声响起。

影岛的身影彻底融入空气凝滞的酒吧里。随着时间流逝,他的语气也越来越沉稳。

"最近那些经常看到的平凡的风景,不知道为什么总觉得特别美。例如,感冒在家躺了三天左右,终于外出时看到的景色会觉得特别鲜明,季节变换时会唤起遥远的记忆,感觉风景的质量变得更厚重,偶尔会有这种时候。"

"我懂。在美术馆看画看很久之后,来到外面处在看惯的景色中,眼前看到的明明是跟平时一样的风景,但是却异常地清晰,看在眼里就好像奇迹一样。"

"可能是因为暂时借用了艺术家的眼睛吧。不受限于原有的认知,经由看过世界的艺术家眼睛来看风景,才会看到跟日常不同的状态吧。"

"也对。所以说那种状态慢性地在持续?"

"大概吧。当我想到这种可能的时候,又觉得那会不会是死者的眼睛。"

"死者的眼睛?"

"我在想,假如一个已经死过一次、再也不能看到这世界风景的人,又有机会再看一次这个世界的景色,他眼中会看到什么样的风景呢?"

"可能会有种好像移民到其他星球后再回老家的乡愁。"

"没错,跟乡愁很接近。这到底该怎么形容呢?对于'活着'的现在,感到浓烈的乡愁。这跟处于恋爱当中,或者沉浸在感伤中的情绪都不一样。"

"大概是还不习惯活着的人的眼睛吧。"

"假如是初生的眼睛,那还会对看见的对象感到恐惧,不过这当中好像没有那种成分。"

"'死者的眼睛'这几个字听起来好可怕。"

"我还想不到其他的形容。"

"快点想想吧。"

"嗯,所以我最近经常觉得,'现在'真的非常珍贵,因为可以忘记其他的时间。可能就连自己在过去的时间中感受到什么都会忘记。这让我觉得害怕得要命,也开心得要命。我终于发现自己处在'现在'这段时间中是很自在的。自言自语讲这么长时间废话很简单,但是要怀疑自己眼前所见也真的很难。"

"至少我不会问'你脑子没问题吧',你放心。"

"你有稍微说了一点吧?"

"就像是感受到自己会有被别人瞧不起的危险一样,我只是觉得这个人的人生里必须有这种丑恶的瞬间而已。"

"谢谢。"

"哪里。"

"记忆和叙述中的一秒都不是一秒。一秒钟的事无法在一秒钟想象。一秒远比一秒更加庞大。要重现那一秒,得花上莫大的劳力。"

"还有现实中几乎不可能的费用。"

"现在这个瞬间也度过了这样的一秒,就是跟我们最接近的奇迹。"

"的确。另外在眺望夜空的时候,跟其他星星相比只有月亮显得格外大，但是因为大家经常看也都习惯了，这也是一种奇迹吧。"

"对耶。哇，真的呢。好开心啊。"

"开心什么？"

"开心可以一起讲这些。现在我心里是高举双手在开心呐喊的状态。"

"有这么高兴？"

"那当然啊。最近我走在外面，有时候会自然地想要跳舞。青春期对跳舞那么抗拒，可能是一种对本能的恐惧吧。跳舞不是谁发明出来的东西，而是放着不去管也会自然出现的现象。"

"因为被归类为可能不会跳舞的人，所以对于自己跳舞这件事感觉到不同于单纯跳舞的意义，才会抗拒吧。我自己就还很抗拒跳舞。"

"真没用。如果现在在外面，我早就跳起来了。"

"怎么说得这么得意。"

"现在没有其他客人，想跳舞的话随时请便。"

店主微笑地这么说时，坐在椅子上的影岛上半身已经开始出现奇妙的律动。他表情认真地不断跳着，我不知该拿他怎么办，只能这样看着他。影岛一边跳，一边发出不成字的叫声。"不要出声啦。"我这样提醒他后影岛不再大叫，可是直到曲子结束他都没有停止舞动。醉意渐浓，眼前视野开始旋转。我没有留下联络方式，对他说了声："下次这里再见吧。"先离开了店里。夜空鲜明浮现眼前。那一瞬间，我觉得自己好像用影岛的眼睛在窥探着这个世界。

跟影岛喝完酒的隔天，睁开眼睛时还留有几分醉意。在洗脸台洗了脸，看着自己映在镜中红通通的脸，试着回想昨夜的片段，不过都这种时候了，我竟然还在担心自己有没有对影岛说什么不该说的话，真是没用。

今天计划下午开始工作，但随着时间的流逝，我的头痛和晕眩越来越严重。昨天喝的酒好像完全没消化，还留在胃袋里。突然一阵恶心，我冲进厕所，觉得胃里的东西正一口气要从喉咙深处喷出来。我急忙蹲在马桶前吐，吐完之后胃附近好像还是有东西涌上。我想干脆吐个干净，两耳深处回响着自己粗喘的声音。

抬头看天花板，感到一阵强烈的晕眩。闭上眼睛，眼皮里爬着好几只白色蚯蚓般的物体。脑袋一片朦胧。脑袋在作呕感牵引之下垂在马桶上。

呕吐的量远远多于昨晚喝的酒量。真想干脆连内脏也一起吐出来清洗一番。血冲脑门。我背靠在厕所墙上，盘腿坐着，等待恶心的感觉再次出现。

听到大楼邻居弹钢琴的声音，断断续续的乐音勉强成调。

弹了一阵子又回到最初，不断重复练习同一个地方，可以听出是小孩子在弹。从更远的地方传来拍打棉被的声音。不知道影岛去看牙医了没有？

抬起沉重的步伐，摇摇晃晃走到浴室。脱掉衣服扭开莲蓬头，用还没变热的冷水冲湿头，直接冲遍全身。我小心跨过浴室门槛怕自己跌倒，随便用浴巾擦了擦身体。正要穿上内裤，但不知道脚要往哪里踩，一直维持单脚站立状态的自己实在有点好笑。好不容易跨进裤管，再穿上有明显折叠痕迹的T恤。觉得现在的自己就像无法一个人生活的小孩子一样。

感觉身体变热，我打开房间窗户，凉风吹进房间里。往杯子里倒了水喝下，喉咙深处有股灼烧般的热烫。我喝下水想冷却这股热度，不过每当水通过，喉咙就会痛。看了看手机，姐姐传来好几张令人怀念的老照片。

这些通过邮件传来的旧照片是在父亲独居的冲绳老家发现的。据说母亲会定期寄照片到父亲老家，报告家人在大阪生活的样子，里面有很多照片我还是第一次看到。

母亲扶着还不到一岁的我，泡在婴儿用的小浴盆里。两个姐姐中的大姐好奇地在旁边盯着这个弟弟，而二姐对弟弟却没什么兴趣，视线直对着相机。不过这张照片也只截取了短短的一瞬间。

在知道这个道理的前提下，我继续看着其他照片，看到小时候的自己竟然笑得那么平凡，让我感到困惑。照片上那张脸天真无邪，要是被认识现在的我的人看到这种笑脸，我一定会难为情到面红耳赤。我想，自己所能掌握的记忆其实只是极小的一部分，即使是一模一样的人生，也会因为连接不同的点跟点之间，可能变成充满喜悦的故事，或者灰暗惨淡的故事。总觉得好像可以连起什么，可是眼前的一切也开始模糊，思维混乱，我放弃继续思考，倒回床上。迟钝的思考渐渐在眉头附近膨胀，抗拒着睡眠，但我用力闭上眼睛，终于挥散这些思考，进入睡眠中。

再次睁开眼睛时不知道是早上还是晚上。从床上起身时感觉内脏还残留着一些疲劳，不过脚步已经比较稳定，不仅如此，眼睛还特别清明。身体告诉我它现在的亢奋。是因为影岛的话语渗透到我身体中的关系吗？我把累积的稿子摊在桌上，从开始到中间又读了一次，还是无法遏抑兴奋的心情，打开电脑，我用新的文字从头开始书写。

时间不断流逝，我一直维持着高度专注。我觉得话语跟自己的距离时近时远。留下字句的同时，开始无法抑制想画画的冲动。一提笔作画，字句又开始蠢动，无法让它们等太久。

也不知道这样的时间持续了多久。我觉得手有点痉挛，指头无法动弹。停下手边的作业，这才感觉到紧绷的肌肉渐渐放松。我不舍得浪费时间，点了外卖，大口吃着送来的咖喱。很久没有打开电视，画面中一瞬间映出影岛大大的脸部特写。播报演艺新闻的节目已经进入下一个话题，但我却感到一阵未能平息的心慌。

深呼吸后，我打开网络新闻。影岛的名字立刻出现在画面上，看来果然出事了。我怯生生地用手指点开画面。

"丧失理智的影岛竟横刀夺爱"，报道的标题具有强烈的既视感。

最近媒体经常报道一对十几岁的明星情侣，这次新闻的主角就是这对情侣中的女方，新闻内文提及影岛被八卦杂志拍到他跟这名女性私下幽会。

我们在下北泽酒吧见面时，影岛应该已经知道这件事会被爆出来。

"再说，麻烦的还在后头呢。"

当时轻声这么说的影岛的声音，在我脑中回放。

这应该会是不小的麻烦吧。光是浏览网络新闻的内容，就已经看到好几篇出刊，八卦新闻也都争相报道，不过我也有点安心，看来顶多也就这个程度吧。

这种问题就算知道大致事件概要，如果不是当事人也无从知道真相。大家只是在擅自推论，然后其中可能有某个最合适的意见被采用，编造出一套故事而已。我会这样想是不是太偏袒影岛了？

比方说，影岛可能只是被人家骗了。例如，一个在工作上有烦恼的女孩在熟人介绍下想找他商量。一开始他应该有所警戒吧，不过他也许会对自己坚持拉起跟对方的警戒线感到难为情。实际上跟这个女明星见面之后，她可能告诉影岛男友几乎每天对她暴力相向，影岛应该会建议她分手。女人说她很想逃开男友身边，但这么一来，就等于背叛了支持他们的人，也担心会因此失去工作机会。媒体上的介绍跟现实实在差异太大，女人可能告诉他，不希望这些差异被公之于世。假如分手一事被媒体爆出来，男方很有可能为了保身，开始单独上综艺节目赤裸裸地谈论两人之间的事，把女方说成坏人。听了这些，影岛或许会对眼前以不同于凝重内容的温度不断说谎的她感兴趣，想更深入了解这个人。任何人都很容易有这类幻想，不至于因为这样就被论罪吧？

我一边回忆影岛的话语，一边埋头于创作。跟三年前的制作概念和要处理的记忆都一样，但产出的内容却截然不同。

我把重写的原稿寄给编辑，对方觉得很有趣，呈现出跟以前不太一样的反应，也对稿子提出了一些疑问和批评。每一项我都亲自验证，不断重复着修正过程。

原本就不多的会议或聚餐现在我一律拒绝，过着不跟任何人见面的日子。我跟香澄也没见面。连载用的稿子我提前完成了，把剩下的所有时间都花在写书上。

我连自己泡咖啡的时间都觉得可惜，一整天只来回于自家桌前跟附近的自动贩卖机。贩卖机取出口的盖子碰触到手背的热度提醒我夏天的到来，对了，我想起清晨时蝉像似乎说好了一样，同时开始发出鸣声。

跟住在同一栋大楼的小学生一起搭电梯时，我低着头不想让人看到自己没剃干净的胡须。

汗水会自然渗湿Ｔ恤的季节已经过了，秋天准时地到来。

跟影岛见面之后，起初没留下太深刻印象的话，会在某些瞬间忽然浮现在心中，成为强烈的影像。

"凡人Ａ的刑期也太久了吧。"

当时我对穿梭在音乐的缝隙间，传入耳中的声音有所反应，附和着影岛笑了，不过每当回想起那个夜晚，这句话的重量就会渐渐增加。

我并不觉得自己在服刑，或许在自己也没发现的状况下，用类似的心境在过日子吧。就好像背负在身上的罪在背上融化、渗入皮肤，然后吸收到体内。假如我不再背负那些罪，假如我能意识到自己就是这些罪本身，我就不再需要惧怕任何事。

就像酒徒口中的"最后一杯"一样，我做了多次最后确认，终于到了必须交出原稿的时候。几经犹豫，定下了《蜕变》这个标题。

很久没有自己泡咖啡喝了。我稍微休息，打开网络新闻。

影岛的报道莫名被炒得很热。我带着不可思议的心情，一篇一篇读起报道。跟影岛传出绯闻的女明星跟男友分手后出现在电视上的次数锐减，男友单独受邀参加节目，对背叛自己的前女友表示理解，这些发言引起观众共鸣。同时他也对影岛表现出近似挑衅的严苛态度。

跟影岛传出绯闻的女星对于自己社交媒体接收到的批判做出过多的对抗，引来更多的批判。这些批判愈演愈烈，甚至把她高中毕业纪念册和现在的照片拿出来比较，验证她哪些部位整过形，八卦杂志上还刊载了只有过去跟她有过亲密关系的人才可能有的照片。尽管有人觉得这么做太过火，对这场异常的骚动感到担忧，不过这些声音也很快就被多数派"她的工作性质就是这样吧？"的意见给淹没。

对她的批判越高，追究影岛责任的声浪也随之膨胀到难以遏止的地步。一有报道表示他同时与多名女性来往，马上就会刺激出其他反应，有人会自称也跟他交往过，或者表示影岛对自己纠缠不休、强硬要求发生关系，等等。还出现了一名全身刺青、自称是影岛后辈的前艺人，面对摄影机栩栩如生地倾诉自己如何受到影岛的暴力和欺凌。

影岛对这一连串报道始终保持沉默，围观群众大可自由想象任何故事情节，却对这可能成为某个人的宣传视而不见，外界之所以想建构出足以对影岛和她问罪的故事，确实多多少少也受到他最近言行的影响。有人要求影岛应该出面召开道歉记者会，但我个人并不想看。我只觉得影岛提供出自己的身体，成为高举正义旗帜的集团想教训某个人的道具。

够了。

我不自觉地这么自言自语。

像影岛这种会把事物思考得很复杂的人很难获得共鸣。影岛是个笨拙、做什么事都无法顺心如意的人。大家会揶揄这种人，说他们老是自我陶醉、爱装腔作势，老是得意忘形地说些陈腔滥调的老套句子。对于使用这种老套句子却毫不觉得难为情的人，很难让他们了解影岛不合常理的思考。不思考这些也能开开心心过活，所以很多人并不需要这种思考。

影岛并不认为自己的想法有多特别或者是唯一解答，但这件事或许也很难让旁人了解。就连他无意把自己的想法强加给别人的心情，都很难表达。

因为这个社会普遍认为，一个个性阴暗的人放弃了沟通，活在周围的人的宽容对待之下。但到底什么是"个性阴暗"？这种想法可能也会受到批判，认为是以浅薄的见解来区分、论断他人吧。

当时是什么样的状况，这些人物有着什么样的背景，在什么样的心境下有这些言行等，大家都太过忙碌，没有空闲去验证，也不可能去考虑那会是什么场合、什么状况。大家总是很容易被"毕竟其他人都好好的"这个解释说服。就算因为贫穷、没能接受良好的教育,被人暴力相向,但依然有人会说:"但还是有很多人能正经过日子吧?所以归根究底都是看自己愿不愿意努力。"说这些话的人到底怎么搞的?奥曾经说过的这些话,好像附身在我身上,不断在我脑中盘旋。

昨天晚上开始读的书,我在早上看完了。伸个懒腰,放松一下僵硬的身体。窗外渐渐染上颜色的街景,看起来好像跟去年的景色不太一样。喝完自己泡的咖啡,我这才想到要查看邮件,打开信箱,收到编辑正式确定要出版的联络。喜悦和不安在我身体里交错,静静扩散到整个房间。

当天下午,我看到跟影岛传出绯闻的女明星自杀的消息。才十九岁的她在笔记本里留下以"我对不起社会大众,决定以死谢罪"开头的凌乱字迹。

几天前,记者拥入她老家,那些堵不到她转而从她母亲口里引出道歉话语的八卦节目,这次又开始强烈挞伐在社交网站上伸张正义、将她逼上自杀之路的网民。

假如除了"想引起别人的兴趣"之外没有其他主体,这或许是正确的态度,但看在我眼里,那些人就像是永远也无法理解的生物。

这是最糟的结局,没有人能救她。我觉得心情很糟,但是对于这件事我也不曾说过什么。我只是静静地替影岛和她加油，一个单纯的旁观者，或许也等于其中一个加害者吧。被社会风气所左右这种行为本身，就是在助长所谓的社会风气。

但另一方面，我也彻底轻蔑那些批判女明星将她逼上死路的人。要觉得明星都靠自己吃饭那是个人自由，可是靠自己吃饭的人一失败就该肆无忌惮地被痛骂？这逻辑怎么想都很奇怪。大家应该要意识到，直接咒骂他人的这种行为，不仅会影响这个人的工作，更会伤害对方的生命。

大家应该知道，咒骂换取的不是某个人的收入，而是人的生命，所以那只是单纯的暴力。而正义又是什么呢？

假如投书到某个合适的平台发表意见那还另当别论。当然，我并不是想肯定这种行为。只是能勉强理解，大概有人会喜欢这么做。

接受人生中存在无法让自己随心所欲的事这个事实，是一种怠慢吗？恋爱和梦想，其实多半都是这样吧。我的疑问是，假如有这么多的热情或者冲劲，为什么现在还待在这里？为什么不上前拿起麦克风？这种攻击时有所保留的态度不可能打动人心。想要轻轻松松拥有力量，不也是一种怠慢吗？

3

距离影岛销声匿迹已经过了一年。

我数次造访跟影岛重逢的那间下北泽酒吧，但从没能见到影岛。

店主说，影岛跟我喝到清晨那天之后，又过了几天，他一个人来过店里。离开前他在店里回顾了一下过去的记忆，当时店主就感觉到，这可能是他最后一次出现。

由于完全没有任何目击到影岛出现的消息，大家纷纷谣传他可能已经死了。许多人都深受女明星自杀这个悲惨事件打击，有好一段时间，大家纷纷批评攻击特定人物的行为，但是等到当时跟明星在社交网站上直接交锋的人身份开始被揭露，又有一批人出现，主张应该追究这些将明星逼上绝路的人的责任。

到头来只是攻守互换而已，今后大概还是会持续类似的循环吧。话虽如此，我也没有想到什么解决方法。

包含我自己在内，我们其实都很不擅长当个人吧。自从影岛失踪后，"我身为一个人，作为是不是太过笨拙？"这个疑问就始终没有离开我脑中。

就说今年春天付梓的《蜕变》吧，其实也就是回顾自己的过往人生，然后公然宣称自己不擅长当个人。

《蜕变》获得部分读者的好评，当然也有人批评。虽然没有卖得特别好，但我现在也觉得销量好像没什么要紧。这本书让我拿到了散文类新人奖。报上刊出消息的隔天，收到许多朋友的邮件。过去从来没发生过这种事，我很开心。

"永山，恭喜你！我觉得就像自己得奖一样开心！"我打开森本寄来的邮件，但最后不自觉地说出："所以你谁啊？"

跟几年前影岛发表小说时的轰动相比，这或许只是十分微小的波动，可是对我来说已经是很了不得的非日常事件了。不过只要有影岛这个人的存在，我就不会贸然被这种波动吞噬。

在这样的时期，大阪的母亲久违地来电，说是打算在父亲现居的冲绳村里替我祝贺。母亲说到时她会去冲绳，所以我也决定过去。不知道有多久没有同时见到父母亲两个人了。

准备长期旅行的行李时，我看到塞进敞开行李箱中的大量小说时忍不住苦笑。因为这让我想起每次从旅途回来时，总会把连一半都没看完的小说放回书架上。我把所有小说都拿出来，只留一本文库本放进包包。这时我想起，应该有还没听过的CD。那是香澄第一张自己独立发行的专辑。封面上不知谁的手写字迹，写着"空闲"。为了听这个我还找出了旧CD随身听，一起放进行李箱。

我搭上从那霸机场前往名护的公交车。空气暖得不像是十月，但喉咙深处还记得冲绳的十月本就如此。我告诉父亲自己会比母亲早两天到冲绳，他对我说："你来这里也没什么好玩的，先在那霸玩玩再过来吧。"

本来计划住在父亲在名护的老家，没想到会被他拒绝。我在那霸没有熟人，所以没听父亲的。决定在名护的饭店住一晚，隔天去找他。

我想起几年前我因为工作住在那霸时，他也曾经对我说："那霸很远，我就不去了，你如果来名护再告诉我。"但他并没有来见我。

我在电话上从大我三岁的二姐口中听说了父亲从大阪回冲绳的理由。她平静地说起当时的事，我听着那声音，心里觉得这样的姐姐有点奇怪。

"大半夜的,家里电话响了,我想说这种时间会有谁打来,一接之下原来是警察,说是爸满身是血地倒在公园里,被警方带回去。我想如果他受伤了那最好开车去接他,急着换衣服出门,这时警察又打了电话来,说爸跑着逃出警局!拜托我在家里等!我想说他竟然还能跑?不是流血了吗?总之还是很担心,在家门前等他。后来警察也到家里来了,我跟警察一起等了一会儿。结果他脸上沾满血迹很正常地走回来,我跟警察都忍不住爆笑。爸听见我们的笑声抬起头来,你猜他说什么?他问,是不是你把住址告诉警察的?拜托,你给警察看的驾照上就有住址了啊!"

我一边附和着姐姐,一边静静听着她说。

"当时我应该跟妈说的,但又觉得她可怜,就没告诉她,后来想想好像不该瞒她。"

姐姐继续用那听起来一点也不像后悔的语气往下说。我从小就很喜欢听这些家里的故事。

前往名护的公交车一路顺利北上。

小时候坐着父亲驾驶的亲戚家的车前往名护时,我通常都会在后座睡着,路上太过颠簸时,我会睁开眼睛确认窗外的景色。祖母家离海很近,所以如果还没看见海,我就会继续睡,看见比那霸街景更深浓的绿意,我总是能睡得很安心。

公车继续往北前进。

父亲曾经跟二姐大吵一架，打了姐姐的脸，让她眼睛附近黑了一圈。母亲建议姐姐请假别去上学，但姐姐说："我要去让大家看看我爸有多烂！"还跟平时一样去上学。姐姐从小就勇猛十足。

"真没想到都要四十了，还会被爸爸打。"

姐姐说的这个事件，才是父亲离开大阪回到冲绳的最大原因。

"有一天妈上夜班不在家，他在公园喝酒。后来喝醉了，坐在家门前喝酒，最后被警察带走，他可能觉得自己只是在一个能吹风的地方舒服地喝酒，不明白警察为什么要把他带走，所以大闹了一场。我开车去警署接他，一进去就听见大声叫喊的声音，马上有不好的预感，果然是老爸，大概有五个警察一直在安抚，要他冷静下来，我真的觉得很丢脸，整张脸都红透了。当时我对他说：'你够了！'他突然打了我。我是去接他的呀，他凭什么打我？早知道还不如让他被警察逮捕。但是我想到不能给用本名工作的弟弟添麻烦，跟警察道歉了好几次。隔天我还带了点心去道歉，所以你不用担心啦。我一想到还得帮这个打我的人低头道歉，就不甘心到想哭，但是想想又觉得，为什么要为了这种人掉眼泪，硬是忍下来了。"

知道这件事跟我也有关，让我觉得很抱歉。

"不止这样，他还跟个小孩子似的，硬要那个看到他在家门前喝酒时最先上前询问的警察跟他道歉,否则不肯走,真是丢脸死了。电视上那种警察特别节目里出现的醉汉都还有点可爱,跟他比起来真是好太多了。警察大概是给我面子,跟他道了歉,我觉得怎么可以这样,跟警察说请不要这样、请抬起头来,他听了又激动起来,根本脑子有问题!回家路上他一直在车子前座碎碎念,说我只是觉得风很舒服所以在那边喝酒而已,为什么要把我抓进去关起来,好像受到了惊吓。我越听越气,告诉他我用水把他的棉被浇湿了,他听了笑起来,我听他笑,自己也笑了起来。"

告诉我这些的姐姐也正在笑。

因为是血亲,就算听到几分钟前殴打自己的人说话还是笑得出来,这确实很不可思议,但也有点想念这种感觉。我脑中浮现姐姐眼睛旁黑了一圈的脸。

车窗外甘蔗田的风景连接到遥远的记忆。

"这个可以吃吗?"

"这是大家的,可以。"

把车停在两边都是甘蔗田的路边,父亲大大方方拔起一根甘蔗,老练地削完皮,啃了起来。"你也试试。"我用臼齿啃下他递过来的甘蔗,先闻到植物的香气,之后是一阵甘甜。我看到在相隔一段距离的地方小便的父亲的背影。

大阪老家是四户相连的新式住宅边间,隔着还是泥地、没有铺上水泥的自行车停放场，隔壁盖起了一间独栋房子。

"不可以对隔壁墙壁尿尿哦。"

母亲对还是小学生的我这么说。

邻居好像来抱怨，说我在面对自行车停放场那面墙上小便。

"我没有啊。"

听到我这么说，母亲特意去隔壁告诉他们，不是我家孩子做的。

父亲回家后在浴室洗脚，边喝啤酒边看棒球转播。那是个橘色的旧电视。

"今天隔壁的人来骂妈妈，说我在停自行车那边……"

"声音转大一点。"

父亲眼睛还盯着电视这么说。我听了马上扭着电视旋钮调节音量。是不是因为我开始说话所以他听不清楚转播？

"隔壁的人以为我在他们墙壁上尿尿。"

明知道会吵到他，我还是把话说完了，但父亲听了并没有反应。

"我觉得应该是野狗吧。"

母亲从厨房拿出超市海鲜区买回来的花枝生鱼片，放在桌上这么说着。

这时父亲说："是我啦。"

"你为什么要这样？喝醉了吗？"

母亲问他理由。

"在外面尿比较爽啊,我还特地走到外面去尿。"

"人家会以为是小孩子尿的,你不要再这样了!"

"反正地上都是土啊。"

两个人的对话宛如平行线,不过彼此好像都能接受对方的说法。其实不说也不会怎么样,可是母亲还是去隔壁正式道了歉。

坐在摇摇晃晃的公交车上,我不知不觉睡着了。看看时间,应该已经到名护了,路上好像有点堵车。

大概是小时候容易晕车的后遗症,直到现在我还是一搭车马上就想睡。足球队远征时要到外地,也因为晕车还没缓过来,没能参加第一场比赛。

父亲有一次开车送我们。其他人家里都开适合远征的厢型车,但父亲的车是丰田的MARK II。因为轿车很少见,朋友都争先恐后想搭这辆车。我希望搭其他车,想在朋友父亲的车后座睡觉,但偏偏这一天怎么都睡不着,一直担心父亲会不会多说什么不该说的话,始终坐立难安。

"你爸开车超快的耶!"

到达比赛会场,搭父亲车的朋友开心极了。

闷在车里的热气再次将我拉入梦乡。

"上次永山他爸到公园来,超厉害的!"

朋友的声音在耳边清晰重现。

朋友们聚集在附近公园踢足球。我当时不在。父亲在公园入口拿着啤酒看大家比赛,朋友们交头接耳互道:"永山他爸喝醉了,不要看他。"父亲喝完啤酒后走进公园,大喊一声:"集合!"强迫大家暂停足球比赛,聚集在公园的沙场。

"你们知道花牌吗?"

父亲一边用沙堆出一个四方形台子一边问,听到大家说不知道,父亲先让大家看了牌上的图案记住名字,然后仔细讲解玩法。

"你们身上有多少钱?"

父亲问朋友们身上带了多少钱,然后命令他们去便利商店把钱换成十日元硬币。

"永山,你爸一个人全赢耶,不过最后又把钱还我们啦。"

"对不起啊。"

"但是很好玩耶。"

父亲可能很喜欢跟小孩子玩吧。

公交车到达名护总站。我下了公交车把行李放在地上,有一瞬间不知道接下来该干什么好。天色渐暗,风也有点凉。我准备在饭店过一晚,明天去见父亲。

我在饭店大厅等出租车。站在阴暗入口,外面照进来的光线无比炫目。出租车停在饭店前，我拿着行李走出去，司机替我开了车后行李厢。是个带着黝黑笑脸、令人印象深刻的老人。

告知去处后车子开始行驶。

"你是永山先生的儿子吧？"

司机这么对我说，我很惊讶他为什么会知道。

"对，您怎么知道？"

"哎呀呀，长得一模一样啊。你是作家，对吗？"

三天后即将在公民馆举办庆祝活动，当地人可能已经知道了。

"你父亲跟我是同学呢。医生叫你爸不能再喝酒了，对吧？"

"好像说他再喝下去就会没命。"

"对啊，就是啊。"

父亲嗜酒如命，长年来每天晚上都喝到不醉不休，搞坏了肝脏。他一直坚持不去看医生，在母亲的说服下好不容易去医院接受检查。医生严格要求他一个月不能碰酒，他一个月后再次到医院复诊，看到检查后的数值，医生偏着头，沉默深思后问他："伯伯，你最近应该没有喝酒吧？"父亲回答医生："我有。"听说之后他有稍微节制酒量。

"这件事大家都知道，如果在酒馆看到你爸，就会开车把他载回村子里。"

"啊?所以他还继续喝?"

"嗯,我也载过他三次吧。"

司机很担心地喃喃道。

"真的很抱歉,车钱我还给您吧。"

"不用啦,是我自己愿意载他的,你不用介意。"

说着,司机笑了。

"这样说实在很不好意思,不过以后如果看见还要再麻烦您载他回家。"

"不能叫他别喝了吗?最近无酒精啤酒也挺好喝的啊。"

"我试试看。"

右手边可以看见海。

小时候祖母曾经带我来游泳,眼前这片风景看来很熟悉。从祖父长眠的祖坟也能看见这片海,不过风景已经跟以前大大不同。

右手边的海变成河,桥的对面可以看到一座小神社。隔着一条马路的桥另一边,就是父亲现在居住的村子。

出租车停在三天后的宴会会场公民馆前。公民馆旁边的商店徒留招牌,看起来已经停止营业。

小时候父亲曾经要我到商店来买啤酒。店里的大叔面露狐疑的表情问我:"这啤酒是谁要喝的?"我觉得很奇怪,他竟然会怀疑是我要喝,回答他:"我爸。"大叔说出父亲的名字后对我说:"你们长得真像。"

面对公民馆的公园有一座小钟,到了除夕夜附近的人都会来敲钟,还有一座槌球场。长大后看这一切都觉得好小,不过好像也因为如此变得密度更浓。

很快就走到父亲家附近。我没告诉他几点会到,忽然有点担心该不该这样突然跑过来,不过都已经看到门口的名牌了,我敲了敲玄关的门。

敲了几次都没反应,我从面对庭院的窗户往屋里望。看到一头白发的父亲闭眼坐在佛坛前的椅子上。从父亲左手往左手边庭院延伸,有条看似绳索的东西摇晃着,阳光照到的地方随之变化发着光。从我站的地方看不见那条绳索系着什么。

敲了敲窗户,父亲先是眼睛一张一闭,仿佛在舒展那张紧绷的脸,然后才终于睁开眼睛。我总觉得好像不该看到这一切,将视线移向院子里的土和停车场的铁锈上。再将视线拉回房间时,父亲正慢慢抬起头来看着正面的庭院,像在确认状况。一看到我,他花了一点时间站起来,把手上的绳索挂在椅子上。

"是今天啊?"

打开玄关门的父亲脸颊瘦削,但肉却还扎扎实实留在肚子上。父亲身上穿着在大阪工作时会穿去现场的工作服。

"你在工作?"

"什么意思?"

他好像不知道我为什么这么问。

"看你穿工作服啊。"

"穿这个最舒服。"

父亲大声这么说。

我想起几年前回大阪老家时,半夜十二点听到父亲房间传出电视声,敲了门后打开一看,看到父亲穿着工作服躺在棉被上。问他为什么要穿工作服,他回答:"明天要很早去工地,这样一醒来就可以直接出门。"

椅子上放着一块有父亲屁股凹陷形状的坐垫。他又坐回椅子上,摸着自己的肚子:"你看看,我快死了。真没用。"

"那是什么?"

"肚子里都是水。"

父亲低头盯着自己的肚子看。

"那就把水抽出来,把肉割掉啊?"

"哦,也对。我倒没想过。下次问问看。"

刚刚从窗外没看见,现在才知道父亲身边放着罐装啤酒。

"那条绳子是干吗用的?"

"哦,这个啊!我想逮那些在田里作怪的鸟,设了陷阱。"

说着,父亲拿起绳索、伸直了脊背,像是要看清绳子的另一端。

窗外设置了一个一拉绳索笼子就会落下的简单陷阱。

看到我靠近窗户，父亲轻轻叫了一声："等一下！"

"有野猫来了，大概是要吃鸟吧？"

我回头看父亲，他一脸认真地看着窗外。

"啊？那太可怜了吧。"

"不要紧，在笼子里呢。"

父亲无言地守护着笼子里的鸟跟野猫，接着他小声说了一句："不行，猫走了。"从佛坛抽屉拿出几颗小石头，打开窗户，一边对笼子里的鸟丢石头，一边走到院子里，打开笼子给这些鸟忠告："别再来了，会被猫吃掉的。"父亲望着飞上天空的鸟，说着，"我看那家伙一定会再来。"

"这是专门用来赶鸟用的石头？"

"不止这样。"

窗户射进来的阳光照得父亲的皱纹更加明显。父亲大大方方喝起罐装啤酒。看来他并没有偷偷摸摸喝。喝干最后一滴后右手捏扁罐子的动作，让我想起年轻时的父亲。

母亲值夜班不在家时，父亲的存在感就会膨胀，家里的空气变得很特别。父亲把厨余垃圾装进一个小袋子里，对在画画的我说："走，我们去神社。"拿起从玄关旁工具箱取出的铲子和厨余垃圾，自顾自地出发。我以前有好几次找不到父亲、被他忘在路边的经验，所以虽然不知道他要做什么，但我还是急忙穿上鞋跟在父亲身后。走在前往神社路上的父亲看起来格外开心。父亲步幅极大,正常走路我险些跟不上,我拼命跟在后面走,有些地方还得用跑的,但还是摆出一脸正常走路的表情,无言地跟着。

来到神社,父亲在大银杏树下用铲子挖了个洞,把厨余垃圾放进去,再把土盖回去。

"这边。"

我跟着父亲来到距离银杏有一段距离的地方。父亲站在其他树后抽起七星。仰头看着父亲口里吐出来的白烟,他对我说:"好好盯着。"我又把视线拉回银杏树那边,这时两只乌鸦飞到银杏树下。

"乌鸦来了。"

"哦。"

乌鸦翻起土,灵巧地用尖喙啄着厨余垃圾。

"看吧。"

说着,父亲吐着烟圈满意地看着乌鸦。不知为什么,我也带着满足的心情看着乌鸦。天空里是一整片平时看来可能会觉得害怕的夕照,我心想,真不希望听到父亲说"回家吧"。我带着希望这个瞬间可以再延长一点的心情,看着父亲和乌鸦。

当时的父亲应该比现在的我更年轻吧?

"对了,我去一下河边。"

年老的父亲声音也变得有点虚弱。

"去干什么？"

"我在河里放了一张网子，抓到一只大螃蟹，拿去阳二家，他说只有一只煮不了火锅，所以我又装了一次网子。我去看看。"

说着，父亲踩着凉鞋离开家。

本来是来看父亲的，现在却成了一个人。我把自己的行李拿上二楼，拿出文库本随便翻开来。

父亲从河边回来，说抓到一只比早上更大的螃蟹。

"阳二说这样就可以下锅，一只不够，两只就够全家吃。"

父亲还穿着工作服，从冰箱拿出一罐啤酒，安静地开始喝。

忘记是几年前了，大姐一家搬进新家，大家一起在外面吃饭庆祝她家乔迁，吃完饭后父亲说："我要先回去，把你新家钥匙给我。"姐姐有点担心，但父亲说："刚刚去过，我知道你家在哪里。"

父亲离开餐厅，姐姐上小学的女儿问了父亲的事。外甥女看起来跟外公很亲，我很好奇他们之间的关系。外甥女说："外公真的很乱来耶。"母亲和姐姐听了都笑了。外甥女跟父亲去公园时，父亲指着攀爬架问她："你有没有爬到最上面过？"外甥女回答："没有。"父亲说："你如果爬到最上面，我就带你去超市，买你爱吃的东西给你。"外甥女虽然害怕还是试着挑战。可是来到攀爬架最上面时，她一个脚滑摔到地上。差一点就要受重伤，幸好顺利落地不至于太严重。父亲眼睁睁地看着这一切发生,却一点也不担心,只顾着自己捧腹大笑。

"外公一个人在旁边爆笑,我就把他留在公园,一个人哭着回家了。"听到外甥女这样说,母亲和姐姐又笑了。

因为担心先回家的父亲,我们结完账后前往姐姐家。这时候距离父亲一个人离开店里已经过了将近一个小时。回到姐姐家,发现门没关,但屋里没开灯。进了房间后在黑暗中觉得有动静。有一瞬间,全家都感到一阵紧张。姐姐打开灯后发现父亲坐在客厅正中央喝着罐装啤酒。

"我不知道怎么开灯啊。乌漆抹黑的什么都看不见,我可是靠毅力找到冰箱的!"

当时父亲在我眼里就像一只野兽一样。

父亲打开窗户,坐在檐廊边喝着罐装啤酒。在这里不会被任何人骂,可以安心吹风喝啤酒。我也从冰箱拿出一罐啤酒,拉开拉环。父亲听到声音转过头来,说:"记得再补回去哦。"

我就这样跟父亲两个人一直待到晚上。

"你没订饭店吗?"

父亲还坐在椅子上继续喝啤酒。

"今天没有。"

我也喝着啤酒。

"我不是说了这里什么都没有,叫你去那霸玩吗?"

祖母现在住在那霸的长照设施里,父亲一个人生活。

屋里还有祖母住过的痕迹，像是贴在墙壁的大量孙儿亲戚的照片，里面也有我的照片。房间里的东西比祖母住的时候少，佛坛周围整理得很整齐，祖父用过的三味线靠在佛坛旁的墙边，显得格外醒目。

"爸，我中学时你离家过一次吧？"

"嗯。"

父亲很镇定地回答我。

当时大姐上住家附近的高中，但是为了避免跟老是惹事的父亲一起住，她特地从大阪市此花区的外公外婆家每天搭电车来回通学。在这样的状况下，母亲跟姐姐们商量后决定请父亲离开家。母亲把这个结论告诉父亲后，父亲破口大骂："给我一百万我就走！"母亲马上取出存款，把一百万日元交给父亲。

父亲开始在离我们家有三站距离的地方独居，但短短三个月就把一百万日元挥霍殆尽，再也生活不下去。

"你住的古川桥那间公寓景观很不错，夏天开着窗风吹进来，很舒服呢。"

"就是啊。"

父亲的表情放松了下来。

"去看房子的时候公寓窗户开着，风吹了进来，可以听见外面树上传来的鸟叫声，我就决定要租下来。"

父亲以前就莫名喜欢鸟。

"但是开始住之后发现那些鸟叫声吵死了。一大早就开始叫个不停,真是吵得不得了。"

"是八哥吧。"

有件事我以前就一直很好奇。

"那时候你在古川桥站前弹三味线吗?"

"啊,我吗?"

我朋友告诉我,看到父亲坐在站前地上弹唱三味线。到头来父亲独居时间不到半年就若无其事又回到家里来。最叫人恨得牙痒痒的就是他只维持了几天老实样子。

我把祖母的棉被搬到二楼铺好,但还没有睡意。

父亲洗好澡后,穿着一件大腿部分松松垮垮的卫生裤躺下。至少没穿工作服睡,让我稍微放心了点。

发现我从二楼下来,父亲似乎若有所思。

我在厨房喝水,听到父亲的声音但不是很清楚,走到他房间,看到父亲盘腿坐在棉被上。

"这边有不知道谁拿来的酒,要喝吗?"

"都要睡了不是吗?我喝水就好。"

"我明天早上起来要去山里,差不多该睡了,但你要喝的话可以喝。"

"我也要睡了。你去山里做什么?"

"明天你妈也要来,我先去山里扫墓祭拜。"

父亲一边搔着背，一边打呵欠。

"小时候我也跟奶奶还有你去过山里一次，用镰刀割草。"

"哦，你也去过啊？"

"去过。明天我也一起去吧？"

"不……不用。"

说着，父亲又打了个呵欠。平常这个时间他应该都已经睡了吧。

"小时候爸有个朋友送了我们家一台游戏机吧？虽然只有麻将、将棋和宇宙巡航舰的游戏卡匣。"

"哦，你说沟口啊。"

"他也是冲绳人吧，回冲绳了吗？"

"死了。已经死了十年左右吧，我们约好去喝酒，但是一直联络不上，去了他家发现没人应门，后来才听说他死了。"

"这样啊。"

"那家伙也爱喝酒。你记得阿良吗？他在我们家住了半年左右。"

"经常给我零食的叔叔。"

那个人是父亲的同学，因为居无定所，曾经在狭小的我家寄居过一段日子。

"他也死了。"

"不会吧？"

"他欠了一大堆钱，回到这里来无所事事闲晃了很多年，是酒精中毒。"

那个叔叔最后离开我们家时，送了我们姐弟满满一大袋的零食。我还记得当时我们很开心，但父亲却说他"只会用些便宜货来敷衍"那一幕。

"替我剪头发的那个朋友，他现在呢？"

"和寿去年喝醉，被车撞死了。"

我觉得好像在听什么神话故事一样，人竟然这样简简单单就死了。

父亲喝了几罐啤酒睡着了。听到这久违的鼾声，有种活着的感觉，但我不太清楚那到底是指父亲，还是指我自己。

我听到在棉被周围绕圈子跑的脚步声。脑中浮现出父亲现在正绕着我的棉被奔跑的光景。就在这不知道是醒是梦的朦胧状态下，身体还留有地面摇晃的震动感，也听到许多呼吸声。我意识混沌，睁开眼睛，两个陌生孩子正张着两手，以我的棉被为中心绕着圈。

我又闭上了眼睛，但是太阳太过刺眼，我实在睡不着。孩子们发现以为睡着的大人忽然睁开眼睛醒来，吓得大叫一声笑着冲下楼。楼下好像也有人。我叠好棉被下楼，看到刚刚的孩子跟应该是他们父母亲的人正在喝茶。那母亲怀里抱着一个婴儿。

"你好。"

我打了招呼后那两人也笑脸回礼。听完说明之后知道我们的上一辈好像是表亲,那么抱着婴儿的那位母亲和我应该是远房表亲吧。这次祖母从那霸回来,所以也邀了些平常不太有机会见面的亲戚过来。

"小孩子到处跑,吓到你了吧?"

孩子们跟他们的父亲到院子里去玩了。

"我梦到我爸绕着我的棉被旁边跑。"

这亲戚看起来比我年轻,五官跟我姐姐很像。有个自己不知道的亲戚存在,明明是初次见面,却觉得对方的长相似曾相识,很令人怀念,这实在是种很不可思议的感觉。

"那你一定吓到了吧。"

"睁开眼睛发现是没见过的小孩子在跑,我心想,会不会是祖先来玩了?"

"而且小鬼几乎只穿着一条内裤呢。早上我在阳二叔那里见到你爸爸,所以就过来玩了。你爸刚刚上山去了。"

他们一家好像住在阳二叔家里。阳二叔是爸爸的弟弟,以前就很热心、很会照顾人。他也是町内会的副会长,这次的聚会也是由阳二叔来主导。我本来觉得要替我办这种聚会很难为情,拒绝了,但父亲却说服我:"大家只是想聚在一起吃吃喝喝而已，你不用想得那么严重。"我说如果是这样，那我就送点酒给大家致谢，他说："这我来处理，你把钱汇给我就好。"我想起后来真的听他的话，汇了钱过去。转给父亲的那笔钱，后来怎么样了呢？

母亲搭公交车，晚上到达名护。我在公交车站附近等，她身上穿着我见过的衣服，所以我一眼就认出站在路边的母亲。阳二叔从驾驶座按了几声喇叭，母亲却转头望向完全不同的方向。

父亲打开窗户低声叫："喂！"母亲往这边看。停下车，阳二叔把母亲的行李放进后车厢。我也下了车，但父亲没下来。母亲在后车厢前打开手上的纸袋，开始对阳二叔说明自己带来的伴手礼。阳二叔也探头看着纸袋，不断追问，这段伴手礼的说明越来越长。父亲不知何时下了车，对着路边的树尿尿。

阳二叔开着车驶上跟来时一样的路回家。母亲坐在前座，父亲跟我并肩坐在后座。阳二叔跟母亲彼此报告了家人近况后，开始聊起其他亲戚的话题，但父亲跟我始终一语不发，望着窗外的风景。

这种时候我也很习惯一句话都不说，但看着跟我一样的父亲，我却觉得沉默不说话的自己非常奇怪。

母亲和阳二叔的对话再次绕回伴手礼上。车子在红绿灯前停下，街灯照着榕树盘根错节的树干，赤裸裸映在眼中，看起来既扭曲又可怕,但是不知为什么,却叫人离不开视线。

阳二叔打开前座置物箱,拿出一张照片递给我:"阿充,你看这个。"照片还挺新的,上面是身穿工作服的父亲高举着一面小旗子站在看似体育馆的地方。照片空白处有鲜活的字迹写着:"登志哥第一名!"我忍不住笑了出来。父亲也斜眼偷看着照片,但马上又将视线拉回窗外。

"什么什么?"

我把照片递给好奇的母亲,她看着照片放声笑了,但又小声说:"现在不戴眼镜什么都看不见了。"重新戴上眼镜确认照片,然后又笑了。

没有人问她一开始明明什么都没看清楚又为什么笑。

"拍得不错吧。毕竟是我这个知名摄影师拍的。"

也没有人对阳二叔这番话有所反应。车子继续行驶,四周终于看不见榕树。

母亲摊开从大阪家带来的报纸看,老家有相当大量的报纸。我们姐弟的同学家长还有邻居如果来家里推销,母亲几乎都会点头签约。狭窄的家里有《朝日新闻》《每日新闻》《读卖新闻》《圣教新闻》《赤旗》等大量的报纸。母亲一有空就会翻看,把看报当成自己的工作,但从没见她谈论过新闻内容。就算父亲吼她:"报纸订一份就好了吧!"她也只是笑笑,继续翻看报纸。

我把阳二叔给我的父亲照片放在佛坛前。父亲那奋力奔跑后难掩亢奋的表情很令人怀念。

"那是什么？"

母亲抬起头看着我。

"爸的照片。"

"他这个人很会跑。"

母亲眼睛盯着报纸。

"他现在还能跑吗？"

"我可是跑不动哦。"

母亲惊讶地看着我。

"我又没问你。"

有一次幼儿园运动会，那天母亲要工作，所以父亲中途来看我。父亲手里拿着轻型摩托车的安全帽站在门外一直看着我。当时有个表演要跟自己的爸妈一起跳舞，我走到躲在门后的父亲面前邀他一起跳，他拒绝了我："不要。"我跟老师一起跳舞时，看到父亲骑小摩托离开的身影，心里觉得很后悔，早知道就不该邀他。

参加我小学运动会的父亲，莫名地兴致勃勃参加了亲子障碍物竞走比赛。我曾经追在出去玩的父亲身后看过他奔跑，但那还是我第一次看见父亲在运动场上奔跑。父亲一起跑就拔得头筹跑在最前面，迅速穿过第一个网状障碍物，他也灵巧地走过独木桥，但不知为什么会场却涌起一片笑声。大概是顶着一头爆炸鬏发的父亲竭尽全力奔跑的样子很有趣吧。眼看着即将顺利完成游戏，父亲却在最后一关漂亮地摔了一跤，会场顿时大爆笑。父亲马上站起来，可是后面的跑者已经都追了上来。尽管距离终点还有一段距离，父亲忽然往前方一个飞扑，旁边的跑者也纷纷跟着一起飞扑。会场再次沸腾。父亲站起来，最后扑向终点彩带，浑身是血地拿到了第一。这张照片让我想起了他当时的表情。

公民馆里聚集了很多人。

大都是村里的人和永山家亲戚，听说名护市公所也派了人来。公民馆里有个舞台，有个代表上台致辞。阳二叔告诉我这个表情柔和的老人在这一带的地位很高，俨然是村长。

我跟父母亲被带到由长桌排成的来宾席，三人并肩坐着。这种状况下母亲显得很惶恐，父亲则跟平时一样，搞不清他脑子里在想什么。

舞台前的空间摆放着桌椅，五十多位参与者中有被许多亲戚包围、直接坐着轮椅入座的祖母。

台上老人温柔的话声，像是在对我说明，所有参加者也都静静听着他说。

"战争结束之前呢，这村子的人都逃到山里了，等到战争终于结束呢，回到自己家发现住了很多不认识的人。"

老人说到这里，参加的人都轻声笑了。

"那些从南部逃过来的人呢，进了我们家门呢，就擅自住下来了。过了一阵子之后呢，那些逃过来的人跟我们就开始一起生活了。"

我点着头，想象那个样子。脑中浮现起朦胧风景时，我转过头看着参与者平静的表情，原本在风景中轮廓暧昧的脸庞线条顿时变得深刻，跟声音还有风一起化为实像，得以确实掌握。

"我父亲写了这首诗，住在这里的人不管过得辛苦或快乐，都一直唱着这首歌。这是一首感谢聚落自然和祖先的歌。我想阿充应该还不知道，住在这里的人都从小就会唱这首歌，大家都知道。您父亲应该知道吧？"

老人问父亲。

"我可从来没听过。"

父亲大声清楚地这么说。

会场涌起一片爆笑。父亲笔直望着前方。也不知为什么，母亲低着头好像在向谁道谢一样。

"那我们就开始唱吧！"

在老人的号令下，所有参加者齐声合唱。老人唱得比谁都大声。这时我听见了父亲的歌声，转头看看身边，父亲若无其事地唱着歌。母亲微笑着，跟着打拍子。

村里的年轻人献上击鼓表演。染了一头紫发、眼神锐利的少年拼命敲着太鼓的样子令人印象深刻。老人们吹着冲绳指笛，拍手炒热气氛。

母亲逐桌打完招呼后坐在祖母身边的座位。父亲在桌间移动，开始跟朋友们喝酒。我跟父亲对上了眼，只好走到他那桌，马上有人挪出座位给我。

"我以前也住过东京。"

一个穿白衬衫的人这么说。

"是吗？"

这么说来，他说话确实没有冲绳口音。

"我跟你爸是同学，五年前左右回来的。"

周围很吵，我把耳朵贴近了听。

"因为退休了吗？"

"我提前退休，因为一直希望可以回来养老。"

"真的会有这种念头呢。"

我嘴上这样回答，但自己心里却没有一个这样的地方。

"不过村子里还是有分高低。"

那个人低声喃喃道。

"什么的高低？"

"一直留在村里的人地位比较高。"

这位长者对待我的态度一直客气，看来他身上还流动着生活在都市时的时间。

"原来有这样的分别啊。"

"也只是我我自己这样觉得啦,大家都对我很好。"

"我爸也是几年前才回到这里的吧?"

"在我回来之后不久吧。"

他一边注意着父亲,一边回答。父亲围绕在朋友之间,看起来很开心。

"我爸还好吗?我很担心他会不会爱摆架子,惹人讨厌。"

"你爸没问题的,没多久就跟大家打成一片。他就是有这种天分。"

我并不认同这个人说的话。

"我爸在大阪住了很久,但也没看他跟人打成一片或者习惯那个地方,他一直都跟大家格格不入。他大概比较适合这里的环境吧。"

一位老人从其他桌上拿来大量的签名板和笔给我,坐在稍远地方的父亲对他说:"喂,不要超过五张啊!"那老人不高兴地回嘴:"为什么?"

父亲的老友轮番告诉我父亲以前的故事。一位自称是父亲学长的人替我的杯里倒了啤酒。我向他道谢,那个人遂拍拍坐在我旁边的人的肩膀要他让开,自己坐了下来。

"学生时代有一次我们去山里,我命令学弟们把水泥砖大小的石块搬下山来,学长在山下等。"

这也是跟父亲有关的故事吗?

"那些石头是用来做什么的?"

"不做什么用,那是单纯考验毅力的测试,以前我们的学长也让我们搬过。你爸爸也是当时的学弟之一。每个人都带了石头回来,只有你爸没有回来,我们正担心时,结果你爸从山那边两肩各扛着两块石头,总共扛了四块回来!"

那个人瞪大了眼睛,仿佛正在说着什么名言。

"两块啦!怎么可能扛四块!你这个人每讲一次石头的数量就更多。"

父亲在旁边无奈地说。

"四块!"

"两块!"

"你胡说什么!我可是亲眼看到的!"

学长亢奋地大叫。

"两块!"

他们表情认真,谁也不认输。

"几块都无所谓吧!"

也不知是谁这么说,周围一阵笑声,缓和了气氛。

"你爸就是一身蛮力。"

学长用只有我听得见的声音轻声说着。

我暂时离席,到外面的自动贩卖机买水。从公民馆流泻出来的灯光没有照到树木上,树叶的沙沙声听来让人有点发毛。我拧开瓶盖喝水。

刚刚学长说的"蛮力"两个字荒谬的声响还留在我耳里。

小时候就那么一次,我看过父亲在哭。那天夜里,母亲值夜班不在家。钻进棉被后,我听到父亲讲电话的声音,醒了。两个姐姐还在睡,我一个人往发出声音的方向走去,看到父亲的背影。父亲把连接黑色电话的线拉长到极限,坐在厨房椅子上说着话。他的声音跟平时不太一样,我知道应该发生了什么严重的事。"爸?"我叫了他。父亲没有回头,只是颤着声音说:"我明天要回冲绳。"

"为什么?"

我问依然背向我的父亲。

"冲绳那边来电话,说奶奶快不行了。"

父亲的声音果然在抖。我觉得自己好像不该看到父亲的脸,回到自己被子里。在漆黑的房间里,脑海里浮现许多不好的想法。尽管只看到背后,看到父亲在哭的样子还是让我受到一些冲击。我无法成眠,在棉被里闭着眼,但是接着又听到他怒吼的声音。

"你这个浑蛋!怎么能说这种谎!我宰了你!"

从父亲亢奋的话中大概可以知道事情的经过。父亲的怒吼声也惊醒了两个姐姐。

"怎么了？"

"他在吼什么？"

姐姐她们还没掌握到状况。

"冲绳那边打电话来，说奶奶快不行了，爸说他明天要去冲绳，不过好像是骗人的。"

我把自己听懂的部分告诉姐姐。

"为什么要骗人？"

"不知道。"

我再次离开被窝，走近父亲。

"怎么了？"

"那些家伙竟然骗我！真是浑蛋！我再也不回去了！"

父亲气好像还没消。听他说，因为太久没回冲绳，祖母和阳二叔为了骗他回去所以说了谎。他跟我说明这些时，家里的电话一直响个不停，但他并没有接。

现在想想，应该是父亲把那个对方马上打算说破的玩笑话当真了吧。祖母应该也没想到父亲竟然会哭。

结果我这位祖母现在已经百岁，还活得好好的。有一阵子因为跌倒骨折后身体变差，住进了那霸的长照设施，但是三年前过完庆祝九十七岁的风车祭后体力又渐渐恢复，现在已经健康到可以自己稍微走走路的程度。

从公民馆外窥探里面，看到祖母在亲戚和邻居的包围下正笑着吃红豆饭。

"老妈是不死之身啦，我会比她先死。"

我听父亲说这句话好几次。我从来不曾在平静说出这种话的父亲身上，感觉到他在深思熟虑。

回到公民馆里，我坐在祖母附近。

祖母看着我的脸说："很好。"然后搭配着手势动作强烈地表达："为什么还不结婚？快结婚！"今天见到祖母之后，她一直不断重复这件事。我几乎听不懂冲绳方言，但只有祖母的话就是能听懂。

"为什么啦？"

祖母一直重复一样的话，我也丢回给她一个连自己都觉得惊讶的粗糙问题。

"家人，重要！"

祖母坚定地说出这简洁的几个字。大家看到这一幕都笑了。大概是因为祖母的耳朵明明重听，话要说得很大声她才听得见，但我那么小声的问题她却马上就有反应。

以前祖母也会慢慢对我说标准语，但现在好像忘了标准语怎么说。

小时候我正要杀掉爬在祖母家榻榻米上的虫子，被祖母阻止："来到我们家的虫子都是爷爷，他为了要见阿充才回来的。所以不可以杀它们。"看起来很奇妙的虫，在我听了祖母那些话后似乎也有祖父的灵魂附身。隔天我用眼睛追着在榻榻米上爬的蚂蚁。蚂蚁慢慢往前走，偶尔会停下脚步，观察四周的情况后再继续往前进。我不知道当蚂蚁跟其他伙伴会合成群时，祖父的灵魂该怎么分配，但我决定听祖母的，把所有蚂蚁都当成祖父。

每次我回大阪时，祖母都会哭着说："阿充，这是最后一次了。下次见面就是在奶奶的丧礼上了。"我会告诉她："我很快就会来看你的啦。"

小学高年级之后，去冲绳的机会减少，我好几年都没见到祖母。碰巧高中毕业旅行要去冲绳，我在第二天搭公交车去了名护。我告诉隔壁同学祖母住在名护，听了之后导师对我说："等一下如果你亲戚可以到名护凤梨园来接你，你就去看看奶奶吧。"我打电话到祖母家，请阳二叔来接我。几年没见，祖母看到我很惊讶："这是谁啊？"我说是阿充，她说："跟你爸长得一模一样啊。"我看着祖母做的饭菜周围盘旋的虫子，心想这是祖父来见我了，下一秒钟，祖母用双手捏死了虫子。

半夜我走到自动贩卖机去买咖啡跟茶，看到公民馆的灯亮着，还有父亲他们嬉笑打闹的身影。

"老爸还在喝。"

"喝不够啊。"

母亲这么说，喝了我刚买的瓶装茶。

"以前你爸每天晚上都喝。"

"是啊。"

我的附和仿佛播放的开关,再次开启了母亲已经说过无数次的话题。

"每天晚上都可以听到他在隔壁房间饮酒作乐的声音。"

父亲和母亲各自离家来到大阪,是同一栋公寓的隔壁邻居。

"他说的是奄美方言,我一直以为隔壁住的是奄美人。"

"很吵吧?"

"没有,我听起来觉得很亲切。"

母亲故乡奄美大岛跟冲绳的方言有些相通的部分,这让母亲有种亲近感。

"你也知道,奄美的话跟冲绳这边的很像,所以我以为是奄美的人住在隔壁。"

有一天父亲宿醉身体不舒服,在路边吐了,母亲上前关心,两人自此相识,这故事我听了很多遍。

"竟然能因为这样认识。通常不会跟隔壁邻居说话的吧。"

我试着以母亲比较容易说的方式来诱导。

"因为他喝多了,吐在附近的水沟里啊。"

"老爸吗?"

"嗯,我看到这个奄美的年轻人吐了,担心他会不会出事,所以就上前去问他'还好吗'。"

"不觉得害怕吗？"

"为什么要害怕？"

"这可是个每天喝得醉醺醺的年轻人耶。"

"可他是乡下人啊。"

后来父亲为了道谢，带了一个西瓜到母亲房间。

"哦，然后呢？"

"你爸说：'上次真是谢谢你了。'拿了个西瓜过来，给我半个。"

"半个？不是一整个？"

"嗯，你爸坚持说他带了一个过来，其实应该是半个吧。"

小时候我看过坚持自己拿了一整个西瓜的父亲亢奋的样子。

"记忆真的是很暧昧的东西。"

或许，父亲记得自己带了一整个西瓜到母亲房间的重量，而母亲记得的则是将西瓜切了一半后放进冰箱冰的那一幕风景吧。

"记不记得有一次老爸被送到医院去？"

我小学时有一天半夜电话响了，通知我们父亲被救护车送进医院。

"记得。你爸睡在马路中间，差点被卡车司机碾过去，司机紧急刹车叫了救护车。"

"那是怎么回事?"

"我也不清楚。大概是跟人吵架被揍了吧。"

在病房看到鲜血淋漓的父亲那个记忆还鲜明地留在我脑海里。

"当时你对我说'我也跟你一起去吧',看到你爸爸浑身是血后你还说'幸好没送到妈的医院'。"

母亲是护士,我想她一定不希望丈夫被送到自己工作的地方吧。

"我本来以为你看到爸爸全身是血会害怕,但是听到你这句话我才觉得,阿充长大了。"

"没有啊,我真的吓了一跳,你难道没被吓到吗?"

"没有。"

母亲秒答,又喝了一口茶。

"这茶真好喝。"

母亲认真看着瓶上的标签。

"为什么没被吓到?"

"因为发生过很多类似的事啊。你爸在工作现场受重伤,在你出生之前还一度差点死了。额头上缝了五针呢。他不想去医院,还是我在家帮他拆线的。"

"可以这样吗?"

"谁叫他不肯去医院呢。但是只要保持清洁这也不难啦,有镊子跟剪刀就行了。"

说这话的母亲表情显得不以为然。

"还有一次被误认为固力果·森永事件的犯人对吧？"

"那是他跟你两个人骑摩托车企图冲过临检站，结果被抓了。"

那是我上幼儿园时的事。我被夹在摩托车把手跟父亲之间，沿着淀川边骑，前方出现了警车跟警察。之后父亲做出了令人难以置信的行动。

我跟父亲两人共乘摩托车骑在国道一号在线。发现前方有警车时，听见父亲在我头上啐了一口。

"阿充，等一下我会先停一下然后马上发动，你要握紧把手啊。"

父亲在我耳边轻声这么说。

我依照父亲的指示，找到一个好握的地方两手抓紧，但握得不太稳，心里很害怕。

"这位先生，五十排量的摩托车不可以共乘哦。"

被警察拦下来的父亲放慢了速度，暂停了一下，但是他取下自己的头盔交给警察后立刻加速开走。

可是他马上就发现前方三十米也停了几辆警车，父亲碎念了一声："啊，糟了。"把车停在警车附近，看着车子引擎，他开始演戏："奇怪了，这车怎么搞的？"但马上被几名警察包围起来。

"这位先生,你刚刚企图逃走,是吧?"

"没有没有,我只是想说停在这里就可以了吧,这里应该没问题吧?"

"你这样突然发动很危险的,你儿子也在车上呢。"

通过临检站的车子都一边徐行,一边看着我们。

"不是啊,因为后面的警察先生要我们往前走啊,对吧?"

父亲要求我附和,我只好沉默地点头。

"这种事我只要一确认,马上就知道真假。"

警察很无奈地说。父亲只好放弃挣扎,从皮夹拿出驾照,在他跟警察交谈的时候,我心想父亲说不定还会逃走,所以始终没有放松。

"回去时不要再共乘了啊。"

警察再次提醒。

"知道了,谢谢啊。"

说着,父亲推着摩托车往前走。

"之前用刚刚那招就能顺利逃走的。"

"是哦。"

走进住宅区,父亲停下车在自动贩卖机买了咖啡喝,也买了可乐给我。

"这件事不可以告诉你妈哦。"

说完这句话后，父亲抽着烟仰望天空。

抽完烟后，父亲环顾四周，对我说："上来！"我犹豫了一下，他语气又更强烈，"快上车！"

回家后，因为警察打了电话到家里，所以母亲已经知道这件事。

"当时好像因为固力果·森永事件设置了临检站。警察问我说，几月几号时你先生穿着什么样的衣服离开家的？"

"嗯。"

"我因为还记得，就告诉了警方，结果反而被怀疑，为什么记得这么清楚？"

"那你为什么记得？"

"我也不知道。"

回家时母亲对我们说："警察打电话来过。"父亲难为情地笑了，我也有种共犯的愧疚，低着头不敢看母亲的眼睛。

在家发生的事件跟家人的反应，直接影响到我在外面的行动。

幼儿园毕业典礼的前几天，我们在幼儿园附近的公园散步。

班上老师拿出蛋糕，依照人数切好分给大家吃。

"不可以告诉别人我们吃了蛋糕哦。"

老师为了庆祝跟我们一起度过的短暂时间，让我们吃蛋糕，我们都很开心。

回到幼儿园，打工阿姨问："你们去哪里了啦？"我回答："公园。"她又继续问："这么晚才回来，你们在公园玩什么？"

"我们什么都没有做！"

我这么回答，其他同学则大叫："秘密！"然后所有人都一起大叫："秘密！"

不能让别人知道我们有秘密，这样讲会被发现的！我觉得大家背叛了老师，心里忐忑不安。

打工阿姨换了个问法："为什么？你们不想跟我一边吗？"我很担心她这样问会骗过大家。

"绝对不可以说！"

我抓住正打算告诉打工阿姨的同学肩膀："不可以说！"但大家不顾我的警告，一一得意地开始说："我们吃了蛋糕哦。"

"哦，好好哦！"

"很好吃哦。"

我知道打工阿姨们一边说话，一边互相使眼色，很担心老师会生气。回到家后还是挂念着这件事。

"明天晚上大家好像会到家里来呢。"

母亲铺着棉被这么说道。

亲戚们三三两两走在前往墓地的路上。这些兄弟姐妹正在争执该由谁来说悼词。

"你是长男，你说。"

父亲的姐姐这么说，他摇摇头。

"长女说啦，你比较熟。"

阳二叔替父亲帮腔。

父亲点了香供在墓前，大姑姑在她弟弟们的催促下蹲在墓前开始说话。她把今天聚集的亲戚名字告诉祖先，并且说明这次为什么要聚在一起。

她讲话的方式就像祖先们真的在听一样，听姑姑说到我名字时，我便不由自主地低了头。母亲一直闭目合掌。

念完悼词后父亲跟阳二叔熟练地将酒倒进纸杯发给大家。

转过头，看见隔着道路的那片海。听说填海新造的地不久就会有飞机起降。

父亲喝着酒，心情大好。

"你们是专程来喝酒的吗？"

大家听到姑姑这么说，都笑了。

"都是阿充说他想扫墓啊，我前几天还一个人上山了呢。"

父亲说着这些不成借口的借口。

"不要喝太多啊，今天晚上还有阿充买回来的上等泡盛。大白天就开喝，到时候就喝不下好酒了。"

阳二叔对父亲说。

"知道啦。"

其他亲戚也纷纷开始喝酒。孩子们在墓地里跑来跑去。

"冲绳的墓地真是又大又明亮。"

母亲在我身边这么说。

"比我们家客厅还大呢。"

我这么一说,母亲看看四周:"嗯,还真的是。"

"我家那边放了钢琴跟暖炉桌,得横着走才能走去厕所呢。"

"那钢琴比放在店里时看起来更大呢,放在狭窄的地方就感觉更大了。"

"我在文章里写家里的事,会被人家说是有钱人在炫耀自己的贫穷呢。"

母亲听了,出声笑了出来。

"厕所灯打不开,窗户玻璃破了老鼠可以自由进出,就算没带钥匙,只要掌握窍门一样能打开玄关门,这些事情太丢脸,我可都没写。有钱人家的少爷要忌妒我管不着,但有人说这种比别人家的日常稍微好一点的生活,叫作炫耀贫穷呢。"

"有这种人?"

母亲认真地这么说,我忍不住笑了。

"多得很啊。这些人对于已经变成社会问题的贫困总是一脸严肃,假装自己很能理解贫困阶层,不过一旦事情来到个人层次,又马上改变立场,揶揄别人在'炫耀'。到头来只不过是种纸上谈兵的表态。有钱人不可能真正了解贫穷。'我们应该从社会整体来思考'，自己煞有介事地讨论贫穷，但是看到比这些贫穷更低一阶的穷人，却又立刻断言人家在炫耀贫穷。可能是因为不知道该怎么反应，基于自己防卫才会说出这种话吧。因为有钱人和知识分子就是莫名会憧憬不良分子和贫穷，这也是一种自卑情结。上了年纪的大叔大婶一个个撑大了鼻孔使坏，真叫人看不下去。所以我还得小心翼翼在不说谎的程度掩饰自己的贫穷，我想说的并不是贫穷的等级，明明给了那么明显的暗示，但是连这样都会被认为是在炫耀。"

"哦。"

我向着对这个话题没什么兴趣的母亲说个不停。

父亲的脸早就已经红了。我听见阳二叔的笑声。

"年过六十的兄弟在居酒屋吵着谁要付钱，你说这种事听了谁会相信？"

我故作轻松地开玩笑，想掩饰自己真正的怒气。

"因为这些人懂很多、想很多，所以累了吧。也多亏有这种人在，你才有这份工作啊。"

母亲的话并没别的意思。

"但我想在那种环境里你应该很累吧？像我，就算遇到讨厌的事睡一觉也就忘了。聪明人记忆力都不错，你们一定会记得吧？"

"家里穷你也觉得无所谓吗?"

"我们不穷啊。你爸有工作,没工作的时候当然也没办法啦。但是也经常遇到公司发不出薪水呢。"

阳二叔在我的纸杯里倒了酒。

"老爸退休之前曾经跟我说,最近不景气,案子比较少,明明很想工作却没工作,一边说着这些借口一边喝酒,这时老爸公司的人打来电话。结果老爸回对方,什么?明天?不是啊,这么突然我没有心理准备,就回绝了工作。我说,你刚不是说没案子吗?他就满脸不高兴。"

"嗯,如果是我,前一天突然接到通知,我也办不到啊。我只是因为每天都做一样的事,才能好好工作。"

母亲袒护着父亲。

"跟你爸在一起时,他姐姐和妈妈告诉我,你爸是个会工作的人,叫我不用担心。我就放心了。"

"会工作的人,这不是很基本的吗?"

"也有不工作的人啊。"

有工作的父亲被大家当成具备某种特殊能力,这让我觉得很荒谬。

拆下纸门后,从放着祖父照片的佛坛到院子,房间里挤了三十多个人,而且大都有血缘关系,我觉得这很不可思议。

亲戚们都围着坐在客厅正中间的祖母。

大家决定拍一张纪念照，阳二叔巧妙地利用佛坛，确认了观景窗里的画面后按下计时器，急忙跑回来站在队伍最边边面对相机，这时父亲刚好从佛坛旁边拿着罐装啤酒走过来，大家扑哧大笑，阳二叔大叫："重来！"

父亲面不改色地拉开拉环喝起啤酒。

有人开始弹起三味线，身为长女的大姑姑静静开始唱。我背倚着面对庭院的窗户，用一种怀念的心情看着眼前音乐与日常无缝相连的光景。

感觉有人在敲窗户，我转头看，是几个住在附近的少年。里面也有昨晚打太鼓跳舞的少年。

打开窗户，招呼他们晚安，看到少年们手里拿着签名板。

"请帮我签名。"

"啊，谁的签名？"

"永山先生的。"

"啊？要我的签名？"

"嗯。"

每个人都拿了签名板和马克笔来。

我一一问他们名字，写下签名。我想起这签名的写法是模仿父亲的签名。小时候不知道为什么，父亲不断在笔记本上写着他想出来的签名。

附近邻居渐渐聚集，有人进屋来喝酒，也有人在院子里排队等签名。其中还有些小孩和老人拿着我写的书在排队。虽然觉得难为情，我的签名有什么值得要的，但还是不断签着。

"喂！也给我签一个！是酒馆他们要的。"

父亲捏扁了啤酒罐这么说，在庭院排队的少年说："不公平，你要排队啊。"

于是父亲也拿了一张签名板，特地穿上凉鞋，绕到院子里排队。

替少年们签完名后，他们会道谢后再离开。每签完一个人我就很在意父亲的状况，不过他倒是没抱怨，乖乖排队等着轮到自己。

在规规矩矩排着队的父亲俯瞰之下签名，觉得笔下的文字好像有些部分特别扩大，一瞬间忽然不知道自己打算写什么。我的签名是模仿父亲的，不过这件事他本人似乎不记得。我依照父亲所说写上了签名的对象，那明显是家酒店的店名。

"他们说我如果拿你的签名去，喝酒就可以半价。"

父亲低喃的声音音调听起来比平时高了些。

签完一轮后我关上窗户。亲戚和邻居在喝酒。儿时的记忆跟眼前的风景在脑中完美重叠。

小时候有一次从祖母家开车要进城，在离家不久的墓地附近发现一只雪白的山羊。

"山羊耶！"

我不太记得这句话是我说的还是坐在驾驶座的父亲说的。父亲停下车，跟在后面的亲戚也停下车。父亲打开驾驶座窗户在跟人说话。

"那山羊是野生的吗？"

"附近应该没有野生山羊吧？"

"但是也没人在管吧。我回家开小卡车过来。"

说着，父亲掉头开回祖母家，开了小卡车跟大人们一起出门。我被留在祖母家，看着冲绳电视台播的喜剧节目。本来要进城的计划取消，我感觉到家里有股严肃的气氛。

听到小卡车回来的声音，走出院子，看到货台上载着一只很大的白山羊。大人们的话都比平时少，利落地将山羊从货台搬下来。我只听到山羊叫声，那声音听起来也像是从我肚子深处发出来的声响。

"阿充，你最好不要看，进屋去跟奶奶待着。"

父亲对在院子里盯着山羊看的我这么说。

当时在我的记忆中，父亲和亲戚中的大人们都穿着一身白。之后我跟父亲确认过许多次，他都否认说不可能，可是不知为什么，我脑海里确实留有父亲他们像举行重要仪式一样身穿白衣围着山羊的光景。不过我也曾经在祖母家里听过山羊的声音，可能仪式是之后才补的吧？

进城的计划取消了，改为邀请邻居到家里来举办宴会。桌上放着各种山羊料理，大人们理所当然地吃着。我脑中一直挥不去山羊的身影，待在房间的一角看着渐渐酣醉的大人们。

"阿充。"

父亲叫我过去坐在他身边，要我吃吃看山羊肉。我依言拿起筷子夹了一块放进嘴里，感到一股腥味，差点要吐出来。

"很腥吗？吐出来吧。"

我听父亲的话把肉吐出来。吃不了山羊肉又让我更觉得自己失去了归属感。

有人开始弹起祖父的三味线，姑姑先开始唱，之后变成所有人的大合唱。喝醉的父亲站起来跳起冲绳传统手舞Kachashi，把气氛炒得更热烈。邻居们跟着拍手、吹指笛，为父亲的舞助势。

"阿充也跳啊。"

有人开始起哄。听到这句话之前我就有预感迟早有人会这么说，我明明一直小心隐藏自己的存在不想被注意的啊。

父亲继续搭配着音乐跳舞。换成平常的我，可能会假装没听到就这样敷衍过去。

但是在墓地附近看见山羊那时开始，自己周围的空气越来越稀薄的感觉一直挥之不去。宴会的喧闹好像是从远处传来的声音。大家一身白衣的记忆并不是来自山羊的白给我的印象，或许是一种隔离我跟其他存在的隔膜。我感觉到自己被某种东西包覆起来，非常窒息难受。

这并不是我原本就具备的感觉，或许是受到他说的话的影响，由新的话语所建构出的记忆吧。总之，我内心确实有股想打破眼前状况、想呼吸的冲动。

在大人们的邀请下，我站起来搭配三味线的声音动了动身体。我不知道自己的动作跟声音有没有搭上。我没能像父亲那样灵活，想必一定没跟上拍子吧。但是在场的大人们看到我的动作都同声笑了。那个瞬间我觉得心情很畅快。我越跳大家就笑得越开心。等我停下来，大家你三言我两语地称赞我。有种从窒息中解放的舒畅和热度。

我在跳舞，在场的人对我的动作有所反应，这让我获得一种充分摄取氧气到体内般的快乐和喜悦。还没消化完这种庞大的兴奋，来到空无一人的厨房喝麦茶，察觉到自己的呼吸相当紊乱。

父亲看到我一个人待在厨房，走了过来。我以为他要夸赞我刚刚鼓起勇气来跳舞。

"喂。"

在父亲这样叫我之前，我已经看着他的脸。他继续说。

"你啊，不要太得意忘形了。"

意料之外的这句话听来很刺耳。

"啊？"

"得意忘形地在那边跳什么舞。"

我很惊讶父亲竟然这么诚实地忌妒我。

换成平常的我绝对不会在这种场合中跳舞,我之所以会跳,原因多多少少跟父亲有关。我实在不希望父亲炒热的场子因为不中用的我弄得尴尬冷清。我经常觉得无法回应父亲期待的自己很没用,深信这是个讨父亲欢心的好机会,才做出了那样的举动。但是竟然这么轻易就被他否定,我也涌出一股怒气。

少年时期曾经看过的风景跟现在重叠在一起。

"小时候老爸宰山羊的时候,我印象中当时的大人都穿白色衣服,应该不太可能吧?"

为什么问奄美出身的母亲在这里发生的事,我也觉得奇怪,但母亲就在身边,我便随口问了。

"白色衣服?我想应该不会吧。"

母亲回答完后好像在回想些什么。

"记不记得在大阪老家时,我说家里有穿白色和服的女人,觉得很害怕?"

"你竟然还记得那件事。"

看来母亲也还记得。

"我猜那时候妈应该是为了让我放心,所以说那些人住在家里对吧?其实你那样讲我更害怕。"

我说完母亲笑了,其实我只是觉得很不可思议,一开始就没有觉得太害怕。在那之后我也接受了母亲说对方"住在这里"的说法，不再进那个房间。

"我在想，你说的那个白衣女人会不会是我奄美的奶奶。"

说着，母亲自己点了几次头。

母亲的父母亲，也就是我的外公外婆，我很熟，但外曾祖母的事几乎没有听说过。

"老妈的奶奶，是奄美的灵媒尤塔对吧？"

"嗯，是叫尤塔吗？是有拜神没错啦。"

"她是什么样的人？"

"嗯，我小时候很怕她。她一生气就会穿起类似白色和服的衣服走遍整个岛。"

"为什么？"

"对啊，为什么呢？奶奶穿上白色和服变成灵媒之后，也不知道为什么，当时还是小孩子的我莫名朝着海边走，就这样走进海里面。还好被其他大人阻止了，所以我很怕她。"

"你为什么走到海里？"

"我也不知道。"

我小时候母亲经常说起在奄美大岛的往事。母亲上小学前，一次参加亲戚丧礼时，大人们在房间里说话，母亲来到院子里跟亲戚的叔叔玩，之后父母亲问起："你在院子里做什么？"她说出一起玩的亲戚叔叔名字，大人说："今天就是那叔叔的丧礼啊。"还有，她每天都从家里走将近一个小时的山路去上小学，有一天是大干潮，黄昏时她走在平时应该是海的路上回家。但她说这件事的重点并不在于自己渡海，而在于因为经过海路所以很快就回到家，强调回家时间大幅缩短这一点，这确实很像母亲的性格。

长大之后我想再详细问问这件事，但母亲说她已经不记得了。

像童话一般反复游说的故事，其中的状况和感情波动等细节总是奇妙地清晰，所以我并不相信母亲真的不记得了。母亲应该是顾及外公这个虔诚基督徒，所以犹豫着没告诉长大的我那些不可思议的故事吧。民间宗教者外曾祖母跟外公之间据说经常争吵，因为外公对那些奇妙故事和外曾祖母这种存在本身就抱持着疑问。我也是长大了之后才知道这些。母亲很尊敬自己的父亲，但小时候她对我说的那些外曾祖母的故事里，不只有畏惧，一定也包含着爱和憧憬。那是平常并不会主动开口说话的母亲，忍不住脱口而出的回忆。

宴会还在继续。我听见父亲的笑声。母亲偶尔看着父亲和祖母的身影，继续说道。

"奄美的奶奶过世时，跟我爸，也就是你外公最后和好了。"

幼时住在奄美的母亲，她的祖母和父亲，这两人当然是母子关系。

"怎么和好的？"

"奶奶对我爸说，你信的神比较厉害，你要好好相信。"

我有种一颗球直落到心底深处的感觉。虽然分不清自己到底是亢奋还是消沉，总之似乎受到很激烈的震撼。

"不知道她带着什么样的心情说这些话，不过应该是个很温柔的人吧。"

母亲的话变得暧昧。

"嗯，平时很温柔。只有进入灵媒状态时叫人不敢靠近，但有时也会跟我们玩。"

说着，母亲喝了口茶。

仔细想想，拥有一位灵媒祖母跟虔诚基督徒父亲，母亲可以说生长在一个极为特殊的环境。母亲年轻时也受过洗，一度很积极地去教会，现在也会定期上教会，但是她从未强迫自己的孩子。母亲这样的态度跟外曾祖母这番话，背后好像有着相通的声响。

"'你信的神比较厉害'这句话让我听了很感动。我自己的解释是，历史上可以看到许多次神的败北，直到现代还在不断重复。但听了这句话我觉得那可能并不是败北。如果跟自己所相信的神之间没有足够强大的信赖关系，就说不出这种话了吧。她一方面承认自己儿子信的神比较伟大，另一方面也跟自己相信的神很亲近吧。毕竟她是个灵媒，神应该已经渗透到她的身体里了。"

听了我的话,母亲喝着茶什么也没说。

"你为什么现在在喝茶?"

"嗯?因为我不能喝酒啊。"

也不知道母亲有没有听进我的话,她就这样随意带过这个话题。

我忘记是什么样的状况了,我跟母亲在昏暗的幼儿园房间里准备着回家的东西。当时没开灯,可能是母亲跟我忘了东西又折回教室来拿吧。我把那天发生的事详细地说给母亲听。我说我们校外参观去了消防队,老师搭上了云梯车的吊笼,还说云梯车越伸越高,几乎要伸到天空里,还有老师一会儿变大,一会儿变小。

"小充。"听到有人叫我,转过头去,看到老师站在教室入口。

"您今天搭了云梯车是吗?"

母亲笑着对老师说。

"搭了,好可怕。"

老师也笑着回答,但我心里感到一丝不安。

"他说云梯车越伸越高,几乎要伸到天空里呢。"

母亲天真地说着。

"不,没有伸到天空啦,不过站在地面上的小充看起来有这种感觉吧？"

老师试着配合我的说法，但脸上明显露出困惑的表情，我也默默低着头。母亲也把跟我的对话留在我们两人之间，刻意没有将老师一会儿变大、一会儿变小的这个部分说出来。

我说出的话可能不只是眼前看到的东西。眼前的风景加上心里的感受，这才是真正看见的东西。对我来说，说故事就是这么一回事，并不是单纯地说明状况。

"老师说小充有说谎的习惯。"

母亲打电话回娘家，跟自己的妈妈，也就是我外婆商量幼儿园联络簿上写的这句话。我坐在楼梯上小心不被母亲发现，偷听着这通电话的内容。外婆说，所谓"谎言"要看人如何看待，她说这表示我遗传了外曾祖母的能力，应该正面看待。听了外婆这番话，母亲大概很开心，马上转告给我听。看到母亲放心的表情我就知道，自己的个性也让母亲担了不少心。

对我来说，要理解具象和抽象的意义很困难。要把一件事抽象化时，我总是会想着要让它回到跟原形同等的力道才行，很难将观念或者形而上的东西视为无形。所以当我要依照自己所感受的方式来传达，经常会被人说是在"说谎"。

小学时我跟基督徒外公一起搭电车，外公看到我手上的幸运绳责备了我。那是礼拜天从教会回家的路上。当时海外天主教徒的足球选手之间很流行幸运绳，日本有足球选手开始戴，并形成一股风潮。

"小充,那是什么?"

外公问,我马上回答:"是护身符啊。"回答完的瞬间我就后悔了,但已经太迟了。外公对"护身符"这几个字有很大的反应。

"护身符是什么?"

外公的语气很平静,但听来却带着紧绷的气息。

"听说一直把这个戴在身上,断掉的时候表示有好事会发生。"

我想要表达戴这个东西并没有什么类似信仰的特殊情感,不过看来这样的说明显然是不行的。实际上我对幸运绳也没有什么特别的感情。在足球店买钉鞋时,老板说"我们多了一大堆",随手送我,我也就随手戴上而已。

外公以我能理解的话仔细地说明就算身上不戴护身符这种有形的东西也没关系,只要虔诚祈祷就可以了。他的话里也充分传达了不可以崇拜有形物体的意图。

但是我虽然知道"有形物体"这几个字的意义,却很难消化"无形存在"这个概念。即使可以隐约掌握这个词的意思,我也无法明确区分这里有护身符存在跟有神存在这两种状态的差异。祈祷这种行为应该分在哪一边呢?或者说,有必要区分吗?假如被要求区分,我的思路就会开始不断旋转,却始终找不到终点。我也找不到对这种暧昧存在要求严格区别的必要性。就如同外婆所说的，我这些想法或许是来自外曾祖母的观点也说不定。

有人开始弹奏三味线，大家开始各自随兴摇晃着身体。住在两户之隔的诗人叔叔不知什么时候进了屋里，还大方喝起了大量泡盛，他拖着一只脚开始激烈地舞动，全场气氛顿时高昂。父亲吹起指笛，诗人舞动得更加激烈。这带点现代风格的自由律动，缓解了一家的紧张，破坏既有的框架，酝酿出一股起伏波潮。不知道是谁家的婴儿搭着三味线音色叫喊般的哭声，跟祖父的歌声很相似，这应该也不是偶然的一致吧。

就连直到刚刚都一语不发只是静静坐着的祖母也开始慢慢摇晃身体高举双手，利落地将轻握的拳头内外翻转，甚至还露出了笑脸。每个人看了都觉得很不可思议，全家再次进入激动的情绪。

年幼的孩子们露出老成的表情，老人们换上年轻的面貌。母亲身处于毫不害臊地出声唱和的亲戚中，面带微笑，但是她的表情可能也是自家亲戚中的某个人，我也很好奇，自己现在这个瞬间又带着像谁、什么样的表情呢？都这种时候了，还是只敢在不引人注目的程度下摇晃着身体，或许这样的自己不是什么其他人，就只是我自己。

"你们看奶奶！"

阳二叔说完后，大家看着紧皱眉头在跳舞的祖母，都笑了。

祖母的屁股稍微离开了椅子上，舞动得更加轻快。

"哎呀呀！"

诗人大声地叫，婴儿又以类似祖父的声音哭着。

三味线的速度渐慢，祖母的动作也随之放缓。祖母用手握住现场层叠的笑声，让笑声穿过自己的身体，再回到眼前的现场。每个人都沐浴在幸福的循环中。

隔天早上睁开眼睛时，内脏还留有酒意，我下到一楼想喝水，母亲正摊开从大阪家里带来的一沓报纸看着。

"早啊。"

母亲转头看着打招呼的我。

"你爸问要不要开车去兜风，如果你不累的话。"

"是啊，老爸呢？"

"去钓鱼了。他说如果你要去的话就过去叫他。"

"那就去吧。"

我说完后，母亲整齐叠好报纸出了门。

母亲坐在父亲的车前座。有一座连接附近小岛的新建大桥，父亲说要先让我们从那座桥上看看风景。

"昨天的宴会与其说是在慰劳祖先灵魂，更像是在召唤他们一起狂欢呢。"

"好热闹啊。"

说着，母亲看了看正在开车的父亲。

"Kachashi 就是搅拌的意思，花招很多吧。"

父亲眼睛看着前方小声说道。大概是指死者和生者都同在一起的意思吧。

"奶奶的 Kachashi 动作也好利落。"

"奶奶的手很大呢。"

"手真的很大。"

我不知道为什么他们两人都注意到祖母手很大这件事。

我想起外婆陷入病危状态，年底很多亲戚聚集到外公外婆在大阪的家里，送外婆最后一程的样子。冷到骨髓的房子里，只有外婆睡的房间比较温暖，那种感觉直接让我联想到向来温暖亲切的外婆。当医师宣布临终，大家一起围在外婆身边，齐声唱着外婆喜欢的赞美歌。我也很喜欢那首歌，大家唱出的美丽歌词还有令人感受到血脉相连的声音集合，以及每一个纤细的音符，都很符合我对外婆的感觉。说不定那种感觉就很接近祈祷吧。当时我第一次看见母亲流泪。昨天晚上的母亲，或许就带着外婆的脸吧。

车子停在成排的自动贩卖机前，父亲说："我抽个烟。"下了车。

我也来到车外，在自动贩卖机买了咖啡。回到车里，母亲手里拿着文库本的《人间失格》。是我放在后座的书。我问母亲要不要喝什么,她说不用。

"你一直在看这本吗?"

"嗯,看了上百次吧。"

"你喜欢同一本书就看很多次吗?"

"嗯,因为我笨,看一次看不懂。"

"跟你外公一样。"

说着,母亲一边翻文库本一边笑。

"什么意思?"

母亲笑着回答我:"你画了线,还贴很多便笺,书里面跟外公的《圣经》一模一样呢。"

原来如此,说不定昨天晚上我跟外公有着一样的表情。

父亲回到驾驶座,车里瞬间充满烟味。前座的母亲端正好姿势直视前方。车子发出轮胎摩擦地面沙粒的声音开始启动。后座窗户吹进来的风打在我脸上,但车速加快后渐渐难以呼吸,我关上了窗户。

母亲还是一样什么也没说,正襟危坐,面朝前方。

"有件事我到现在还搞不懂,上小学前有一次我跟老爸两个人一起兜风去淀川。记得是大半夜里。我们两个人看着对岸的景色,老爸忽然紧张地说,你快看看烟囱!这已经够吓人的了,后来老爸又说,你有没有看到烟上面的敌人?烟囱上面的确在冒烟,上升到一半开始往旁边飘,但看起来不像敌人。"

"你爸就是想吓你。"

母亲插了嘴,但父亲没有说话。

"我一直看着那些烟,看久了之后大概是因为害怕,就觉得看起来像是敌人。拿着长枪的、正在吹笛子的,可以清楚看到很像会出现在某本书里的成群敌人。"

"还有吹笛子的?"

母亲对笛子很感兴趣,但我没理她。

"老爸看到我很害怕,忽然大叫,被发现了!快逃!然后拔腿就跑,我也急忙追在后面跑,钻进车里,老爸叫我看看后面,有没有车子跟着我们?我说有!他面色凝重地说,他们追上来了。我虽然觉得奇怪,那些敌人是什么时候换乘轿车的?但还是败给了恐惧,我哭着说,不知道啦,眼泪怎么也停不下来。我开始哭后老爸说,现在不是哭的时候,走右边还是左边?我也不知道,但是大叫了一声右边!老爸大叫说左边啦!然后往左转,所以你当时到底想干什么?"

"真的有敌人。"

父亲小声地碎念。

"你脑子有问题吧。"

我忍不住这么说,母亲也笑了。

"哦!就是这里。"

父亲说的古宇利大桥就在眼前。除了晴朗无云的天空和大海以外没有其他东西。

"不错吧。"

"很漂亮呢。"

两人悠闲地交谈。

"阿充还是婴儿的时候,曾经跟你爸开车去横滨。"

母亲看着海,无比怀念地开始说起往事。

"大概是你出生之后的第二个新年吧,你爸当时有工作,但公司没付薪水,因为没钱,也没办法喝酒。"

这个故事我第一次听说。

"我也忘了买东西回家,结果你爸生气了,说要开车去横滨朋友家喝酒。"

说着母亲笑了出来。父亲握着方向盘,吹起奇怪的口哨。

"这也就算了,但是他竟然要把你也带去。你当时还是个小婴儿呢。"

"这不行吧。"

"对啊,我拜托他不要把你带走,但是他几乎像绑架一样把你抢走,我问他,为什么要把阿充带走?他说:'我不能害死这家伙,带着他上路就不会出车祸了。'"

这个道理还真吓人。

"当时天气很冷,我想至少弄暖一点,用毯子把你卷了起来放上车。"

竟然就这样答应了,母亲也不太正常。

"应该是隔天吧,你爸横滨朋友的太太打了电话来骂我。怎么能让他带这么小的孩子出门呢?绝对不可以这样,我被骂了之后也反省了自己。"

"真是乱七八糟。"

从桥上可以看见平稳的海面。

"后来老爸回家了?"

"回家了。我怕太刺激他,他又会把你绑架走,所以很故作镇定地问他,玩得怎么样?"

父亲大概吹腻了口哨,开始打呵欠。

"后来他很开心地说,途中在山丘上跟你一起看了富士山和新年的日出,很漂亮,真想让你们也看看。"

母亲微笑地说。

"你们有没有认真看风景啊。"

母亲听了答道,有啊,一直在看啊,父亲不服气地说,风景不是这样看的。

我们坐在车上绕了一圈古宇利岛,再次渡桥回来。似乎没打算在岛上吃饭或拍照。父亲大概就是想让我们看看这景色吧。

"我们去今归仁城吧。"

说着,父亲喝了一口还没喝完的咖啡,然后又安静了下来。

不太表露情感的母亲坐在前座看风景的样子,好像也挺开心的。

"老爸以前是不是想当自行车选手啊?"

父亲听到我的问题,回答:"对啊。"

父亲好像是为了当自行车选手,才从冲绳到大阪,但是没有到面试会场就放弃了。

"我们刚认识的时候,我还想在你爸生日时送他自行车,所以一起去了自行车店呢。"

母亲说着说着就笑了。

"你爸立刻跨上店里最高级的自行车,店员建议他试骑,他骑着自行车转了个弯,迟迟没有回来。"

"大概就三分钟吧?"

"你一直没回来。我跟店员两个人说着,怎么还不回来呢,尴尬死了。最后因为人没回来,我只好说那这车我要了,买下了那辆自行车。我在自行车店前等了一阵子都没等到,当时我就知道,这是一个不会回来的人啊。"

听说那天晚上,父亲打了电话给母亲道歉,说是骑得太开心就骑远了。我觉得父亲说想当自行车选手这件事有点可疑。就算是真的吧,也不知道他到底有多少热情。不过我很羡慕他能够这样说起没能实现的梦,还能如此沉迷地骑着自行车。

我跟母亲两个人爬上今归仁城的高台。转过头,可以看见放弃登顶的父亲坐在长凳上的小小身影。

"刚刚在桥上还要我们专心看风景呢。"

"大概是开车开累了吧。"

风吹过黄昏的高台,开心望着远方大海的母亲的头发不安地飘动。就连夕照的粒子看来也很美,令人忍不住有了笑意。

"以前我每天都在奄美的海边看夕阳呢。"

母亲看着天空轻声低喃。

"我也是。在东京没事做的时候,几乎每天都到附近大厦的楼梯间去看夕阳。以前没听你说过,可能是受到你的影响吧?"

当影岛问我觉得自己前世是做什么的,我答不出来。这种事根本无从得知,也没有什么听了一定会觉得高兴的答案。但是如果我的前世是幼时母亲的视网膜,早在我出生之前就看过母亲看过的景色,我是母亲视网膜的转世,那么,与其说是我在看,其实应该说是母亲在看。

飞机好像会依照原定时间抵达羽田。在渐渐降低高度的机身里,我对回到东京这件事感到有些新鲜。

父亲在今归仁城疲倦地坐着休息,我叫了他一声,正打算一起走回停车场,但父亲指向一栋看似资料馆的建筑物,认真地说:"要看看那个才能学到东西。"我们决定进去看看。

我和母亲避开人工种植的草地，踩在铺设的斜坡上，但父亲则跨过栅栏，选择踏过草地到入口的最短距离。

"你看老爸，真丢脸。"

母亲听了点点头，说了一句让我意外的话："你别看他那个样子，还是有他聪明的地方。"

我忍不住苦笑。那不是针对父母亲的苦笑，而是对我自己狭小气量的苦笑。我没能从父母亲身上遗传到人不需要成为什么人物那种不自觉的坚韧。这并不是自卑。最好的证据就是，长年来与我如影随形的焦躁烟消云散，我心情十分稳定。或许只有现在觉得心情好。之后可能会挫折失败，也可能会对天真到飘飘然的自己觉得丢脸。但是我看过了他人的表情好好生活的人。我不太擅长当人。这话没什么特别的意思。就如同这字面上的意思，我不知道怎么当个人。但是，这也没什么不好。

我终于打开之前根本没拿出来听的CD放进随身听。隐约可以听到街上的噪声。CD开始播放没有伴奏、香澄稚嫩声音唱出的歌。香澄曾经哼着这首歌，当时我问她歌名，她回答我："我只是在学你哼的歌啊。"胸口莫名一阵紧。我觉得窗外的夜色里有着一切。

小时候亲戚聚集在大阪的外公外婆家，外公在餐前朗诵《圣经》，开始带祷。大家都闭上眼睛手牵着手。我从外公低沉的声音缝隙之间听到其他孩子在社区空地玩的声音，觉得很羡慕。

当时我也忍不住想，如果现在睁开眼睛会怎么样呢？那需要很大的勇气。或许想法很单纯，只是想看看没看过的东西。感受着强烈的悸动，我微微睁开眼睛。我看到在祈祷的外公，带着温柔表情的外婆。亲戚并坐在餐桌前，母亲也在。稍微移开视线，我跟父亲四目相对。父亲大大方方睁着眼睛。他扮起鬼脸想逗我笑。我拼命忍着笑，却没有移开眼睛，继续看着父亲。

今后的我，该相信什么好呢？

机上开始广播。眼下是一片东京夜景。街上闪烁的灯光犹如细胞。而每一盏灯下，都有人的存在。

文治

磨铁图书旗下子品牌

更好的阅读

出 品 人　沈浩波
特约监制　潘　良　于　北
产品经理　胡马丽花
文字编辑　胡瑞婷
版权支持　冷　婷　郎彤童　李泽芳
营销支持　金　颖　黄筱萌　黑　皮
封面设计　沐希设计
封面插画　村田善子

关注我们

官方微博：@文治图书
官方豆瓣：文治图书
联系我们：wenzhibooks@xiron.net.cn